KÜSTEN KRIMI

Jobst Schlennstedt, 1976 in Herford geboren und dort aufgewachsen, studierte Geographie an der Universität Bayreuth. Seit Anfang 2004 lebt er in Lübeck. Hauptberuflich ist er als Projektmanager in einem Lübecker Beratungsunternehmen tätig. 2006 erschien sein erster Kriminalroman. Mit »Tödliche Stimmen« liegt jetzt sein dritter Band der Kriminalreihe um den Lübecker Kommissar Birger Andresen vor.
www.jobst-schlennstedt.de

Dieses Buch ist ein Roman. Handlungen und Personen sind frei erfunden. Ähnlichkeiten mit lebenden oder toten Personen sind rein zufällig.

JOBST SCHLENNSTEDT

TÖDLICHE STIMMEN

KÜSTEN KRIMI

Emons Verlag

Umschlagzeichnung: Heribert Stragholz
Druck und Bindung: CPI – Clausen & Bosse, Leck
Printed in Germany 2008
ISBN 978-3-89705-561-2

»Man stirbt nicht an einer
bestimmten Krankheit,
man stirbt an einem ganzen Leben.«
Charles Péguy

1

Es hatte Besitz von Georg ergriffen wie ein heimtückischer Virus. Er hatte lange Zeit keinen Namen dafür gehabt, hatte ihn immer nur »es« genannt. Solange er zurückdenken konnte. Und das war lange. Immer nur »es«. »Es« war wie ein Bruder. Einer, den es in seinem vorherigen Leben nie gegeben hatte. Aber gleichzeitig auch wie einer, den er nie hatte haben wollen.

»Es« war die dunkle Seite in ihm, die sich damals, als er noch ein Kind gewesen war, zum ersten Mal gezeigt hatte. Gleich nachdem das Grauen, dem er als Kind ausgesetzt gewesen war, seinen Höhepunkt erreicht hatte. In diesem Moment, als seine Eltern von ihm gegangen waren, war auch er gestorben. Fortan war er ein anderer Mensch. Georg. Sein Leben, sein Handeln, alles diente nur noch dazu, den Schein zu wahren. Georg gelang dies um Klassen besser als seinem alten Ich. Georg war der Manager seines Lebens. Sein ursprünglicher Name existierte nur noch auf dem Papier.

Vor einigen Wochen hatte sein »Bruder« dann zum ersten Mal zu ihm gesprochen. Er hatte sich ihm vorgestellt, sein Name war Edward. Edward war wortkarg gewesen, schien aber bestens über sein Leben Bescheid zu wissen. Etwas hatte ihn irritiert. Warum wusste er selbst so wenig über Edward, obwohl der schon so lange an seiner Seite war?

Die Schübe waren in all den Jahren gekommen und gegangen, ohne dass er Einfluss darauf nehmen konnte. Er hatte sich damit abfinden müssen. Doch in letzter Zeit waren sie heftiger geworden.

Mit einem Mal bekam er es mit der Angst zu tun. Angst, die Kontrolle zu verlieren. Wo war die Erinnerung an das letzte Mal? Nur ein riesiges schwarzes Loch war geblieben.

Er krallte sich am Esszimmertisch fest und rang nach Luft. Um ihn herum wurde es hell und plötzlich wieder dunkel. Vorsichtig setzte er sich auf einen der alten Holzstühle, die er von seinen Eltern übernommen hatte, und stützte sich mit beiden Armen auf.

Immer stärker schlug das Pendel in die verkehrte Richtung. Edward war zurück und übernahm das Kommando über seinen Körper. Georg stand auf und packte behutsam seinen Rucksack und eine kleine Tasche.

Als er aufbrach, fühlte er sich wie früher, als er mit seinen Eltern noch gemeinsam in den Urlaub gefahren war. Aber auch damals war schon längst nicht mehr alles in Ordnung gewesen.

Um kurz nach sieben warf er die Tür seiner Wohnung hinter sich zu. Er wusste, es würde einige Tage dauern, ehe er zurückkehren würde.

2

Irgendwie schien in diesem Morgen der Wurm drin zu sein. In der Küche war ihr die Dose mit dem Kaffeepulver aus der Hand gerutscht. Anschließend musste sie feststellen, dass ihre Heizung ausgefallen war und aus der Dusche nur eiskaltes Wasser kam. Und schließlich hatte sie sich derart heftig an der Kante ihres Bettes gestoßen, dass sie mit einem stechenden Schmerz am Schienbein in Richtung Wohnungstür humpelte.

Sie hatte sich noch einmal ins Bett gelegt, um ihr Frühstück vor dem Fernseher im Schlafzimmer zu sich zu nehmen. So wie sie es jeden Morgen tat. Doch dann hatte es plötzlich an der Tür geklingelt. Sie war aufgesprungen, um sich ihren Bademantel aus Satin überzuwerfen. Im Sommer schlief sie immer nackt, aber so wollte sie sich nicht an der Tür zeigen. Und dann war sie vor lauter Hetze an der Bettkante hängen geblieben. Sie konnte die blau-gelben Verfärbungen schon erahnen, die sich immer bildeten, sobald ihre Haut auch nur den kleinsten Stoß erlitt.

Wer um alles in der Welt klingelte um diese Uhrzeit? Es war gerade mal halb acht. Der Briefträger würde es kaum sein, ein Paket erwartete sie jedenfalls nicht. Außerdem war es viel zu früh dafür. Vielleicht einer der Nachbarn wegen der kaputten Heizung?

Vorsichtig zog sie die Wohnungstür auf. Erst jetzt fiel ihr auf, dass es unten an der Haustür geklingelt hatte. Der Schmerz am Schienbein hatte ihr offenbar das Gehirn vernebelt.

»Hallo? Wer ist denn da?«, rief sie in die Gegensprechanlage.

Die Antwort war nur schwer zu verstehen, doch sie glaubte gehört zu haben, dass es um die defekte Heizung ging. Sie drückte den Summer und schob die Wohnungstür ein Stück weit zu, ohne sie jedoch ganz zu schließen. Sie ging in die Küche und öffnete den Kühlschrank. Im Eisfach griff sie nach einer Kühlmanschette. Ihr Gesicht verzog sich, als das kalte Eis die empfindliche Haut berührte. Und dennoch tat es gut,

Schmerz mit Schmerz zu bekämpfen. Etwas, das sie als kleines Kind von ihrem Vater gelernt hatte. Nicht nur, dass ein Indianer keinen Schmerz kannte. Nein, besser noch war, sich in den Arm zu zwicken, bis der neuerliche, weniger intensive Schmerz den ursprünglichen verdrängt hatte. Und tatsächlich, es funktionierte.

Sie schloss die Augen und atmete durch. Das Kälteempfinden verwandelte sich langsam in ein angenehmes Gefühl, das schmerzende Schienbein war kaum noch zu spüren. Sie richtete sich auf und legte die Manschette beiseite.

Der Heizungsmann kam ihr wieder in den Sinn. Die Wohnungstür war noch immer angelehnt. Sie zog sie auf und streckte ihren Kopf hinaus. Nichts war zu hören. Kein Geräusch von Schritten, die die Treppe heraufkamen. Komisch, dachte sie. Aber wahrscheinlich wollte der Mann nur ins Haus gelangen, um einen Blick auf die Heizungsanlage im Keller zu werfen. Sie drückte die Tür fest zu und kehrte ins Schlafzimmer zurück, wo sie langsam ihren Bademantel abstreifte.

In diesem Moment berührte eine feuchte Hand ihre Schulter. Sie war wie paralysiert, stand für den Bruchteil einer Sekunde regungslos da, ehe sie sich umdrehte und dem Mann mit der grobporigen Haut direkt in die funkelnden Augen sah.

Sie wusste sofort, dass es nicht der Heizungsinstallateur war, der sie fixierte. Es waren seine Augen, die ihr schlagartig klar werden ließen, was er mit ihr vorhatte. Mit seiner Zunge fuhr er sich über die Lippen. Ihr wurde schlecht.

Der Mann musterte sie noch immer mit gierigem, durchdringendem Blick. Er war klein, kaum größer als sie, aber dafür umso kräftiger. Mit seinem massigen Körper versperrte er die Tür. Sie war gefangen in ihrem eigenen Schlafzimmer. Rasch zog sie den Bademantel fest und trat einige Schritte zurück. Sollte sie laut schreien und hoffen, dass sie jemand hörte?

Sie hatte keine Chance. Er öffnete das Vorderfach seines Rucksacks und holte ein Messer hervor. Die Klinge blitzte in seiner rechten Hand, während er mit zwei großen Schritten auf sie zukam und ihr das Messer an die Kehle hielt. Gleichzeitig holte er mit der Linken aus und schlug ihr mit der flachen Hand ins Gesicht.

Während sie zur Seite taumelte, packte er ihre Schultern und schleuderte sie aufs Bett. Hastig richtete sie sich auf. Den Schmerz, der durch den Schlag entstanden war, spürte sie nicht. Ebenso wenig wie ihr lädiertes Schienbein. Die Angst war stärker. Das hatte ihr Vater ihr damals nicht gesagt. Nicht nur Schmerz konnte Schmerz verdrängen, sondern auch Angst.

Das Gefühl der Ohnmacht war so stark, dass sie aufstöhnte. Nicht einmal mehr Ekel konnte sie bei seinem Anblick empfinden. Wie ein wildes Tier kam er ihr vor. Ein Tier, das nicht mehr aufzuhalten war.

Ihr verzweifelter Blick richtete sich zur Decke. Aus der Ferne hörte sie seine widerlichen Geräusche. Sie wusste, dass ihr Leben zu Ende ging, ohne zu ahnen, welches Martyrium ihr noch bevorstand.

3

Birger Andresen versuchte sich daran zu erinnern, wann er das letzte Mal so wenig zu tun gehabt hatte wie in den vergangenen Wochen. Und nicht nur ihm erging es so. Der Großteil seiner Kollegen bei der Lübecker Mordkommission war mehr oder weniger beschäftigungslos. Auch wenn das natürlich niemand zugegeben hätte.

Endlich hatte er Zeit, all die Papiere abzuarbeiten, die sich auf seinem Schreibtisch angesammelt hatten und mittlerweile von Kaffee- und Fettflecken gezeichnet waren. Aber wenn er ehrlich war, musste er sich eingestehen, dass es ihn langweilte, sich an die liegen gebliebenen Fälle zu setzen, die zum Teil mehr als ein halbes Jahr alt waren.

Seitdem Andresen im April zum Hauptkommissar befördert worden war, hatte er keine größere Ermittlung mehr übernommen. Es schien ihm fast so, als sei er durch seinen neuen Dienstgrad zum Schreibtischhengst verkommen.

Sein Blick fiel auf eine Nachricht seines ehemaligen Kollegen Heckmann. Sie hatte zwischen all den Unterlagen gelegen. Heckmann und er waren im letzten Sommer Augenzeugen eines Amoklaufs in einem Lübecker Kaufhaus geworden, bei dem fünf unschuldige Menschen ums Leben gekommen waren, darunter auch eine junge Kollegin der Schutzpolizei. Das war der Anfang einer komplizierten und langatmigen Ermittlung gewesen, die schließlich einen der größten Medikamentenschmuggel zwischen Deutschland und Russland aufdecken konnte.

Nichts als Rechtfertigungen und Ausreden, dachte Andresen, während er den Brief las. Heckmann war nicht stark genug gewesen. Anstatt sich durchzubeißen nach den schlimmen Vorfällen, hatte er im Februar einfach seinen Dienst quittiert. Es wurde sogar gemunkelt, dass er nicht nur seinem Beruf, sondern auch Lübeck den Rücken kehren wollte. Sein Nachfolger hatte nicht lange auf sich warten lassen. Kriminalrat Frank Sibius, der Leiter der Mordkommission, war überaus bemüht gewesen, so schnell wie möglich adäquaten Ersatz zu präsentieren. Und es war ein offenes Geheimnis, dass er dabei seine Kontakte ins Ostwestfälische hatte spielen lassen.

Seit Anfang April gehörte Ben Kregel nun zum Team der Lübecker Mordkommission. Er war zuvor bei der Kripo Bielefeld tätig gewesen. Andresen wusste nicht viel über seinen neuen Kollegen, außer dass ihm der Ruf vorauseilte, ein Stinkstiefel sondergleichen zu sein. Aus diesem Grund und wegen eines Anflugs von Rivalität hatte Andresen bislang kaum mehr als fünf Sätze mit Kregel gewechselt, geschweige denn mit ihm zusammengearbeitet. Er ging ihm schlicht und einfach aus dem Weg.

Es war kurz vor elf. Gleich hatte er einen Termin mit einer Redakteurin der Lübecker Rundschau. Anlässlich des Prozesses gegen Thomas Hünemeier, einen der Drahtzieher des Medikamentenschmuggels aus dem vergangenen Jahr, war er angesprochen worden, vom Polizeialltag nach solchen Ereignissen zu berichten.

Ein Vogel flog gegen das Fenster und weckte ihn aus seinen Gedanken. Diese Geschichte würde er wohl zeit seines Lebens nicht mehr aus dem Kopf bekommen. Zu stark waren die Bilder gewesen. Sie hatten sich fest in seine Erinnerungen eingebrannt.

Das Telefon klingelte. Er sah, dass es das Sekretariat war.

»Die Frau von der Presse ist da.«

»Danke, Sylvia, ich komme.«

Andresen trat auf den Flur und sah, dass die junge Frau auf der Besucherbank Platz genommen hatte. Zielstrebig ging er auf sie zu und stellte sich vor.

»Andresen. Guten Tag, Frau …«

»Hennings. Wiebke Hennings, Lübecker Rundschau.«

»Bitte kommen Sie. In meinem Büro können wir uns ungestört unterhalten.« Er ging in Richtung seines Zimmers. »Möchten Sie etwas trinken? Kaffee, Tee, Wasser?«

»Cappuccino?«, fragte sie zögerlich.

»Klar, warten Sie bitte einen Augenblick.«

Er ging den Gang zurück und betätigte am Kaffeeautomaten die entsprechenden Knöpfe. Während er wartete, betrachtete er die Frau genauer. Erst jetzt bemerkte er, dass sie ihn an jemanden erinnerte. Doch ihm fiel nicht ein, an wen. Sie sah durchaus attraktiv aus mit ihren langen blonden Haaren und dem eng anliegenden dunkelbraunen Zweiteiler. Andresen nahm den Cappuccino und ging den Flur entlang. Mit einem kurzen Nicken machte er deutlich, dass sie ihm in sein Büro folgen sollte.

»So, Frau Hennings. Nehmen Sie bitte Platz. Vielleicht können Sie mir noch einmal erklären, was genau Thema Ihres Artikels sein soll.«

»Natürlich«, antwortete Wiebke Hennings. Sie schenkte ihm ein niedliches Lächeln, offenbar mit der Absicht, dass Andresen das Gefühl haben sollte, ernst genommen zu werden.

»Wir möchten unseren Lesern gern davon berichten, wie die Polizei mit den Folgen dieser schrecklichen Ereignisse im letzten Jahr umgeht. Auch um der Bevölkerung Mut zu machen, dass es nicht noch einmal zu so etwas wie diesem Amoklauf kommen wird.«

»Dann schießen Sie mal los!«

»Danke«, sagte Wiebke Hennings. »Meine erste Frage bezieht sich auf den Tag, an dem …«

Das Klingeln des Telefons unterbrach sie.

»Bitte entschuldigen Sie.« Andresen nahm den Hörer ab.

»Ah, Julia. Was gibt's denn? Ich bin gerade in einem Gespräch.«

Er drehte sich in seinem Schreibtischstuhl zur Seite und blickte aus dem Fenster, während er Julias Worten lauschte. »Wo seid ihr denn jetzt?«, fragte er nach einer Weile. »Und die Hausnummer? – In Ordnung. Ich bin in fünf Minuten bei euch. Sichert alles ab! Und ruf Kregel und die Techniker an. Sie sollen ebenfalls kommen.«

Andresen legte auf. Er starrte nachdenklich aus dem Fenster.

»Wir müssen unser Gespräch ein andermal fortsetzen. Es tut mir schrecklich leid, Frau … äh … Hennings, aber manchmal gibt es einfach Dinge, die wichtiger sind als PR-Arbeit.«

»Natürlich«, antwortete Wiebke Hennings verständnisvoll. »Ist etwas Ernstes geschehen?«

Andresen war augenblicklich auf der Hut. Er rief sich ins Gedächtnis, dass sie, trotz aller Sympathie, die er für sie empfand, eine Journalistin war und nichts anderes als eine gute Story im Sinn hatte.

»Das wird sich zeigen«, antwortete er ausweichend. »Rufen Sie mich doch einfach morgen an, dann können wir einen neuen Termin vereinbaren.«

Er begleitete sie bis zum Fahrstuhl und verabschiedete sich von ihr. Unschlüssig stand er auf dem Gang. Warum eigentlich hatte er nicht auch den Fahrstuhl genommen? Er hatte Julia gesagt, er sei in fünf Minuten da. Völlig utopisch. Kurzerhand nahm er die Treppe und rannte im Eilschritt hinunter ins Parkhaus.

***

Zehn Minuten später parkte er vor dem Haus in der Fleischhauerstraße. Trotz Blaulicht und Martinshorn war es ihm stets ein Gräuel, sich durch den zäh fließenden Verkehr Lübecks zu kämpfen.

Julia und Niels standen bereits im Eingangsbereich des Hauses und erwarteten ihn.

»Sind wir die Ersten?« Andresen wunderte sich.

»Mitnichten«, rief plötzlich eine Stimme. Harald Seelhoff, Leiter der Kriminaltechnik, kam auf ihn zu und zog die Augenbrauen hoch. »Oder meinst du, der Tatort sperrt sich von allein ab?« Er schob sich an Andresen vorbei und drängte sich durch die Eingangstür des renovierungsbedürftigen Altstadthauses. Andresen sah seinem Kollegen hinterher und schüttelte den Kopf. Was waren Kriminalpolizisten doch manchmal für Kotzbrocken. Und davon konnte er nicht einmal sich selbst ausschließen.

»Wie habt ihr eigentlich davon erfahren?«

»Ein Mann rief an und sagte, er glaube, Meike Kalm sei etwas zugestoßen, weil er sie seit Tagen nicht mehr gesehen hat. Und dann hat er einfach aufgelegt«, antwortete Kriminalmeisterin Julia Winter. Sie war seit zwei Jahren bei der Lübecker Kriminalpolizei, nachdem sie zuvor die Polizeianwärterschule mit herausragenden Noten abgeschlossen hatte. Andresen wusste, dass sie es im Kollegenkreis nicht immer einfach gehabt hatte. Vor allem die männlichen Kollegen hatten sie aufgrund ihrer blonden Haare und des hübschen Aussehens auf dem Kieker. Manch einer schien ein Auge auf sie geworfen zu haben. Andresen schätzte Julia allerdings vor allem als eine äußerst gewissenhafte und zielstrebige junge Frau, auch wenn sie mit ihrer gelegentlich ungestümen Art schon das ein oder andere Mal über das Ziel hinausgeschossen war.

»Hast du mit ihm gesprochen?«

Sie schüttelte den Kopf und nickte zu Kriminalobermeister Niels Reiser hinüber.

»Es war ein komisches Gespräch, wenn man denn überhaupt von einem Gespräch reden kann. Er klang so … so desinteressiert. Gar nicht, als ob er sich tatsächlich Sorgen machen würde.«

Andresen hörte nicht mehr richtig zu. Seelhoffs Verhalten von vorhin beschäftigte ihn mehr, als er nach außen hin zeigen wollte. Andauernd hatte er Probleme mit den Technikern. Mit Siederdissen war er bereits mehrfach aneinandergeraten. Dass sich jetzt auch noch Seelhoff so ungehobelt verhielt, wurmte ihn. Nachdenklich betrat er das Haus und ging die schmale Treppe hinauf. Vor der hölzernen Wohnungstür im zweiten Stock hantierte Siederdissen mit rot-weißen Absperrbändern herum. Als er Andresen erblickte, verzog er sein Gesicht zu einer Grimasse und wandte sich demonstrativ von ihm ab.

»Sie liegt im Schlafzimmer.«

Andresen verzichtete darauf, ihm zu antworten, und betrat stattdessen die Wohnung.

»Pass doch auf!«, raunzte Seelhoff plötzlich. »Hast du keine Überzieher dabei? Dann hol dir von Siederdissen welche!«

Andresen zuckte zusammen und ging ein paar Schritte zurück. Nachdem er sich die blauen Plastikfolien über die Schuhe gezogen hatte, nahm er einen zweiten Anlauf und betrat die Wohnung.

»Es ist kein schöner Anblick. Ich weiß nicht, was hier vorgefallen ist, aber es war sehr viel Gewalt im Spiel. Wenn du mich fragst, ähnelt das Ganze dem Mord an Sina Reimer.«

»Seit wann mischt sich denn die Technik in die Ermittlungsarbeit ein?«, fragte Andresen süffisant.

»Seitdem es in der Mordkommission drunter und drüber geht«, kam es von draußen.

Andresen ignorierte Siederdissens Kommentar, der offenbar auf Heckmanns Kündigung abzielte.

»Sina Reimer ist Lorenz' Fall. Warum ruft man mich überhaupt hierher?«, fragte Andresen.

Seelhoff zuckte mit den Schultern und verschwand in einem angrenzenden Zimmer. Andresen ging langsam hinter ihm her, noch immer irritiert über das Verhalten der beiden Männer von der Kriminaltechnik. Vor ihm lag das Schlafzimmer der Frau.

Seltsamerweise ließ ihn der Anblick der toten Frau im ersten Augenblick kalt. Zu entstellt, zu unnatürlich lag ihr nackter Körper auf der weißen Bettwäsche, als dass ihn ihr Tod hätte berühren können. Seelhoff stand neben dem Bett und sah Andresen an.

»Denkst du dasselbe wie ich?«, fragte er.

»Ich denke gerade gar nichts«, murmelte Andresen.

Der blasse Leichnam war von gelb-schwarzen Hämatomen übersät. Die Extremitäten standen in absonderlicher Art und Weise ab und wirkten nicht wie Teile eines menschlichen Körpers. Dunkelblonde Haare verdeckten in Strähnen das Gesicht.

»Es wird immer abartiger. So etwas gab es früher nicht.«

Andresen verdrehte die Augen. Er konnte es nicht leiden, wenn die ach so gute alte Zeit glorifiziert wurde. Perversitäten wie diesen Mord hatte es schon immer gegeben.

»Mal wieder ein Fall für Birnbaum«, flüsterte er. »Es sieht tatsächlich so aus, als hätten wir es mit einem Wiederholungstäter zu tun.«

»Woher willst du das wissen, ich dachte, Lorenz …?«, hakte Seelhoff ein.

»Ich habe die Fotos von Sina Reimers Leiche gesehen. Die Ähnlichkeit ist frappierend.«

»Du weißt, was das bedeutet?«

»Nein, was denn?«, fragte Andresen provozierend.

Seelhoff griff in einen silbernen Koffer, den er neben dem Bett abgestellt hatte. Andresen ging aus dem Schlafzimmer und lehnte sich im Flur gegen den Türrahmen. Julia und Niels kamen zu ihm.

»Wir müssen den Krisenstab einberufen. Julia, bitte kümmer dich darum. Sag Sibius, Lorenz und den anderen Bescheid.«

Eilig verließ er die Wohnung und lief die Treppe hinab. Seine Uhr zeigte kurz vor halb eins, als er sich hinter das Steuer seines Volvos setzte. Adrenalin durchspülte seinen Körper. Er wusste, von nun an suchten sie nach einem Serienmörder. Eine junge Frau war zu Tode gefoltert worden, auf brutalste Weise. Und wenn sie nicht vollkommen falschlagen, mussten sie davon ausgehen, dass der Täter nicht zum ersten Mal zugeschlagen hatte.

Die Ruhe und Langeweile, die er noch heute Morgen verspürt hatte, waren schlagartig verschwunden, als er seinen Wagen startete und zurück ins Präsidium fuhr.

4

Es hatte nur ein paar Minuten gedauert, ehe Andresen das Kommando übernommen und die Aufgaben verteilt hatte. Seitdem er Hauptkommissar war, konnte er sich endlich sicher sein, dass ihm niemand mehr reinredete, wenn er gewisse Entscheidungen traf. Selbst Sibius war froh darüber, schließlich wand er sich wie ein Aal, wenn es darum ging, Verantwortlichkeiten zu übertragen.

»Das, was Kai geschildert hat, macht deutlich, dass wir es mit einem Täter zu tun haben, der brutaler vorgeht, als wir es aus vergleichbaren Fällen kennen«, setzte Andresen zum Schlusswort an. »Doch die Brutalität ist nur das eine. Auch die Dauer des Martyriums ist bemerkenswert.« Er holte tief Luft. »Wir werden ein Ermittlungsteam unter meiner Führung bilden, das sich ausschließlich um diesen Fall kümmert. Julia, du wirst dabei sein. Kai und Niels, es wäre gut, wenn ihr auf Abruf bereitstehen würdet. So lange kümmert ihr euch um die übrigen Ermittlungen.«

Kriminalkommissar Kai Lorenz schüttelte den Kopf. »Ich hatte den Fall Sina Reimer. Warum reißt Birger die Angelegenheit jetzt an sich?«, fragte er in Richtung Sibius gewandt. »Entscheidet er jetzt über mich?«

»Nein, natürlich nicht. Aber er hat recht mit dem, was er sagt. Birger und Julia sind ein eingespieltes Team, und als Hauptkommissar wird er diesen Fall leiten.«

Sibius' Worte saßen. Lorenz' Widerspruch war im Keim erstickt worden.

»Danke, Frank«, sagte Andresen.

Sein Verhältnis zu Lorenz war nicht erst seit seiner Beförderung angespannt. Vielleicht war es an der Zeit, ein klärendes Gespräch mit ihm zu führen, ehe die Situation zwischen ihnen zu einem echten Problem wurde. Er verdrängte den Gedanken und ergriff erneut das Wort.

»Ben, bitte stell alle Unterlagen über Sina Reimer zusammen

und versuch, so viel wie möglich über Meike Kalm herauszufinden. In einer Stunde setzen wir uns zusammen und besprechen die weitere Vorgehensweise.«

Andresen gab Sibius ein Zeichen, dass er nichts weiter zu sagen hatte.

»In Ordnung. Ich hoffe, dann weiß jeder, was zu tun ist. Also, an die Arbeit.« Sibius hustete verlegen, ehe er noch einmal ansetzte. »Bitte wartet noch einen Augenblick. Ich muss euch noch etwas mitteilen.«

Andresen blickte seinen Chef irritiert an. Was gab es denn noch so Wichtiges?

»In diesem Jahr scheint uns offenbar nichts erspart zu bleiben«, begann Sibius. »Erst Heckmanns Entscheidung, den Dienst zu quittieren, und nun wird uns auch Willi verlassen und krankheitsbedingt in frühzeitigen Ruhestand gehen. Er hat mich heute Morgen davon in Kenntnis gesetzt. Bei Gelegenheit will er sich von euch allen verabschieden.« Sibius hielt kurz inne, bevor er weitersprach. »Das bedeutet natürlich auch, dass auf jeden von uns vorerst mehr Arbeit zukommen wird.«

Andresen stand auf und verließ als Erster den Besprechungsraum. Die Nachricht von Willi Wibels Ausscheiden hatte ihn nachdenklich gemacht. Es war weniger die Tatsache, dass Wibel nicht länger seinen Dienst ausüben konnte: Er war ohnehin schon seit Längerem gesundheitlich angeschlagen und hatte mehrfach bekundet, lieber heute als morgen seinen Job an den Nagel hängen zu wollen. Es war etwas anderes, das ihn beunruhigte. Mit Ben Kregel war erst vor Kurzem ein neues Gesicht zu ihnen gestoßen. Nun würde auch Wibels Abschied eine Lücke hinterlassen, die gefüllt werden musste. Und die Tatsache, dass Wibel Kriminaloberkommissar gewesen war, machte das Ganze nicht einfacher. Auf Veränderungen dieser Art konnte er gut und gern verzichten.

Er nahm auf seinem Schreibtischstuhl Platz und griff nach seinen Aufzeichnungen. Das Wichtigste war, Strukturen zu schaffen. Er entschied sich für die altbewährte Methode und nahm einen leeren Zettel und einen Stift zur Hand. Auch wenn es die

Rechtsmedizin noch nicht bestätigt hatte, konnten sie mit großer Wahrscheinlichkeit davon ausgehen, dass der Mörder von Meike Kalm und Sina Reimer ein und derselbe war. Zumindest deuteten die Verletzungen und die Art und Weise, wie sie die Frauen vorgefunden hatten, darauf hin. Er notierte beide Namen auf dem Zettel und ergänzte sie um ihr Alter und einige persönliche Daten.

Sina Reimer war zweiundzwanzig Jahre alt geworden und hatte zuletzt in einer Maisonettewohnung im Lübecker Stadtteil St. Jürgen gelebt. Alle weiteren Details hoffte er von Kregel zu erfahren. Von Meike Kalm wusste er ebenfalls nur das Alter und ihren Wohnort. Sie war ein Jahr älter als Sina Reimer gewesen.

Das Bild der toten Meike Kalm, die so unnatürlich verrenkt auf ihrem Bett gelegen hatte, kam ihm wieder in den Sinn. Wer war bloß dazu fähig, einen Menschen so zuzurichten? Was hatte sie alles erleiden müssen, ehe das Martyrium ein Ende gefunden hatte? Den blauen Flecken und Wunden am Körper zufolge konnte es Tage, womöglich sogar Wochen gedauert haben.

Offensichtlich hatte der Mörder auch sexuelle Gewalt an den Frauen verübt, zu deutlich waren die dunkelroten, zum Teil gelblich verfärbten Stellen zwischen ihren Beinen gewesen. Ein klares Indiz dafür, dass es sich bei dem Mörder der beiden Frauen um einen Mann handeln musste.

Lorenz hatte in der Besprechung angedeutet, dass die Rechtsmedizin vermute, Sina Reimer sei bis zu zwanzigmal vergewaltigt worden und habe Schläge, Tritte und andere Misshandlungen über sich ergehen lassen müssen. Sie mussten davon ausgehen, dass es Meike Kalm ähnlich ergangen war.

Der Gedanke daran löste ein Schwindelgefühl bei Andresen aus. Meike Kalm stand plötzlich vor ihm. Eine fröhliche, junge Frau, die ihr Leben noch vor sich hatte. Er sah wieder ihren toten nackten Leichnam, die verdrehten Gliedmaßen, den Körper übersät von Gewaltspuren.

Es klopfte an seiner Tür.

»Wir sind so weit.« Kriminalobermeisterin Barbara Kracht lugte durch den Türspalt. Andresen hatte Kregel angewiesen, sie mit in die Ermittlungen einzubeziehen. Sie war eine erfahrene Polizistin und hatte genau wie er selbst die vierzig knapp überschritten. Ihr rotbraunes Haar wirkte zerzaust wie immer. »Wollen wir ins Sitzungszimmer gehen? Da haben wir mehr Platz.«

»Barbara«, fuhr Andresen hoch. »Nein, nein, kommt rein. Draußen steht noch ein Stuhl. Warte, ich hole ihn. Ich wollte mir ohnehin gerade einen Kaffee holen.«

Sina Reimer war Studentin der Medizin an der Universität Lübeck gewesen und stammte auch gebürtig aus der Hansestadt. Sie war Single gewesen und hatte sich laut ihrer Eltern vor allem auf ihr Studium konzentriert. Lorenz und Kregel hatten die Vernehmungen im Verwandten- und Bekanntenkreis geführt, ohne einen entscheidenden Hinweis auf ein mögliches Tatmotiv ausfindig machen zu können. Vielmehr ging man davon aus, dass es sich um einen heimtückischen Mord mit sexuellem Motiv handelte und einen Täter, der sein Opfer nicht gekannt hatte. An dieser Stelle hakte Andresen ein.

»Das muss nicht zwangsläufig der Fall sein. Er – wenn wir denn von einem Mann als Täter ausgehen – kann Sina Reimer durchaus gekannt haben. Vielleicht hat *sie* ihn jedoch nicht gekannt. Wir wissen doch, dass manche Mörder ihren Opfern jahrelang auflauern, ehe sie zuschlagen.«

»Da bin ich eher skeptisch«, fiel ihm Kregel ins Wort. »Vielleicht passt diese These ja bei Sina Reimer, aber Meike Kalm war offenbar weder reich noch sonderlich attraktiv.«

Andresen sah verstört zu Kregel hinüber. War das sein Ernst oder hatte er einfach nur einen flapsigen Spruch in die Runde werfen wollen? Er verzichtete darauf, die Bemerkung zu kommentieren.

»Hier ist der Ordner über Sina Reimer, mit allen Protokollen der Vernehmungen.« Barbara legte einen dicken schwarzen Ringordner auf den Tisch. »Über Meike Kalm wissen wir noch nicht allzu viel. Daher habe ich keine Ahnung, wie Ben zu seiner Einschätzung kommt. Ihre Angehörigen sind mittlerweile allerdings verständigt worden.«

»War sie auch Studentin?«, fragte Andresen.

»Sie hat in so einem Körnerfresserladen gejobbt. Und das mit Abitur.«

»Spricht man in Ostwestfalen so über Tote?«, fragte Andresen barsch.

»Gelegentlich«, konterte Kregel mit gespielt unschuldigem Lächeln.

»Wir werden uns gleich dransetzen und so viel wie möglich über sie in Erfahrung bringen«, sagte Barbara. »Ich denke, es wäre gut, wenn du die Vernehmungen leiten würdest, Birger.«

»Warum denn?«, fragte Kregel in ihre Richtung. »Ich meine, weshalb sollten wir die Gespräche nicht selbst führen? Darum braucht sich Birger doch nicht zu kümmern.«

Andresen tat so, als hätte er Kregels Worte nicht gehört. »In Ordnung. Stellt bitte eine Liste derer zusammen, mit denen wir sprechen müssen. Und denkt an die Nachbarn, vielleicht hat irgendjemand etwas gehört oder gesehen. Ich werde heute Nachmittag erst mal die Akten über Sina Reimer wälzen.«

Nachdem Barbara und Kregel sein Büro verlassen hatten, lehnte sich Andresen in seinem Stuhl zurück, verschränkte die Arme hinter dem Nacken und schloss die Augen.

Kregel war ein sonderbarer Typ. Einerseits zielstrebig und scharfsinnig, andererseits provozierte er mit seinen unbedachten Äußerungen derart, dass sich ein vernünftiges Miteinander nur schwerlich einstellen wollte. Seine hochgewachsene und durchtrainierte Statur tat ihr Übriges dazu, dass man ihm gegenüber reserviert auftrat. Wenn sich Kregel weiterhin so rüde benahm, würde er ihn in die Schranken weisen müssen.

Er schnappte sich den Ordner über Sina Reimer und schlug ihn auf. Irgendetwas lähmte ihn, als sein Blick auf das oberste Blatt fiel. Er konnte nicht sagen, was es war, aber er fand einfach nicht zu seiner gewohnten Konzentration. Bilder von entstellten Körpern, Heckmann, Wibel, aufstrebende Kollegen, seine Freundin Meret. All das tanzte vor seinem inneren Auge und zwang ihn dazu, den Ordner zu schließen. Mit einem Mal war auch Wiebke Hennings da, die Journalistin. Er runzelte die

Stirn. Sie hatte etwas ausgestrahlt, das ihn dazu veranlasste, auf der Hut zu sein.

Nachdenklich sah Andresen aus dem Fenster. Er musste an Meret denken, die er im vergangenen Jahr kennengelernt hatte. Nach der Scheidung von Rita war sie die erste Frau gewesen, mit der er sich ernsthaft auf mehr als eine bloße Affäre eingelassen hatte. Das war jetzt etwas mehr als ein Jahr her. Doch in den letzten Wochen hatte sich ihre Beziehung deutlich abgekühlt, was nicht zuletzt daran gelegen hatte, dass Meret wochenlang Überstunden in der Anwaltskanzlei, in der sie arbeitete, verrichten musste und zwischendurch einige Tage mit ihrer Freundin Helena nach Schweden verreist war.

Aber es war nicht nur das gewesen. Eine Ahnung beschlich ihn bereits seit längerer Zeit. Das Empfinden, wenn sie spätabends zu ihm ins Bett gekrochen kam, war mit einem Mal nicht mehr dasselbe gewesen. Tag für Tag hatte er sich gefragt, was der Grund dafür sein konnte, ohne eine Antwort zu finden. Die Magie, die er verspürt hatte, als sie sich kennengelernt hatten, und die Nervosität, die bei ihren ersten Treffen geherrscht hatte, waren verschwunden. Der normale Lauf der Dinge oder das Ende einer kurzen Romanze? »Hey Jude« klang ihm wieder in den Ohren. Sie hatten es damals gehört, als sie sich ineinander verliebten. Würde es bald schon »Yesterday« sein?

Es klopfte, und die Tür zu seinem Büro wurde aufgestoßen.

»Birger, halt dich fest. Die beiden haben zusammen studiert. Medizin an der Uni Lübeck, im gleichen Semester«, sagte Barbara.

»Ich dachte, Meike Kalm war …«

»Sie hat nach dem zweiten Semester abgebrochen und arbeitete seitdem in einem Biowarengeschäft als Verkäuferin.«

Andresen schüttelte den Kopf. So schnell hatten sie wohl selten einen Zusammenhang zwischen zwei Mordfällen herstellen können.

»Du weißt, was das heißt, Barbara?«

Sie nickte.

»Wir brauchen alle Namen ihrer Kommilitonen. Am besten

sogar eine Liste aller Lübecker Medizinstudenten der vergangenen Jahre. Und die Namen aller Dozenten, Doktoren und Professoren. Auch die der sonstigen Universitätsangestellten. Von den Reinigungskräften bis zum Mensapersonal dürfen wir niemanden ausschließen. Ich will morgen früh in der Uni sein und mit den Gesprächen beginnen. Wir fangen erst mal mit ihrem Semester an. Und sag Kregel, er soll dir helfen. Und Julia auch.«

»Glaubst du nicht, dass es besser wäre, erst einmal mit den Angehörigen zu sprechen, bevor wir die halbe Uni auf den Kopf stellen?«

Andresen dachte einen Augenblick nach, ehe er antwortete.

»Wir brauchen die Namen, so oder so. Ich möchte zuerst einige Gespräche an der Uni führen. Danach fahren wir zu Meike Kalms Eltern. Manchmal ist es besser, sich erst ein objektives Bild zu machen, ehe man mit den familiären Emotionen konfrontiert wird.«

»Also, ich bin mir nicht ...«

»Ich will die Namen haben«, würgte Andresen Barbaras neuerlichen Einwand ab. »Und denk dran, sie mit unserer Kartei abzugleichen. Wer weiß, was sich auf diesem Weg ergibt.«

Barbara knallte Andresen einige Zettel auf den Tisch und verließ schnurstracks sein Büro. Er blickte verdutzt hinter ihr her und wunderte sich über ihre heftige Reaktion. Sie war eben ein Dickkopf, redete er sich ein.

Andresen versuchte seine Gedanken zu ordnen und senkte den Kopf über die Unterlagen, die ihm Barbara auf den Tisch gelegt hatte, als plötzlich sein Handy piepte. Er warf einen raschen Blick auf das Display und sah, dass Meret ihm eine SMS geschrieben hatte. »Schaffe es heute nicht mehr, habe zu viel zu tun. Weiß nicht mehr, wo mir der Kopf steht. Hoffe, du hast Verständnis. LG Meret«.

»Na prima«, murmelte Andresen. Er schüttelte den Kopf. Früher oder später musste er mit ihr reden, das war klar.

Die Liste der Personen an der Universität umfasste mehr als tausend Namen. Barbara hatte ihm am späten Nachmittag eine Übersicht aller Absolventen der letzten Jahre sowie der aktuell Studierenden vorgelegt. Hinzu kam ein Adressregister all derjenigen, die an der Universität angestellt waren. Es reichte vom Professor bis hin zum universitätseigenen Postmitarbeiter. Reinigungspersonal, Handwerker und IT-Spezialisten waren ebenso aufgeführt wie Doktoranden, wissenschaftliche Hilfskräfte und Sekretariatsangestellte. Barbara und Julia hatten ganze Arbeit geleistet.

»Wissen wir, wer alles in dem Semester der beiden war und wie ihre Professoren hießen? Wir müssen es zuerst über diesen Weg versuchen«, fragte Andresen.

»Wir haben die Namen derjenigen, die das Medizinstudium zusammen mit Sina Reimer und Meike Kalm begonnen haben. Wie viele davon noch übrig sind, wissen wir allerdings nicht.« Barbara stockte. Sie hatte gemerkt, dass ihre Formulierung unglücklich ausgefallen war. »Du weißt ja, wie ich das meine. Es brechen schließlich eine ganze Menge Leute ihr Studium ab.« Sie holte tief Luft, bevor sie fortfuhr. »Die Professoren und Dozenten sollten aber noch dieselben wie damals sein.«

»Auf wie viele Personen kommen wir in der Summe?«, fragte Andresen.

»Etwas mehr als zweihundert, ohne weiteres Universitätspersonal.«

Andresen nickte zögerlich. »In Ordnung«, fuhr er fort. »Wir werden morgen an die Universität fahren, um uns ein erstes Bild zu machen. Anschließend gehen wir einen Schritt tiefer. Die Angehörigen können uns bestimmt sagen, mit wem die beiden an der Universität näher befreundet waren. Wir müssen mit den Familien sprechen. Hat das Lorenz nach dem Mord an Sina Reimer nicht eingeleitet? Sie wird doch so etwas wie einen Freundeskreis an der Uni gehabt haben. Möglicherweise war sie auch in einer dieser Organisationen aktiv. Fachschaften, AStA, weiß der Kuckuck, wie die alle heißen.«

Andresen merkte, dass Barbara verzweifelt versuchte, seinen übersprudelnden Worten zu folgen. In solchen Momenten war er kaum zu bremsen.

»Warum bin ich da nicht sofort draufgekommen?«, grummelte er plötzlich. »Wir können zwar nicht alle befragen, aber wieso nehmen wir nicht einfach einen umfassenden DNA-Abgleich vor? Beide Frauen wurden offenbar sexuell missbraucht. Spuren und Genmaterial wird es genug geben. Sibius und unser Polizeidirektor Franz Zeichner haben letzten Monat noch einmal ausdrücklich darauf hingewiesen, dass wir dieses Mittel bei Bedarf einsetzen sollen.«

»Ich weiß nicht, ob du das durchgeboxt bekommst. Warum hat Sibius denn nichts davon in unserer Besprechung gesagt?«

»Du weißt doch, wie er ist.« Andresen zuckte mit den Schultern.

»Aber du weißt hoffentlich auch, welches Fass wir damit aufmachen würden?«, fragte Barbara. »Die Presse und die Bevölkerung werden wie Wölfe über uns herfallen.«

»Da bin ich mir gar nicht so sicher. Die Stimmungslage hat sich verändert. Die Leute wollen heutzutage lieber einen zweifachen Frauenmörder hinter Gittern sehen, als auf dem Schutz ihrer Daten zu beharren. Manchmal habe ich sogar das Gefühl, dass sich das Volk den Galgen zurückwünscht«, fügte Andresen mit einem Schmunzeln hinzu. »Ich fahre morgen früh mit Julia zur Uni, um die ersten Gespräche zu führen. Bis dahin brauche ich eine Handvoll Namen. Am besten derjenigen Professoren, bei denen beide Frauen gehört haben. Anschließend spreche ich mit Sibius wegen des DNA-Abgleichs. Und am Nachmittag werden wir der Familie von Meike Kalm einen Besuch abstatten. Wer hat ihnen eigentlich Bescheid gegeben?«

»Jemand von der Streife, glaube ich«, antwortete Barbara. Sie versprach, Andresen die nötigen Informationen so schnell wie möglich zu besorgen.

Als sie sein Büro bereits fast verlassen hatte, fiel Andresen noch etwas ein.

»Sag mal, wo ist eigentlich Julia? Ich hatte in unserer Besprechung doch ganz klar gesagt, dass sie an diesem Fall mitarbeiten soll.«

»Da musst du wohl besser Kai fragen«, rief Barbara und ging endgültig.

***

Um halb sieben packte Andresen seine Sachen zusammen und verließ das Polizeipräsidium in der Possehlstraße. Er ging über die neu gebaute Fußgängerbrücke an der Obertrave in Richtung Innenstadt. Dunkle Erinnerungen überkamen ihn, als sein Blick auf die Trave fiel. Hier, an dieser Stelle, hatte er vor etwas mehr als einem Jahr einen anderen schwierigen Fall aufgeklärt, als er die Peinigerin eines rachsüchtigen jungen Mannes zur Strecke gebracht hatte.

Die Abendsonne, die auf den kupfernen Dächern der Kirchtürme tanzte, vertrieb die Gedanken jedoch so schnell, wie sie gekommen waren. Wieder einmal fiel ihm auf, dass es für ihn kaum etwas Schöneres gab, als sich an einem sonnigen Morgen oder Abend der Altstadt über eine der zahlreichen Brücken zu nähern. Wenn es so etwas wie Zufriedenheit für ihn gab, dann fühlte er sie in diesen Augenblicken.

Kurzerhand entschied er, sich ein Glas Bier und eine Pizza Calzone in einem der italienischen Restaurants an der neu gestalteten Obertrave zu gönnen. Er wählte einen Platz draußen vor dem Restaurant. Die warme Julisonne gab ihm ein wohliges Gefühl von Urlaub und Fernweh.

Aus dem einen Bier wurden schließlich drei. Und als irgendwann die letzten Sonnenstrahlen hinter den Dächern verschwunden waren, bezahlte er und machte sich auf den Heimweg. Sein Weg führte ihn durch die Mühlenstraße. Am oberen Ende wechselte er die Straßenseite, blieb stehen und blickte zu den beiden Fenstern im zweiten Stock hinauf.

In der Wohnung brannte Licht. Auf seiner Armbanduhr sah Andresen, dass es kurz nach zehn war. Meret hatte ihm geschrieben, dass sie heute nicht mehr bei ihm vorbeikommen würde, weil sie beruflich zu sehr eingespannt sei. Zumindest war sie bereits zu Hause.

Plötzlich sah er, wie eine Frau aus Richtung Königstraße gelaufen kam und vor der Tür des Hauses stehen blieb. Einige Sekunden später wurde sie hineingelassen. Im letzten Moment, als die Tür bereits fast wieder ins Schloss gefallen war, erkannte er sie. Es war Helena Menke.

Er biss sich auf die Lippen und sah erneut zu Merets Wohnung hinauf. Dort stand sie, mit dem Rücken zu ihm gewandt. Ihr schlanker Körper zeichnete sich vor dem hellen Licht silhouettenhaft ab. Sie war eine schöne Frau mit ihrem ganz eigenen Stil. Hatte er ihr vielleicht zu selten gesagt, was er für sie empfand? Sie waren zu Anfang des Jahres doch auf einem guten Weg gewesen. Warum nur log sie ihn jetzt an? Was war geschehen, dass sie nicht mehr ehrlich zu ihm war?

Ein tiefergelegter Opel knatterte an ihm vorbei und ließ ihn für einen Moment erstarren. Meret war nicht mehr zu sehen. Das Licht in ihrer Wohnung war gedimmt worden. Jemand zog die Vorhänge zu. Ob er einfach klingeln sollte? Wie sie wohl reagieren würde?

Er musste an Merets Freundin, Helena Menke, denken. Von Anfang an hatte er ein schlechtes Gefühl bei ihr gehabt. Das Gefühl, dass sie fortwährend ein falsches Spiel trieb, hatte ihn nicht losgelassen. Nicht umsonst war sie in einem früheren Fall bereits ins Visier der Polizei geraten, auch wenn ihr nie etwas hatte nachgewiesen werden können. Was zum Teufel verband eine erfolgreiche Anwältin, wie es Meret war, mit einer derart durchtriebenen Frau?

Andresen beschloss, den Frust mit einem Bier in seiner Stammkneipe, dem altehrwürdigen Buthmanns, an dessen Wänden so mancher lokaler Politiker und Schriftsteller auf einem Foto verewigt war, hinunterzuspülen. Er überquerte die Straße, bog in die Königstraße und schließlich in die Glockengießerstraße ein. Obwohl er sich alle Mühe gab, die Gedanken an Meret zu vertreiben, ließen sie ihn nicht mehr los. Plötzlich war er sich sicher, dass etwas nicht in Ordnung war. Etwas mit Meret und Helena. Er hatte eine schlimme Ahnung, als er die Tür zum Buthmanns öffnete.

5

»Einen Moment bitte. Herr Professor Langhans spricht gerade.«

Die Sekretärin am Institut für Anatomie zog die Tür eines benachbarten Bürozimmers auf und gab dem telefonierenden Professor ein Zeichen.

Kurz danach begrüßte sie ein sonnengebräunter Endvierziger mit einem breiten Lächeln auf den Lippen. Seine Zähne blitzten unnatürlich weiß.

»Guten Morgen, entschuldigen Sie bitte. Ich hoffe, Sie haben nicht allzu lange warten müssen.«

Andresen winkte lapidar ab und setzte seine gelassenste Miene auf.

»Sie sind von der Kriminalpolizei, habe ich das richtig verstanden?«, erkundigte sich Langhans. »Was kann ich denn für Sie tun?«

»Ganz recht«, antwortete Andresen. »Mein Name ist Andresen, Kriminalhauptkommissar der Kripo Lübeck. Und das ist meine Kollegin, Kriminalmeisterin Julia Winter.«

Langhans zog die Stirn in Falten.

»Wir kommen wegen des Mordes an Ihrer Studentin Sina Reimer. Ich denke, Sie erinnern sich.«

»Ja sicher«, antwortete der Professor knapp.

»Was Sie nicht wissen, ist, dass am gestrigen Tag eine weitere junge Frau tot aufgefunden wurde. Allem Anschein nach wurde auch sie ermordet.«

»Meike Kalm, ich weiß. Sie war vor ein paar Jahren meine Studentin. Ich habe es heute Morgen in der Zeitung gelesen. Schlimm.«

Andresen blickte Julia an. Wie hatte die Presse bereits Wind von der Sache bekommen? Man hatte doch versucht, so diskret wie möglich am Tatort zu arbeiten.

Es konnte nur eine Erklärung geben. Sie hatte alles mitbekommen, als sie bei ihm im Büro gesessen hatte. Die Journalistin von der Rundschau, die ihm aus irgendeinem Grund noch gestern Abend im Kopf herumgegangen war. Sie musste den Braten gerochen haben. Womöglich war sie ihm gefolgt, als er das Polizeipräsidium verlassen hatte und in die Fleischhauerstraße gefahren war. Statt über den Polizeialltag zu schreiben, hatte sie den Mord an Meike Kalm ausgeschlachtet.

Andresen versuchte seine Verwirrung zu überspielen und wandte sich wieder Langhans zu.

»Wir würden Ihnen gern ein paar Fragen zu den beiden jungen Frauen stellen. Es wird sicherlich nicht länger als eine halbe Stunde dauern.«

»In Ordnung«, antwortete Langhans. »Kommen Sie mit in mein Büro. Dort können wir uns ungestört unterhalten.«

»Wissen Sie, als Professor steht man seinen Studenten bei Weitem nicht so nah wie ein Lehrer seinen Schülern«, eröffnete Langhans, der gleichzeitig auch stellvertretender Dekan der medizinischen Fakultät war, das Gespräch, als sie in seinem Büro Platz genommen hatten. »Vor allem, wenn in jedem Semester hundert neue Gesichter vor einem sitzen. Darum kann ich Ihnen auch kaum etwas über die beiden sagen.«

»Wann haben Sie Meike Kalm das letzte Mal gesehen?«

»Na, Sie stellen Fragen. Woher soll ich das denn so genau wissen? Ich schätze, es ist mehr als zwei Jahre her.«

»Und damals? Hatten Sie näheren Kontakt zu ihr? Oder beschränkten sich Ihre Treffen auf die Vorlesungen?«

»So kann man das ausdrücken. An ein Gespräch unter vier Augen kann ich mich jedenfalls nicht erinnern.«

»Wissen Sie, warum sie das Studium aufgegeben hat?«, hakte Andresen nach.

»Nein, aber es kommt des Öfteren vor, dass das Studium in dieser Phase abgebrochen wird. Mehr als zwanzig Prozent der Studenten entscheiden sich in den ersten Semestern noch einmal um. Ich kann nicht einmal sagen, ob sie eine gute oder eine schlechte Studentin war. Ich weiß es schlicht und einfach nicht.«

»Wer kann denn das wissen?«, fragte Julia.

»Normalerweise sollten die Klausurergebnisse dem Prüfungsamt vorliegen.« Langhans griff zum Telefon und wählte eine kurze Nummer. »Frau Burmester, archivieren wir die Klausuren unserer Studenten?«

Ihre Antwort schien nicht eindeutig zu sein.

»Na gut«, sagte Langhans, ehe er wieder auflegte. »Offenbar alles nicht so einfach. Am besten versuchen Sie es wohl im Prüfungsamt.«

»Wie sieht es mit Sina Reimer aus?«, wechselte Andresen das Thema. »Hatten Sie mit ihr mehr zu tun? Schließlich war sie bis vor Kurzem noch eine Ihrer Studentinnen.«

»Ja natürlich, das war sie«, sagte Langhans seufzend. »Sina war wirklich gut. Zielstrebig, diszipliniert, fleißig. Sie hätte als Ärztin, möglicherweise sogar im Bereich der Anatomie, viel erreichen können. Ich hätte sie fördern können. Sie war von Grund auf ein anderer Mensch als Meike.«

Andresen wollte bereits seine nächste Frage stellen, als er plötzlich stutzte.

»Ich dachte, Sie kannten Meike Kalm kaum. Wie können Sie dann behaupten, sie sei anders als Sina Reimer gewesen?« Wie oft hatte Andresen diesen Moment bereits erlebt. Der Moment, in dem er seinem Gegenüber auf die Pelle rückte, unangekündigt und blitzschnell. Der andere war dann in der Regel sofort auf der Hut und versuchte ein anderes Thema anzuschlagen, um der unangenehmen Situation zu entkommen.

Aber Langhans war anders. Keinerlei Spur von Nervosität. In ruhigem Tonfall erklärte er seine Bemerkung.

»Sina war ein Ausnahmetalent. Niemand konnte ihr das Wasser reichen. Folglich auch nicht Meike Kalm. Ich wollte lediglich zum Ausdruck bringen, dass Sina einzigartig war, falls Sie verstehen, was ich meine.«

»Ich versuche es«, antwortete Andresen. Die Erklärung des Professors schien ihm zu mechanisch, zu wenig spontan, als dass er sich damit zufriedengeben wollte.

»Hatte sie Freunde an der Uni?«

In den Unterlagen über Sina Reimer hatte er gelesen, dass sie zumindest keinen festen Partner gehabt hatte. Lediglich zwei alte Schulfreundinnen waren aufgeführt, von denen eine bereits seit mehr als zwei Jahren in München lebte. Das konnte kaum alles sein. Im Studium musste sie doch neue Leute kennengelernt haben.

»Darüber weiß ich leider nichts.« Langhans zuckte mit den Schultern. »Wie gesagt, sie war eben anders.« Es war offensichtlich, dass er das Gespräch nicht fortsetzen wollte. Andresen gab Julia ein Zeichen, gehen zu wollen.

»Wenn es Ihnen nichts ausmacht, würde ich in den nächsten Tagen gerne mal eine Ihrer Anatomievorlesungen besuchen«, sagte Julia plötzlich. »Wäre ich nicht Polizistin geworden, dann wahrscheinlich Medizinerin«, fügte sie in gekonnt lockerem Tonfall hinzu.

Wieder ließ sich Langhans nicht aus der Ruhe bringen. Beiläufig nickte er und lächelte sie an.

Andresen beobachtete die Situation aufmerksam. Von Beginn an hatte er gewusst, dass Julia eine gute Kriminalbeamtin werden würde, auch wenn ihr anfänglicher Übermut ihn oft hatte verzweifeln lassen.

»Es kann durchaus sein, dass wir noch einmal mit Ihnen sprechen müssen. Fürs Erste genügt es jedoch, haben Sie vielen Dank. Falls Ihnen noch etwas einfällt ...«

»... dann melde ich mich.«

»Genau. Sie müssen Gedanken lesen können«, stellte Andresen süffisant fest und drückte Langhans einen Zettel mit seiner Telefonnummer in die Hand.

Draußen vor dem Gebäude tauschten Andresen und Julia einen vielsagenden Blick aus. Es stand fest, dass Langhans ihnen nicht alles gesagt hatte. Er wusste mehr über die beiden toten Frauen, als er erzählt hatte. Andresen schob den Gedanken vorerst beiseite.

»Da wir schon hier sind, können wir mit einigen der Kommilitonen aus dem Semester sprechen. Anschließend fahren wir dann zu den Eltern von Meike Kalm. Und am späten Nachmittag will ich in die Rechtsmedizin, um mit Birnbaum zu sprechen.«

»Ich überlege gerade, ob es sinnvoll ist, zuerst mit den Studenten zu reden«, unterbrach ihn Julia. »Wir wissen doch gar nicht, mit wem die beiden möglicherweise befreundet waren.«

»Das ist auch gar nicht notwendig«, entgegnete Andresen. »Ich würde gerne mit der ganzen Gruppe sprechen und ihnen ein paar Fragen stellen. Deine Aufgabe wird es sein, zu beobachten. Blick in ihre Gesichter. Präg dir ein, wenn sich an ihrer Mimik etwas verändert. Wer weiß, wie sie reagieren.«

»Du bist dir sicher, dass ihr Mörder etwas mit der Uni zu tun hat, oder?«

»Nichts ist sicher, solange es nicht bewiesen ist. Das solltest du langsam wissen. Und ich selbst bin mir schon gar nicht sicher. Aber es ist unser einziger Ansatzpunkt bislang. Zwei junge Frauen, die vor einigen Jahren gemeinsam ein Studium begonnen haben, werden auf dieselbe Art und Weise brutal misshandelt und getötet. Grund genug, vorerst diesen Weg der Ermittlungen einzuschlagen.«

»Auf dieselbe Art und Weise?«, hakte Julia nach. »Wissen wir das denn schon?«

»Deine Vorsicht in allen Ehren, Julia. Besser als zu ungestüm.« Andresen konnte sich einen kleinen Seitenhieb auf Julias oft allzu voreiliges Verhalten nicht verkneifen. »Aber ich habe Meike Kalms Leichnam gesehen. Und auch die Fotos von Sina Reimer. Ich muss nicht Birnbaum heißen, um sagen zu können, dass hier ein und derselbe Täter am Werke war.«

Einen Moment lang standen beide unschlüssig herum, ehe Andresen erneut das Wort ergriff.

»Frag bitte im Prüfungsamt nach den Klausurergebnissen. Ich versuche derweil herauszufinden, wo sich Sina Reimers Kommilitonen aufhalten. Vielleicht erwischen wir sie ja alle zusammen. In einer halben Stunde treffen wir uns wieder hier.«

Andresen spürte, dass Julia überlegte, gegen seinen Vorschlag Einspruch zu erheben. Schließlich nickte sie ihm zu.

»Alles klar, halb zwölf hier.«

Langhans' Sekretärin hatte Andresen nach langem Hin und Her und mehreren Telefonaten mitgeteilt, dass er die Studenten aus Sina Reimers Semester mit ein wenig Glück in den Universitätsgebäuden in der Kahlhorststraße antreffen würde, wenn er sich sofort auf den Weg machte.

»Sie belegen zwischen halb elf und zwölf einen Kurs für Rechtsmedizin bei Professor Birnbaum«, berichtete Frau Burmester.

Andresen musste bei dem Gedanken daran, wie Birnbaum den armen Studenten sein Wissen vermittelte, schmunzeln.

»Soll ich Ihnen aufmalen, wie Sie zu ihm finden?«

»Danke, ist nicht nötig. Professor Birnbaum ist ein alter Bekannter von mir. Vielen Dank für Ihre Hilfe.«

Er verabschiedete sich und trat vor die Tür des grauen Klotzes, in dem das Institut für Anatomie untergebracht war. Von Weitem sah er Julia, die mit ihrem stets energischen Schritt näher kam.

»Und? Hast du was rausbekommen?«, rief er ihr entgegen. »Ich wette, deine Neuigkeiten sind nicht so überraschend wie meine.«

»Warte erst mal ab«, schnaufte Julia. »Du wirst kaum glauben, was man mir beim Prüfungsamt gesagt hat. Langhans hat es zu verantworten, dass Meike Kalm exmatrikuliert wurde. Er hat sie dreimal durch die Anatomieklausur rasseln lassen. Eine Einführungsklausur, das hat es vorher nicht und auch danach nie wieder gegeben. Kein Wunder, dass er vorhin so schweigsam war, als wir über sie gesprochen haben.«

Das war in der Tat merkwürdig. Warum bloß hatte Langhans ihnen diese Information verschwiegen und sie bewusst belogen? Er musste doch davon ausgehen, dass sie die Wahrheit herausfanden und ihn damit konfrontieren würden. Weshalb machte er sich derart offensichtlich verdächtig? Oder hatte er etwa allen Grund dazu, nicht die Wahrheit zu sagen?

»Was sollte dann dieses Theater vorhin?«, fragte er laut. »Wir müssen dringend noch einmal mit ihm sprechen, aber nicht jetzt. Komm mit, ich sag dir im Auto, wohin wir fahren.«

6

Um kurz vor zwölf erreichten sie das Institut für Rechtsmedizin in der Kahlhorststraße. Es lag auf dem Gelände der Sana-Kliniken, gehörte jedoch zum Universitätsklinikum Lübeck.

Ohne anzuklopfen, betraten Andresen und Julia den Hörsaal im Erdgeschoss des Gebäudes.

Professor Dr. Birnbaum bemerkte die beiden nicht, weil er mit dem Rücken zu den Studenten an etwas herumhantierte. Birnbaum war der Direktor des Instituts und hatte bereits mehrfach erfolgreich mit der Kriminalpolizei zusammengearbeitet. Er war ein knochiger und sehniger Mann, dem nur selten ein Lächeln über das Gesicht huschen wollte. Ein typischer Rechtsmediziner, fand Andresen. Dennoch schätzte er ihn aufgrund seiner Professionalität und der Akribie, mit der er arbeitete.

Unauffällig setzten sich die beiden in die letzte Reihe der stufenförmig angeordneten Sitze. Immer wieder waren vereinzelte Worte, zum Teil auch nur Laute zu hören, die zweifellos von Birnbaum stammten.

»... ein sauberer Schnitt ist das A und O ... ganz einfach ... gleich werden Sie es sehen.«

Ein leises Kichern ging durch den Raum. Rasch versuchte Andresen durchzuzählen, wie viele Studenten anwesend waren. Er schätzte, dass es mehr als vierzig waren. Langhans' Sekretärin hatte ihm gesagt, dass sich der Kurs aus verschiedenen Semestern zusammensetzte. Die Gesichter der Studenten bestätigten diese Auskunft. Andresen hatte den Eindruck, dass die Altersbandbreite von knapp zwanzig bis etwa dreißig Jahre reichte.

Auf seiner Uhr sah er, dass es zehn vor zwölf war. Die Vorlesung konnte nicht mehr lange dauern. Andresen hatte nicht das Gefühl, als sei das Interesse der Studenten an dem, was Birnbaum ihnen auf seine ganz eigene Art und Weise zu vermitteln versuchte, besonders rege.

Mit einem Mal wandte sich Birnbaum um und trat einen Schritt zur Seite. Auf der weißen Leinwand hinter ihm erschien ein Foto, das Andresen aus der Ferne nicht genau erkennen konnte. Er war sich jedoch sicher, dass es sich um einen toten Menschen handelte. Der Körper schien längsseitig mit einem feinen Schnitt geöffnet worden zu sein. Einige der jungen Frauen um Andresen und Julia herum verzogen kurz den Mund, versuchten jedoch, sich nichts anmerken zu lassen.

»Die meisten von Ihnen haben Ihren ersten Schnitt noch vor sich, doch das wird sich schon bald ändern. Für heute soll es das gewesen sein, aber bereiten Sie sich gut vor, beim nächsten Mal wird es ernst.«

Birnbaums Blick kreiste über die Sitzreihen, bis er plötzlich einen Punkt im Auditorium fixierte. Er hatte Andresen erblickt und sah ihn erstaunt an. Andresen konnte sich nicht erinnern, Birnbaum zuvor schon einmal derart überrascht gesehen zu haben.

Er nutzte den Moment und gab Julia ein Zeichen. Sie standen auf und gingen den seitlichen Gang des Hörsaals hinab. Andresen erklärte Birnbaum in wenigen Sätzen, weshalb sie hier waren. Birnbaum nickte und begab sich etwas abseits des Geschehens. Andresen postierte sich mittig vor der ersten Sitzreihe und hüstelte angestrengt.

»Entschuldigen Sie bitte die kurze Störung. Ich bin mir sicher, Sie würden viel lieber den lehrreichen Worten von Professor Birnbaum lauschen als meinem unangenehmen Anliegen.«

Kurzes Gelächter machte sich unter den Studenten breit.

»Mein Name ist Birger Andresen, Hauptkommissar bei der Kripo Lübeck. Und das ist meine Kollegin, Kriminalmeisterin Julia Winter.« Andresen zeigte auf Julia. »Mit Rücksicht auf Ihren straffen Stundenplan und den Hunger, den Sie ... wobei ...«, unterbrach er sich selbst und blickte auf das Dia hinter sich. Erst jetzt erkannte er, dass es sich bei dem Körper um den eines Kindes handelte, »... wenn ich das hier sehe, kann einem der Hunger auch vergehen.« Erneutes Gelächter. »Aber kommen wir zu dem Grund unseres Besuches. Da ich weiß, wie schnell sich derartige Nachrichten verbreiten, gehe ich davon aus, dass jeder von Ihnen bereits Bescheid weiß.«

Andresen hielt kurz inne und ließ seinen Blick durch den Raum schweifen. Er spürte, dass ein Teil der Studenten wusste, wovon er sprach, ein anderer dagegen offenbar keinerlei Ahnung besaß oder aber äußerst erfolgreich darin war, diesen Eindruck vorzutäuschen.

»Wir gehen derzeit davon aus, dass der Tod von Meike Kalm, von dem ich hier spreche, in Zusammenhang mit dem Mord an Sina Reimer steht.« Wieder ließ er den Studenten Zeit, seine Worte sacken zu lassen. »Wir werden deshalb mit einem Großteil von Ihnen unter vier Augen reden müssen. Dennoch wäre es hilfreich für uns, wenn Sie uns einige Fragen sofort beantworten würden.«

Andresen sah zu Julia hinüber. Er nickte ihr zu und trat zwei Schritte zurück. Julia war einen Moment lang sichtlich irritiert, hatten sie doch eigentlich etwas anderes vereinbart. Trotzdem reagierte sie schnell und trat an die Stelle, an der zuvor noch Andresen gestanden hatte.

»Ich bitte diejenigen Anwesenden, sich zu melden, die das Medizinstudium zusammen mit Sina Reimer und Meike Kalm begonnen haben.«

»Und was, wenn nicht?«, rief ein junger Mann lautstark.

Andresen verfolgte die Szene mit Argusaugen.

Jetzt war es eine junge Frau, die sich zu Wort meldete.

»Was soll das hier werden? Sie platzen hier herein, erzählen uns, dass Meike tot ist, und stellen uns plötzlich alle unter Generalverdacht. Ich werde hier überhaupt nichts sagen, damit das mal klar ist.«

Einige Kommilitonen, die in ihrer Nähe saßen, klopften mit den Fingern auf die Tische, um zu zeigen, dass sie sich mit ihrer Anführerin verbündeten.

»Wir verstehen, dass die Situation nicht leicht für Sie ist, aber das Einzige, was momentan zählt, ist die Tatsache, dass wir einen oder möglicherweise sogar zwei Mörder finden müssen. Wir stellen hier niemanden unter Generalverdacht. Bei aller Rücksicht auf Ihre persönlichen Empfindungen, Sie sollten sie vorerst hintanstellen.«

Julia sah sich um. Sie hatte sich mit ihren Worten offenbar Respekt verschafft.

»Also, bitte zeigen Sie auf, wenn Sie zusammen mit Meike und Sina das Studium begonnen haben, und kommen Sie nach der Vorlesung vor zu mir, damit ich Namen und Adressen notieren kann.«

Nach und nach reckten sich Hände in die Luft, erst zögerlich, dann immer schneller. Julia blickte zu Andresen hinüber, der ihr aufmunternd zunickte und sich neben sie stellte.

»Wie gesagt, wir werden einzeln mit Ihnen sprechen müssen«, fuhr er fort. »Jeder noch so kleine Hinweis kann Gold wert sein. Eine Frage möchte ich dennoch sofort stellen.« Er machte eine Pause, ehe er weitersprach. »Warum hat Meike Kalm so früh ihr Studium abgebrochen? Kann uns das jemand beantworten? Irgendeinen Grund muss es da ja ...«

»Warum fragen Sie da uns, gehen Sie doch zu Langhans«, fiel ihm erneut die junge Studentin ins Wort.

Andresen hatte darauf spekuliert, dass jemand eine derartige Reaktion zeigte. Vielleicht würde sie ja noch mehr rauslassen, hoffte er. Er entschied sich dafür, weiterhin den Ahnungslosen zu spielen.

»Was hat denn Professor Langhans damit zu tun?«, fragte er.

»Das kann ich Ihnen sagen. Der ach so tolle Herr Professor hat Meike von Anfang an keine Chance gegeben, obwohl sie bestimmt nicht schlechter war als wir.«

»Aber dafür muss es doch einen Grund gegeben haben?«

Schweigen.

Sofort war sich Andresen sicher, dass die Studenten mehr wussten, als sie bislang preisgegeben hatten.

»Nun ja, wir werden es herausbekommen. So oder so. Einfacher wäre natürlich, wenn Sie uns helfen würden.«

»Glauben Sie ernsthaft, dass Langhans etwas mit ihrem Tod zu tun hat? Er ist ein Arschloch, aber kein Mörder«, rief jemand.

»Zunächst einmal glauben wir gar nichts. Wir sammeln lediglich Fakten und Beweise. Und solange nichts bewiesen ist, behaupten wir nichts, schließen allerdings auch nichts aus.«

Andresens Geduld war mit einem Mal am Ende. Er spürte,

dass für den Moment nicht mehr aus den Studenten herauszuholen war. Vielleicht war es doch besser, zunächst mit den Familienangehörigen zu reden, ehe er weitere Gespräche an der Uni führte.

»Okay, das wäre es dann fürs Erste. Alle, die aufgezeigt haben, hinterlassen bitte ihre Kontaktdaten bei meiner Kollegin. Wir werden uns dann bei Ihnen melden.«

Andresen wandte sich Julia zu. »Pass auf, dass sich alle, die in dem Semester waren, bei dir melden«, sagte er ihr leise ins Ohr. »Du musst die Namen nachher nur noch mit unserer Liste abgleichen. Ich nutze die Zeit, um mit Birnbaum zu sprechen. Vielleicht hat er ja bereits erste Erkenntnisse.« Er stockte. »Wie ich ihn kenne, wird er aber den Geheimniskrämer spielen.«

»Ein launischer Kurs«, murmelte Birnbaum, ohne Andresen eines Blickes zu würdigen. »So ist das heutzutage. Wenn es etwas zu schreien gibt, dann sind sie die Ersten. Aber wehe, sie sollen meiner Vorlesung folgen.«

Andresen verzichtete auf einen Kommentar, in der Gewissheit, dass Birnbaum ihn ohnehin nicht registriert hätte.

»Sie können sich wahrscheinlich denken, weshalb ich mit Ihnen sprechen möchte?«

»Ich finde es interessant, worüber Sie sich mit meinen Studenten unterhalten haben. Ich will doch nicht hoffen, dass mein verehrter Herr Kollege etwas mit dieser Sache zu tun hat. Richard ist ein ausgezeichneter Mediziner mit hohen Ansprüchen an seine Studenten. Ganz nach meinem Gusto.«

»Es wird viel geklappert, das sollten Sie doch wissen. Uns geht es momentan in erster Linie darum, einen Überblick zu bekommen. Was haben Sie denn schon herausgefunden? Können wir sicher davon ausgehen, dass es sich um ein und denselben Mörder handelt?«

Andresen wusste, dass er mit seiner direkten Frage kaum auf offene Ohren stoßen würde, umso überraschter war er, als Birnbaum spontan antwortete.

»Beide Körper weisen ähnliche Verletzungen auf. Im Vaginalbereich waren auch bei der zweiten Toten Verletzungen festzustellen, sodass man davon ausgehen kann, dass der Täter sich mehrfach an ihr vergangen hat. Auch ohne den eindeutigen Beweis durch den Abgleich der DNA-Spuren gehe ich so weit zu sagen, dass es derselbe Mörder war.«

»Was macht Sie diesmal so sicher? In der Vergangenheit waren Sie doch immer überaus vorsichtig, wenn es um derartige Rückschlüsse ging.«

»Da ist eine Sache, die mir sofort ins Auge gefallen ist. Bei Sina Reimer konnten wir ja noch nicht davon ausgehen, aber nach dem gestrigen Fund bin ich mir sicher.«

Andresen verzog die Mundwinkel. Birnbaum sprach mal wieder in Rätseln. Es würde nichts bringen, ihn zu drängen. Geduldig wartete er, bis Birnbaum seine Gedanken ausspuckte.

»Es müssen fürchterliche Schmerzen gewesen sein. Unvorstellbar, wie jemand derart brutal vorgehen kann.« Wieder hielt er kurz inne. »Die Fußgelenke beider Frauen waren gebrochen. Außerdem waren ihre Unterschenkel so sehr verdreht, dass sie nicht mehr in der Lage waren, ihre Beine überhaupt noch zu bewegen. Wahrscheinlich hat der Täter auf diese Weise versucht, die Frauen an einer Flucht zu hindern. Offenbar hat er dasselbe mit ihren Armen probiert, wenn auch mit geringerem Erfolg.«

Augenblicklich kamen Andresen die Bilder der toten Meike Kalm in den Sinn. Wie seltsam sie auf dem Bett gelegen hatte. Wie eine Puppe, der man die Gelenke verdreht hatte.

»Sie müssen schreckliche Qualen durchlitten haben«, murmelte Birnbaum.

Andresen stand unschlüssig neben dem Professor. Aus den Augenwinkeln sah er, wie Julia die Namen der Studenten aufnahm. Er selbst wusste nicht mehr, was er Birnbaum noch fragen sollte. Die Gedanken daran, was Julia und die Studenten gesagt hatten, waren auf einmal wieder da. Weshalb hatte ihm Professor Langhans nur dieses Theater vorgespielt? Er hatte abgestritten, überhaupt etwas über Meike Kalm zu wissen, sich gleichzeitig jedoch zu einem Vergleich mit seiner Musterstudentin Sina Reimer hinreißen lassen. Und dann hatten sie erfahren, dass er nicht die Wahrheit gesagt hatte. Langhans hatte

Meike Kalm sehr wohl gekannt. Er war es sogar gewesen, der für den Abbruch ihres Studiums verantwortlich war.

»Wir wollten doch zu Meike Kalms Eltern, oder nicht?«

Aus dem Hintergrund vernahm Andresen Julias Stimme.

»Doch, natürlich«, antwortete er. »Vorher einen Happen essen?«

Während Julia noch zustimmend nickte, klingelte Andresens Handy. Er sah, dass es Seelhoff von der Technik war, und nahm ab.

»Harald, was gibt's denn?«

»Wo steckst du gerade? Ich muss dringend mit dir reden«, antwortete Seelhoff. »Hast du schon mit Birnbaum gesprochen?«

»Ja, eben gerade. Was ist denn los?«

»Hat er nichts erwähnt? Er muss es doch auch schon festgestellt haben.«

»Was soll er denn nicht erwähnt haben?«, fragte Andresen unbeherrscht zurück.

»Wir haben eben unsere Untersuchungen in Meike Kalms Wohnung abgeschlossen und sind uns mittlerweile sicher, dass eine zweite Person an dem Mord beteiligt war.«

7

Die Sonne brannte auf Andresens Haut, als er die letzten Meter zu dem Haus in der Fleischhauerstraße lief. Julia versuchte mit Mühe, seinem Schritt zu folgen.

Andresen war außer sich gewesen, als Seelhoff ihm die neuesten Erkenntnisse mitgeteilt hatte. Wutentbrannt hatte er Birnbaum angeblafft, weshalb er von der Technik und nicht von ihm diese Information erhalten hatte. Schließlich sei dies doch wohl ohne Zweifel seine Aufgabe, warf er ihm vor.

Birnbaum hatte ihm in seiner gewohnt störrischen Art zu erklären versucht, dass er weder bei Sina Reimer noch bei Meike Kalm Hinweise auf einen zweiten Täter gefunden habe, auch wenn er einräumte, die Untersuchungen an Meike Kalms Leichnam noch nicht vollständig abgeschlossen zu haben. Zudem lagen die Ergebnisse der Gewebeproben und Fingerabdrücke aus dem Kieler Labor noch nicht vor.

»Ich will ja nicht Seelhoffs Arbeit infrage stellen, aber wie er zu diesem Schluss kommt, muss er schon etwas genauer begründen«, hatte der Professor schließlich gesagt, ehe Andresen und Julia die Rechtsmedizin verlassen hatten.

Seelhoff empfing die beiden im Treppenhaus und führte sie schweigend in die Wohnung. Andresen sah, dass Siederdissen gerade dabei war, die letzten Teile des Equipments zusammenzuräumen. Ohne ihm Beachtung zu schenken, schob sich Andresen vorbei in das Schlafzimmer, in dem sie Meike Kalm gefunden hatten. Bevor Siederdissen einen seiner galligen Kommentare loswerden konnte, ergriff Seelhoff das Wort.

»Du weißt, dass es eigentlich nicht unsere Aufgabe und auch nicht unsere Art ist, mit eigenen Rückschlüssen in die Ermittlungen einzugreifen.«

Aus dem Hintergrund hörte Andresen ein trotziges Murmeln, das ohne Zweifel von Siederdissen stammte.

»Sicherlich besteht auch ein gewisses Risiko, was unsere

Vermutungen angeht. Ein Risiko, dass vielleicht doch alles ganz anders abgelaufen ist und wir das Ganze fehlinterpretieren. Aber wir haben die verdammte Pflicht, euch darauf hinzuweisen, was wir herausgefunden haben.«

Andresen war klar, weswegen Seelhoff so um den heißen Brei herumredete. Schließlich warf sein Verdacht ein komplett neues Licht auf die Sache. Das Ausmaß der Ermittlungen und der Druck, der auf ihnen lastete, würden sich deutlich erhöhen. Eines stand jedoch fest: Wenn Seelhoff einen solchen Verdacht aussprach, musste er sich auch sicher sein.

»Am Anfang haben wir überhaupt nicht verstanden, was es eigentlich zu bedeuten hatte«, fuhr Seelhoff fort. Er nahm eine durchsichtige Plastiktüte von dem Sideboard, das an der Querseite des Raumes stand, und zog sich Gummihandschuhe über. Vorsichtig öffnete er die Tüte und zog ein Stück Papier heraus. Er faltete es auf und hielt es Andresen unter die Nase. »Vielleicht kannst du dir ja auch einen Reim darauf machen. Für uns ist die Sache jedenfalls klar.«

Um ein Haar hätte Andresen den Zettel mit bloßen Händen angefasst, hielt jedoch gerade noch inne und schärfte stattdessen seinen Blick, um den handgeschriebenen Text auf dem Blatt Papier entschlüsseln zu können. Obwohl die Handschrift kaum zu lesen und das Geschriebene kreuz und quer auf dem Zettel verteilt war, gelang es ihm, die Worte zu entziffern und halbwegs sinnvoll aneinanderzureihen. Die Texte waren an unterschiedlichen Tagen niedergeschrieben worden, das wurde durch die vereinzelt vermerkten Datumsangaben deutlich.

Wenn ich nur wüsste, was ich verbrochen habe. Ich weiß nicht, wie lange ich noch kann. Es tut so weh.

Edward ist kein Mensch, das kann nicht sein. Kein Mensch ist so wie er. Nein, niemals.

Ich muss nur noch kotzen, wenn ich dieses Schwein sehe. Warum bringt er mich nicht einfach um? Wie krank muss er sein?

Georg ist anders. Er hat sich heute sogar entschuldigt. Aber er ist genauso ein Schwein.

Ich weiß nicht mehr weiter. Wenn das hier irgendwann jemand liest, werde ich nicht mehr leben.

Sterben.

Andresen verharrte in einer gebückten Haltung und starrte auf den zerknitterten Zettel, aus dem die pure Angst und Verzweiflung sprach.

»Selbst wenn wir zu wissen glauben, was hier vorgefallen ist – in Wahrheit haben wir nicht den Hauch einer Ahnung«, unterbrach Seelhoff die Stille.

»Wo hast du den Zettel gefunden?«, fragte Andresen.

»Er steckte im Kopfkissen, unter dem Überzug.«

»Ich werde nicht schlau daraus. Wie soll sie das geschrieben haben? Mit dem Mund, oder was? Birnbaum hat mir gesagt, wie schwer ihre Beine und zum Teil auch ihre Arme verletzt waren.«

Seelhoff zuckte mit den Schultern. Dass seine Argumentationskette nicht weiter reichte, war ein unmissverständlicher Hinweis an Andresen, dass von nun an er und sein Team gefordert waren.

»Ich brauche so schnell wie möglich Kopien davon. Schick sie an Sylvia und sag ihr, sie soll sie an alle verteilen. Wir müssen jedes einzelne Wort unter die Lupe nehmen.«

Seelhoff nickte und schob das Blatt Papier zurück in die Plastiktüte. Andresen spürte, dass Seelhoff noch etwas auf dem Herzen hatte.

»Es geht um den Zeitungsbericht von heute Morgen. Ich schätze, du weißt, wovon ich spreche. Wie kann es sein, dass die Presse so gut Bescheid weiß? Woher wusste sie überhaupt davon? Wir haben doch extra darauf geachtet, dass die Sache noch nicht an die Öffentlichkeit dringt.«

»Falsches Thema«, entgegnete Andresen. »Das erkläre ich dir ein andermal. Ich glaube, ich bin nicht ganz schuldlos an der Sache.«

Er verzog seinen Mund und hob die Hand zum Abschied. Julia folgte ihm schweigend.

***

Obwohl Andresen einen Moment lang erwogen hatte, ins Präsidium zurückzukehren und Meike Kalms seltsame Satzfragmente direkt mit den Kollegen zu besprechen, fuhren sie in den Südwesten Lübecks, in den Stadtteil Moisling, wo die Eltern von Meike Kalm wohnten. Schon von Weitem sahen sie die großen Wohnblöcke. Zwischen Trave und dem Elbe-Lübeck-Kanal gelegen, war Moisling ein typischer Außenbezirk, wie er in den sechziger und siebziger Jahren in Deutschland entstanden war.

Unterwegs hielten Andresen und Julia an einem der Schnellrestaurants an und versorgten sich rasch mit Burgern und Salat. Um kurz vor drei stellte Andresen schließlich seinen Volvo vor dem Haus ab, in dem die Familie Kalm lebte, und schwor Julia darauf ein, vorerst eine defensive Vorgehensweise einzuschlagen, um die Familie und das gesamte soziale Umfeld der Toten näher kennenzulernen.

Es dauerte eine Weile, ehe die beiden auf dem mehr als zwei Dutzend Namen umfassenden Klingelschild den richtigen fanden. Per Summer wurden sie in den Wohnkomplex eingelassen. Anhand der Briefkästen im Treppenhaus gelang es ihnen herauszufinden, in welchem Stockwerk die Kalms wohnten. Sie nahmen den Fahrstuhl, der sie mit offener Tür empfing.

Nachdem sich die Tür hinter ihnen geschlossen hatte, bereuten sie augenblicklich ihre Entscheidung. Mit lautem Knattern und ruckartigen Bewegungen setzte sich der Fahrstuhl in Gang. Andresen vermutete, dass er ein Relikt aus den Anfangstagen des Hauses war und seitdem vergeblich auf die notwendige Sanierung wartete.

Mit feuchten Händen erreichten sie schließlich die vierte Etage und traten auf den schmalen Flur. Auch hier erwartete sie ein ähnliches Bild. Der Charme der alten Tage, den es womöglich einmal gegeben hatte, war längst einem deprimierenden Eindruck von Sterilität und Anonymität gewichen.

Die dritte Tür auf der linken Seite musste es sein. Sie stand einen Spaltbreit offen. Mit Mühe konnte Andresen den Namen Kalm auf einem vergilbten Namensschild erkennen. Statt zu klingeln, klopfte er zweimal kräftig an die Eingangstür. Ein junges Mädchen reckte seinen Kopf durch den Türspalt.

»Hallo, sind deine Eltern zu Hause?«, fragte Julia.

Andresen schätzte, dass das Mädchen etwa zwölf Jahre alt sein musste. Für eine Schwester von Meike war sie reichlich jung. Hinter ihr tauchte plötzlich ein Mann mittleren Alters auf. Er trug ein altmodisches Hawaiihemd und war unrasiert.

»Dürfen wir Sie kurz stören? Wir sind von der Kripo Lübeck. Mein Name ist Andresen, und das ist meine Kollegin Julia Winter.«

Der Mann warf dem Mädchen einen kurzen Blick zu, woraufhin es in der Wohnung verschwand.

»Ist es wichtig?«, fragte er mit belegter Stimme. »Meiner Frau geht es nicht sonderlich gut.«

»Wir würden es Ihnen gerne ersparen, aber es muss leider sein. Es stellen sich uns zahlreiche Fragen, auf die wir Antworten suchen.«

»Meinen Sie etwa, uns nicht? Meine Frau steht kurz vor einem Nervenzusammenbruch. Immer und immer wieder fragen wir uns, wie es dazu kommen konnte. Sie glauben gar nicht, welche Vorwürfe wir uns machen, dass wir uns nicht ausreichend um sie gekümmert haben.«

Andresen stöhnte innerlich auf. Er hasste diese Momente, in denen er den Angehörigen der Opfer hilflos gegenüberstand und keinen vernünftigen Satz herausbekam.

»Dürfen wir trotzdem einen Augenblick hereinkommen? Es wird nicht lange dauern.«

»Zehn Minuten, nicht länger. Meine Frau schläft. Ich möchte nicht, dass sie wach wird.«

Andresen und Julia betraten auf leisen Sohlen die Wohnung und folgten Kalm in einen Raum am Ende des Flurs, bei dem es sich offenbar um das Wohnzimmer handelte.

»Bitte nehmen Sie Platz«, sagte Kalm und zeigte auf eine

kunstlederne Sitzgarnitur. Vorsichtig schloss er die Tür zum Flur.

»Der Ordnung halber müssen wir Ihre Personalien aufnehmen. Sie sind also Rüdiger Kalm, der Vater von Meike?«

»Ja, verdammt. Ihre Kollegen haben das doch gestern bereits alles abgefragt.«

Andresen sagte nichts. Er hatte keine Lust, dem Mann Sinn und Zweck seiner Fragen zu erklären.

»Ihre Frau heißt Dagmar, ist das richtig?«

»Ja.«

»Zuallererst möchten wir Ihnen und Ihrer Frau unser Beileid aussprechen.« Andresen holte Luft. »Wir versprechen Ihnen, dass wir alles in unserer Macht Stehende tun werden, um den Mörder Ihrer Tochter zu finden. Aber ich will ehrlich sein, wir tappen noch im Dunkeln, auch wenn es erste Spuren gibt, die wir verfolgen.«

»Was für Spuren sind denn das?«, fragte Kalm teilnahmslos.

»Dazu können wir zum momentanen Zeitpunkt leider nichts sagen. Wenn Sie nichts dagegen haben, würden wir Ihnen jetzt gern unsere Fragen stellen.«

Andresen hatte sich Mühe gegeben, seine Worte möglichst einfühlsam klingen zu lassen. Julia zog derweil einen kleinen Block und einen Stift aus ihrer Handtasche, um sich Gesprächsnotizen zu machen.

»Wann haben Sie Ihre Tochter das letzte Mal gesehen?«

»Hören Sie, ich weiß nicht, was das soll. Können Sie sich eigentlich auch nur ansatzweise vorstellen, was es bedeutet, die eigene Tochter zu verlieren?«

»Nein«, antwortete Andresen schroff. »Aber ich weiß, was es heißt, machtlos zu sein, wenn ein Kind auf eigenen Beinen stehen will.«

Er wusste, dass er das Ende des Gesprächs riskierte, ehe es überhaupt richtig begonnen hatte. Doch schien ihm der Bogen, den er schlug, ein geeignetes Mittel zu sein, um auf die elterliche Beziehung zu Meike zu sprechen zu kommen.

»Sie wissen gar nichts«, erwiderte Kalm. »Als Meike uns gesagt hat, sie wolle ausziehen, war sie siebzehn. Siebzehn«, wiederholte er. »Natürlich haben wir uns quergestellt. Das würde doch wohl jeder tun, oder nicht? Als sie dann gerade volljährig war, ist sie einfach gegangen.«

Rüdiger Kalm senkte den Kopf und vergrub ihn in den Händen. Er ließ seinen Gefühlen freien Lauf. Jetzt musste Andresen nur noch die richtigen Fragen stellen.

»Ist Meike sofort in eine eigene Wohnung gezogen?«

Kalm blickte ihn aus verquollenen Augen an. »Nein, sie hat eine ganze Zeit lang bei einer Freundin gelebt. Die Wohnung in der Fleischhauerstraße hat sie erst bezogen, als sie ihr eigenes Geld verdient hat.«

»Wissen Sie, wie die Freundin hieß?«, hakte Andresen nach.

»Da muss ich meine Frau fragen. Allerdings nicht jetzt«, schob er rasch hinterher.

»Aber bitte so schnell wie möglich. Wir werden Sie dazu später noch einmal anrufen«, drängte Andresen.

Julia gab ein Zeichen, dass sie etwas sagen wollte. Andresen nickte ihr zu.

»Wir wissen, dass Meike, nachdem sie ihr Medizinstudium abgebrochen hat, als Verkäuferin gearbeitet hat und diesen Beruf auch zuletzt noch ausgeübt hat. War sie glücklich damit?«

»Sie stellen vielleicht Fragen. Woher soll ich das denn wissen? Wir haben nie über so etwas gesprochen.«

»Sie haben mit Ihrer eigenen Tochter niemals über ihren Beruf gesprochen?«, fragte Julia überrascht.

»Nein, das sagte ich doch«, antwortete Kalm in zunehmend gereizterem Tonfall. »Die zehn Minuten sind um. Ich würde Sie bitten, jetzt zu gehen. Das Ganze ist zu viel für mich und meine Frau.«

»Sicher«, sagte Andresen. »Wir klingeln nachher noch einmal kurz wegen des Namens der Freundin durch. Wahrscheinlich werden wir Ihnen in den nächsten Tagen einen weiteren Besuch abstatten müssen.«

Kalm reagierte nicht auf Andresens Worte. Stattdessen stand er auf und gab ihnen mit einer Handbewegung zu verstehen, dass das Gespräch für ihn beendet war.

Schweigend fuhren Andresen und Julia zurück zum Polizeipräsidium. Beiden war klar, dass im Verhältnis zwischen Meike Kalm und ihren Eltern einiges nicht so gewesen war, wie es dem Idealfall einer Familie entsprach. Die emotionale Distanz, die zwischen ihnen geherrscht hatte, war deutlich zu spüren gewesen. Aber was genau war eigentlich ein solcher Idealfall?, grübelte Andresen. Konnte es den überhaupt geben? Er selbst hatte ihn jedenfalls nicht erlebt. Die Scheidung von Rita, der Auszug seines gerade mal volljährig gewordenen Sohnes Ole in eine eigene Wohnung …

Und Julia? Er wusste von den Drogenproblemen ihres Bruders. Womöglich hatte auch sie schwere Zeiten innerhalb ihrer Familie durchlitten.

Erst als sie in die Tiefgarage des Präsidiums einbogen, brach Andresen das Schweigen.

»Wir brauchen mehr Informationen über die Beziehung zwischen Eltern und Tochter. Warum ist Meike Kalm so frühzeitig von zu Hause ausgezogen? Und wir müssen wissen, wer diese Freundin ist, bei der sie gelebt hat.«

»Das werde ich übernehmen.«

»Würdest du bitte auch noch einmal recherchieren, welche Informationen uns über Sina Reimer und ihre Familie vorliegen? Ich habe das Gefühl, nicht alle erhalten zu haben.«

Julia runzelte die Stirn, fragte jedoch nicht weiter nach.

»Vielleicht finden wir irgendwo eine weitere Schnittstelle zwischen den beiden. Vorher muss ich mich allerdings noch um eine andere Sache kümmern. Als du mich gestern vom Tatort aus angerufen hast, du erinnerst dich? Dieser Mann, der mit Niels gesprochen und Meike Kalm als vermisst gemeldet hat. Wir haben in der Hektik vollkommen vergessen, dem nachzugehen. Wer weiß, wer der Anrufer war? Vielleicht war es sogar der Mörder selbst. Versuch bitte herauszufinden, wer uns bei dem Mord an Sina Reimer Bescheid gegeben hat. Sprich noch mal mit Niels, möglicherweise fällt ihm noch etwas ein.«

»Denkst du daran, dass du Sibius wegen des DNA-Abgleichs ansprechen wolltest?«, hakte Julia ein.

Andresen schüttelte den Kopf. »Ehrlich gesagt glaube ich

doch nicht, dass das der richtige Weg. Ein umfangreicher DNA-Abgleich an der Universität dauert viel zu lange. Wir sollten erst einmal abwarten, was die Analyse der Spuren, die Seelhoff und sein Team sichergestellt haben, ergibt. Vielleicht befindet sich das Genmaterial bereits in unserer DNA-Datei.«

»Wenn du mich fragst, sollten wir aber so schnell wie möglich auch noch einmal mit Langhans reden. Immerhin hat er uns schwerwiegende Lügen aufgetischt.«

»Ja, du hast recht. Aber nicht heute. Er soll sich ruhig in Sicherheit wähnen. Morgen werde ich ihn dann mit unseren Erkenntnissen konfrontieren.«

»Und wenn er …«

»Er war es nicht, Julia. Aus irgendeinem, vielleicht auch persönlichen Grund hat er eine seiner Studentinnen abgeschossen. Vielleicht hatten sie ein Verhältnis, sie hat ihn erpresst und …« Andresen geriet ins Stocken. Ohne es zu wollen, hatte er gerade ein mögliches Mordmotiv für Langhans konstruiert. »Das ist absurd«, fuhr er fort. »Ich glaube nicht daran, dass er etwas mit den Morden zu tun hat.«

»Und Seelhoffs Theorie der zwei Täter? Wie gehen wir damit um? Das können wir nicht einfach außer Acht lassen. Durch die Aufzeichnungen liegen uns sogar Namen vor.«

»Wer sagt denn, dass wir das tun?«, fragte Andresen genervt. »Ich kann nur nicht alles auf einmal erledigen. Du siehst doch, dass wir zahlreiche offene Baustellen haben.«

Während Andresen die Tür zuwarf und den Volvo abschloss, sah er Julia über das Dach des Wagens hinweg in die Augen.

»Halt dich bereit. Ich werde nachher noch eine Besprechung einberufen. Wir müssen alle eine Schippe zulegen, damit dieser Verrückte nicht noch einmal zuschlägt.«

»Oder *die* Verrückten«, konterte Julia.

***

Es war kurz vor sechs, als Andresen seinen Rechner hochfuhr. Zum ersten Mal am heutigen Tag. Ununterbrochen war er mit Julia unterwegs gewesen. Sie hatten zahlreiche Gespräche geführt und eine Flut an Informationen erhalten, die es zu verarbeiten galt.

Er nahm sich seine Aufzeichnungen zur Hand und begann damit, die neu gewonnenen Erkenntnisse systematisch niederzuschreiben. Er hoffte, sich auf diese Weise die Ereignisse besser vergegenwärtigen zu können und gleichzeitig endlich so etwas wie eine Struktur zu entwickeln.

Als er fertig war, musste er sich eingestehen, dass es diesmal nicht funktioniert hatte. Zu viele offene Fragen, zu viele Ansatzpunkte, zu wenig Konkretes.

Nein, das stimmte so nicht. Die Sache mit Langhans war eindeutig gewesen. Er hatte nicht die Wahrheit gesagt. Und der Zettel, den sie in Meike Kalms Wohnung gefunden hatten, sprach ebenfalls eine klare, wenn auch noch zu entschlüsselnde Sprache. Und auch das offenbar zerrüttete Verhältnis zwischen Meike Kalm und ihren Eltern war nicht von der Hand zu weisen.

Er griff zum Hörer, um seine Kollegen zusammenzutrommeln, legte jedoch gleich wieder auf. Stattdessen erhob er sich und verließ sein Büro. Nacheinander klapperte er die Zimmer auf dem langen Gang der Mordkommission ab. Doch lediglich Kregel saß noch vor seinem Rechner, alle anderen Büros waren verwaist. Julia kam ihm entgegen und blickte ihn fragend an.

»Das mit der Besprechung müssen wir wohl auf morgen verschieben. Außer Ben ist niemand mehr hier.«

Julia zuckte mit den Schultern und ging einige Schritte weiter in Richtung Kaffeeautomat. »Sylvia hat uns die Aufzeichnungen von Meike Kalm auf den Tisch gelegt. Vielleicht sollten wir sie uns noch einmal näher anschauen?«

Es dauerte eine Weile, ehe Andresen antwortete. Seine Gedanken kreisten diffus umher. Alle Eindrücke des heutigen Tages schlangen sich zu einem riesigen wirren Knäuel. Er spürte, dass er etwas unternehmen musste. Es galt, das Ende oder den Anfang des Fadens zu finden und das Knäuel nach und nach zu entwirren. Für den Moment fehlte ihm jedoch die Kraft. Er war nicht einmal enttäuscht darüber, dass die anderen bereits nach Hause gegangen waren. Auch ihn zog es weg von seinem Schreibtisch, den grauenhaften Verbrechen und den konfusen Gedanken in seinem Kopf.

»Geh ruhig nach Hause«, sagte er schließlich. »Morgen früh um acht Uhr setzen wir beide uns zusammen und sprechen über die Aufzeichnungen. Anschließend gibt's dann die große Runde.«

»Bist du sicher?«, fragte Julia vorsichtig. »Ich dachte, wir dürfen keine Sekunde verlieren.«

»Dürfen wir auch nicht. Aber manchmal ist es besser, für den Moment abzuschalten und die Dinge anschließend neu anzugehen.«

Andresen merkte, dass seine Worte Julia nicht überzeugt hatten. Dennoch zeigte er ihr mit einer Kopfbewegung an, dass für heute Feierabend war.

»Na gut«, antwortete Julia. »Dann sehen wir uns morgen.« Im Gehen wandte sie sich noch einmal um. »Dann sieh aber zu, dass du hier auch rauskommst.«

Andresen lachte auf und brachte ein wenig überzeugendes »Klar« hervor.

Um halb acht schlug Andresen den Ordner über Sina Reimer zu und lehnte sich niedergeschlagen in seinem Bürosessel zurück. Trotz der Unlust, die er verspürt hatte, war es ihm nicht gelungen, den Fall für heute loszulassen und nach Hause zu fahren. Und das, obwohl er gewusst hatte, dass es sinnlos war, noch länger im Büro auszuharren.

Jetzt, eine Stunde später, ärgerte er sich maßlos darüber. Der Blick in die Akten und das erneute Skizzieren seiner bisherigen Informationen hatten ihn keinen Deut weitergebracht.

Es gab einige mögliche Anhaltspunkte, die jedoch zu jeder Zeit in einer Sackgasse verpuffen konnten. Am meisten irritierte ihn das Verhalten dieses Anatomieprofessors. Warum log er die Kriminalpolizei an, obwohl er doch wissen musste, dass sie dahinterkommen würde? Er musste dringend mit ihm sprechen, das stand fest. Und dann würde er ihn nicht noch einmal ungeschoren davonkommen lassen.

Andresen stand auf und schaltete den Computer aus. Auf

dem Flur traf er auf Kregel, der sich gerade am Kaffeeautomaten versorgt hatte.

»Noch fleißig?«

Die Schärfe in Andresens Stimme war kaum zu überhören.

»Der Fall klärt sich ja nicht von allein auf. Ich wundere mich, wie früh meine Kollegen hier Feierabend machen«, antwortete Kregel ruhig, aber bestimmt.

Andresen hatte seinen Mund bereits für eine Antwort geöffnet, entschied sich jedoch anders und schluckte sie hinunter. Es war ihm zuwider, sich mit Kregel ernsthaft auseinanderzusetzen.

»Ich bin dann auch weg«, sagte er kurz angebunden. »Besprechung morgen früh um neun, es gibt neue Entwicklungen.«

Aus den Augenwinkeln sah Andresen, dass Kregel erstaunt aufblickte und ein leises »Oha« ausstieß. Während Kregel allein auf dem Flur zurückblieb, verschwand Andresen in Richtung Treppenhaus.

***

Gegen neun Uhr zog Andresen eine Tiefkühllasagne aus dem Backofen und machte es sich vor dem Fernseher im Wohnzimmer gemütlich. Während er mit der linken Hand lustlos die Fernbedienung betätigte und mit der rechten so hastig die Pasta in sich hineinschaufelte, dass er sich seinen Gaumen bereits verbrannt hatte, kam ihm mit einem Mal Meret in den Sinn.

Wenn sie so weitermachten, würde ihre Beziehung bald den Bach runtergehen, da war er sich sicher. Nicht nur, dass sie sich kaum noch sahen, auch die Gefühle und die Verbundenheit zwischen ihnen schienen verloren gegangen zu sein. Und wenn sich sein Verdacht, den er seit gestern hegte, bestätigen sollte, war es ohnehin vorbei. Oder wollte er etwa ernsthaft eine Dreiecksbeziehung mit einer bisexuellen, karrieregeilen Rechtsanwältin führen?

Er schüttelte den Kopf und verschluckte sich an einem zu großen Bissen Lasagne. Noch während er hustete und angestrengt nach Luft rang, klingelte sein Handy. Er sprang auf und griff danach.

»Rufnummer unterdrückt«, zeigte das Display. Er nahm den Anruf an.

»Andresen.«

»Kommissar Andresen? Wiebke Hennings hier, ich muss dringend mit Ihnen sprechen.«

»Ach, das trifft sich ja gut, ich würde auch …«

»Ich kann mir schon denken, worum es geht, aber das hat Zeit. Ich habe interessante Neuigkeiten für Sie.«

»Und was, wenn ich fragen darf? Denken Sie ernsthaft, dass ich Ihnen nach der Aktion von gestern noch traue?«

»Sollten Sie aber«, antwortete die Frau. »Ich habe nämlich herausgefunden, weshalb Meike Kalm damals von zu Hause ausgezogen ist. Ihr Vater, mit dem Sie heute gesprochen haben, ist in Wahrheit ihr Stiefvater.«

»Woher wissen Sie denn das?«, unterbrach sie Andresen.

»Das ist längst nicht alles«, sagte Wiebke Hennings, ohne auf seine Frage einzugehen. »Der Hammer kommt erst noch.« Sie holte noch einmal tief Luft, ehe sie fortfuhr. »Meike hat ihm vor einigen Jahren vorgeworfen, sie missbraucht zu haben, doch niemand wollte ihr glauben.«

8

Andresen lag auf seinem Bett, und ein unbändiges Verlangen nach einer Zigarette machte sich in ihm breit. In seinen bisherigen zweiundvierzig Jahren hatte er noch nichts erlebt, was mit dem Erlebnis, das er gerade mit Wiebke gehabt hatte, vergleichbar gewesen wäre. Es war die pure Leidenschaft gewesen, die sie übermannt hatte. Andresen rief sich die letzten Stunden ins Gedächtnis.

Als sie ihn angerufen und ihm von Meike Kalms Familienverhältnissen berichtet hatte, war Andresen einen Moment lang konsterniert gewesen.

»In einer halben Stunde im Kandinsky«, hatte sie vorgeschlagen. Dann hatte sie aufgelegt. Ohne ihm zu sagen, woher sie die Informationen hatte und weshalb sie überhaupt davon wusste.

Andresens Sprachlosigkeit war in Wut umgeschlagen. Wut auf eine junge Frau, die offenbar alles für eine reißerische Schlagzeile tat. Dass sie jetzt allerdings auch noch über Informationen verfügte, die er selbst bereits – wenn sie denn stimmten – hätte ermitteln müssen, wurmte ihn gewaltig. War es wirklich schon so weit, dass Journalisten die besseren Kriminalbeamten waren?

Rasch hatte er den Rest der Lasagne hinuntergeschlungen und war anschließend unter die Dusche gesprungen. Das lauwarme Wasser, das seinen Körper umspülte, hatte seine Sinne geschärft und die aufkommende Müdigkeit im Keim erstickt. Um kurz nach zehn betrat er schließlich die kleine Eckkneipe in der Fleischhauerstraße. Er hatte an den gestrigen Tag denken müssen. Wie passend, dass sich Wiebke Hennings ausgerechnet hier, nur wenige Meter von Meike Kalms Wohnung entfernt, mit ihm treffen wollte.

Er musste einige Minuten warten, ehe sie die Bar betrat und sich an seinen Tisch setzte. Andresen fiel es schwer, sich zu konzentrieren. Die junge Journalistin faszinierte ihn auf eine sonderbare Art. Da war etwas, das ihn in ihren Bann zog. Er war sich nicht sicher, ob es ihre Unnahbarkeit war oder vielleicht doch nur ihr sehr weiblicher Körper, den sie äußerst geschmackvoll und figurbetont verhüllte.

Ihre blonden Haare fielen locker herab und umrahmten ihr Gesicht wie helle Eruptionen das Innere einer Sonne, fand Andresen. Nase und Mund waren zierlich und trotzdem auf eine gewisse Weise streng. Ihr gesamtes Erscheinungsbild erschien Andresen als eine gefährliche Mischung aus niedlich und fest entschlossen zugleich.

Unauffällig beobachtete er sie. Er musste sich selbst ermahnen, dem Gedanken daran, was sie wohl unter ihrem sommerlichen Kleid trug, nicht weiter nachzugehen.

»Die Informationen, die ich habe, dürften von großem Interesse für Sie sein«, begann sie das Gespräch. »Ich hoffe, Sie wollen sie noch hören.«

Andresen hatte ihr mit einem kurzen Nicken zu verstehen gegeben, dass er endlich wissen wollte, was sich hinter ihren Behauptungen verbarg. Und dann hatte sie angefangen zu erzählen.

Anstatt wie Andresen die Ermittlungen an der Universität und später bei Meike Kalms Eltern zu beginnen, hatte Wiebke Hennings bereits die ehemalige Mitbewohnerin von Meike ausfindig gemacht. Andresen erinnerte sich sofort. Meikes Vater hatte sie erwähnt, ohne dass ihm ihr Name eingefallen war.

Am Nachmittag hatte sich Wiebke Hennings mit Nina Zimmermann getroffen, um mit ihr über deren gemeinsame Zeit mit ihrer Freundin Meike zu sprechen. Obwohl die junge Frau noch sichtlich unter Schock gestanden hatte, war sie nach und nach aufgetaut und hatte immer mehr Details preisgegeben.

»Und als ich sie dann fragte, ob sie wisse, warum Meike von zu Hause ausgezogen sei, kam sie mit der ganzen Wahrheit raus.«

Wiebke Hennings sah Andresen mit großen Augen an und rückte mit ihrem Stuhl so weit vor, dass sich ihre Nase nur noch wenige Zentimeter von seinem Gesicht entfernt befand. Andresen spürte einen Augenblick lang ein undefinierbares Kribbeln genau dort, wo er sein Herz vermutete. Erst als die Kellnerin zwei große Biere auf den Tisch stellte, wurde der Moment des Schweigens unterbrochen.

»Ich weiß, man soll vorsichtig und skeptisch sein, was solche Aussagen angeht. Aber ich habe ihr geglaubt. Sie schien mir keine Wichtigtuerin zu sein. Warum auch?«, schob sie nach.

»Was genau hat sie gesagt? Erzählen Sie es mir in allen Einzelheiten«, bat Andresen.

»Viel mehr als das, was ich Ihnen am Telefon berichtet habe, war es nicht. Meike muss damals ziemlich verzweifelt gewesen sein. Sie hat immer wieder psychische Rückfälle erlitten und sich tagelang in ihrem Zimmer eingeschlossen.«

»Warum hat sie ihn nicht angezeigt?«

Wiebke Hennings zuckte mit den Schultern. »Mehr konnte ich Nina Zimmermann leider nicht fragen. Sie bekam einen Anruf und musste umgehend los.«

»Hatte Meike denn in dieser Zeit Kontakt zu ihren Eltern? Und warum ist sie später auch aus der WG ausgezogen?« Andresen warf seine Fragen in den Raum in der Gewissheit, dass sie ihm heute Abend niemand mehr beantworten konnte.

»Wie gesagt, ich weiß es nicht. Aber Sie sollten dringend mit Nina Zimmermann sprechen und all diese Fragen klären.«

Einen Moment lang hatte Andresen das Gefühl, Julia oder Barbara säßen vor ihm. Wiebke Hennings Art zu denken war derart kriminalistisch, dass er augenblicklich wieder auf der Hut war. Er zog es vor, fürs Erste das Thema zu wechseln und zwei weitere Biere zu bestellen.

Wie es letztendlich dazu gekommen war, dass sie mit zu ihm nach Hause ging, konnte er im Nachhinein nicht mehr rekonstruieren. Auch die Frage, wie viel Alkohol diese Frau vertragen hatte, ohne es sich anmerken zu lassen, beschäftigte ihn noch immer, während er auf der Suche nach einer Zigarette durch sein Haus lief.

Er selbst hatte Probleme gehabt, den Schlüssel ins Türschloss zu stecken, und war froh gewesen, als er sich aufs Bett hatte fallen lassen können. Um ein Haar wäre er eingeschlafen, als sie sich kurz im Bad frisch gemacht hatte. Doch als sie zurückkam, ahnte er bereits, worauf es hinauslaufen würde. Er wehrte sich nicht. Im Gegenteil, er verfiel ihr mit Haut und Haaren und überließ ihr die Führung. Es war ein kurzer, intensiver Liebesakt gewesen, pure körperliche Leidenschaft. Er wusste aber auch, dass es mehr als das gewesen war. Andernfalls hätte er es niemals so weit kommen lassen.

Endlich fand er die Packung Zigaretten, die er eigentlich für Gäste oder absolute Notfälle aufbewahrte. Ein solcher war eingetreten, fand Andresen. Auf der Uhr an der Wand erkannte er, dass es kurz nach zwei war. Er schauderte bei dem Gedanken an den nächsten Morgen, weil er wusste, was ihn an Arbeit erwartete.

Nach drei kräftigen Zügen ließ er ab und rollte die Zigarette in seiner Hand. Die Ereignisse des Tages zogen vor seinem inneren Auge vorbei und schienen ähnlich nebulös zu sein wie der Rauch, den er ausstieß. Er nahm einen weiteren Zug, ehe er die Zigarette im Waschbecken ausdrückte und hinunterspülte.

Noch während er sich die Zähne putzte, traf er eine Entscheidung. Er musste am nächsten Tag auf jeden Fall mit Meret sprechen. So oder so. Das Beste würde sein, ihr einfach die Wahrheit über seine Nacht mit Wiebke zu sagen, auch wenn er damit das Ende der Beziehung riskierte. Eine Beziehung, die offenbar ohnehin nur mehr bestand, weil Meret noch nicht den Mumm gehabt hatte, sie zu beenden.

Mit diesen düsteren Gedanken schlief Andresen schließlich ein. Fünf Stunden später riss ihn sein Wecker aus einem unruhigen Schlaf.

9

Er fühlte sich müde und gleichzeitig unruhig, als er sich aus dem Bett quälte und in die Küche schleppte. Etwas in seinem Traum hatte ihn irritiert und seine Alarmglocken, die im Laufe der Zeit besonders sensibel geworden waren, schlagen lassen. Doch jetzt war es weg. Als wäre die Nacht nur ein dunkles Vakuum gewesen, das einzig und allein dazu diente, alle Gedanken und unterschwelligen Empfindungen wie ein schwarzes Loch in sich aufzusaugen und nie mehr freizugeben.

Auf dem Küchentisch lagen noch immer ihre Haare. Er hatte es noch nicht geschafft, sie wegzuräumen und in die Mappe einzuordnen, dorthin, wo auch die anderen waren. Er sah auf die Uhr an der Wand und stöhnte leise. Gleich musste er los. Aber seine Gedanken kreisten um etwas anderes. Vage kamen einzelne Bilder der Nacht zurück und zuckten vor seinem inneren Auge. Einen Augenblick lang stutzte er, weil er nicht verstand, was er sah. Doch dann breitete sich ein vorsichtiges Lächeln auf seinem Gesicht aus. Der Traum war ein klares Zeichen gewesen. Ein Zeichen, das eindeutig ihm gegolten hatte. Und er wusste auch, wer dahintersteckte. Edward hatte ihm heute Nacht einen Besuch abgestattet. Er war zurückgekommen, um ihm ein Zeichen zu geben.

Er musste wieder daran denken, wie sich ihm das »Es« zum ersten Mal als Edward vorgestellt hatte. Es war noch gar nicht allzu lange her. Als er es wieder einmal getan und noch zitternd auf dem bleichen Körper der Studentin gelegen hatte, hatte er gespürt, dass die Rückwandlung bereits begonnen hatte. Er hasste diese Momente, in denen er minutenlang nicht wusste, wer er war und wo er sich befand. Diesmal war es heftiger gewesen. Sein Kopf drohte zu zerspringen. Was um alles in der Welt geschah bloß mit ihm, hatte er verzweifelt gedacht, während er mit den Händen auf seine Schläfen trommelte. Bis er schließlich die Stimme gehört hatte. Edwards Stimme.

Edward hatte sich ihm vollständig gezeigt, ihm nicht nur seinen Namen verraten, sondern auch seine innersten Gefühle offenbart. Doch so schnell er gekommen war, verschwand Edward auch wieder und ließ ihn mit einem diffusen Gefühlsgemisch aus Hass und Scham zurück.

Anschließend war er zurück in ihr Zimmer gegangen und hatte sich bei ihr entschuldigt. Sie war einsilbig gewesen und hatte versucht, seinem Blick auszuweichen. Dass sie so nachtragend war und ihm nicht verzeihen konnte, machte ihn wütend. Hastig hatte er sich umgedreht, weil er etwas gehört hatte. Eine bekannte Stimme drang aus dem Hintergrund zu ihm. Und tatsächlich, Edward war zurückgekommen. Noch aufgebrachter als zuvor. Noch entschlossener. Er selbst hatte keine Chance gehabt, konnte sich nicht wehren gegen Edwards übermenschliche Kräfte. Still hatte er sich zurückgezogen und die Augen geschlossen.

Das Zeichen, das Edward in der vergangenen Nacht hinterlassen hatte, war mehr als eindeutig gewesen, auch wenn er eine gewisse Zeit gebraucht hatte, bis er es entschlüsselt hatte. Er verharrte für einen Augenblick. Erst jetzt realisierte er, welche Konsequenzen sich aus dem ergaben, was Edward ihm heute Nacht mitgeteilt hatte. Nicht er selbst, sondern Edward war das Problem.

Nicht einmal das schrille Pfeifen des Wasserkessels konnte ihn aus seinen Gedanken reißen. Welch ein Leben führte er eigentlich?, fragte er sich. War es überhaupt jemals lebenswert gewesen? Der Bruch lag schon zu lange zurück, als dass er sich an eine Zeit erinnern könnte, in der er nicht von Albträumen und dunklen Gedanken geplagt gewesen wäre.

Die Erinnerungen an damals hatte er, so gut es ging, verdrängt. Und doch gelangten immer wieder Bruchstücke an die Oberfläche. Diese unbändige Gewalt, wenn sein Vater auf seine Mutter eingedroschen hatte, bis ihr Auge zugeschwollen war. Aber dann hatte das Martyrium oftmals erst richtig angefangen. Er hatte ihr die Kleider vom Leib gerissen, seinen Gürtel mit einer schnellen Bewegung aus der Hose gezogen und immer und immer wieder mit der großen metallenen Schnalle auf sie eingeschlagen. Dann zog er sie aus der Wohnstube ins Schlafzimmer und warf sie wie ein Stück Dreck aufs Bett. Einmal hatte er einen Blick aus seinem Versteck in das Zimmer geworfen. Vielleicht war das der Moment gewesen, in dem sich sein Schicksal entschieden hatte.

Ihre Schreie waren schlimm gewesen. Noch schlimmer war jedoch ihr Schweigen. Natürlich wusste sie, dass er die Wahrheit kannte. Sie ahnte sogar, dass er Augenzeuge geworden war. Aber niemand sollte etwas davon erfahren, hatte sie ihm mehrfach eingebläut. Das, was der Vater ihr antue, habe sie verdient, weil sie ihm keine gute Ehefrau gewesen sei. Was konnte sie Furchtbares gemacht haben, dass Vater sie so quälen durfte? War sie tatsächlich selbst schuld?

Er hatte nie erfahren, was der wahre Grund für den Hass seines Vaters auf Mutter gewesen war. Dennoch hatte sich auch seine Wut vor allem gegen sie gerichtet. Mutter war an allem schuld. Sie war seinem Vater schließlich keine gute Frau gewesen, hatte sie doch selbst gesagt.

All das waren Bilder, die ihn schon lange kaltließen. Sie berührten ihn nicht mehr. Seit dem Zeitpunkt, an dem zuerst seine Eltern und schließlich auch er selbst endgültig gestorben waren. Er war gerade einmal dreizehn Jahre alt gewesen.

Danach war er in ein Heim gekommen. Dort hatte er sich mehr und mehr zurückgezogen. Die ganzen Ärzte und Menschen, die ihm helfen wollten, ließ er nicht an sich heran. Von den anderen Kindern im Heim und in der Schule wurde er als Außenseiter behandelt. Er konnte sich noch genau daran erinnern, wie sie ihn gehänselt und sich über das Schicksal seiner Familie lustig gemacht hatten.

Eine Veränderung war in ihm vorgegangen, das hatte er gespürt. Aber er verstand zu diesem Zeitpunkt noch nicht, was sie zu bedeuten hatte.

Bis er eines Tages, etwa ein Jahr nach dem Tod seiner Eltern, die Stimme gehört hatte. Laut und deutlich hatte sie sich Gehör verschafft und schließlich Besitz von ihm ergriffen. Ihn hatte das Verlangen gepackt, dieser kleinen, verwöhnten Göre wehzutun. Es war das erste Mal gewesen, dass Edward die Kontrolle über ihn eingenommen hatte.

Danach war nichts mehr so gewesen wie zuvor. Edward, dessen Namen er damals noch nicht kannte, hatte nicht nur dieses Mädchen getötet, sondern auch ihn. Endgültig.

Gegen halb neun verließ er seine Wohnung und stieg in den roten Toyota, der vor dem Haus geparkt war. Sein Kopf war klarer als noch eine Stunde zuvor, und Edward schien weit weg zu sein, als er den Motor startete und mit lautem Knattern davonfuhr.

10

Als Andresen um kurz nach acht an Julias Bürotür klopfte, wartete sie bereits auf ihn. Mit tiefen Ringen unter den Augen ließ er sich auf den Besucherstuhl nieder, der neben der Tür stand.

»Auch die schreienden Kinder?«, fragte Julia einsilbig, aber mit einem Zwinkern.

Andresen brauchte einige Sekunden, ehe er verstand, was sie meinte. Sie hatte schon des Öfteren von dem nächtlichen Kindergeschrei in der Wohnung über ihr erzählt. Ein müdes Lächeln huschte über sein Gesicht.

»Ich bin heute Morgen um halb sechs aus dem Bett gefallen, weil dieser kleine Satansbraten über mir einen Jähzornanfall hatte«, lachte Julia. »Aber ehrlich gesagt siehst du aus, als hättest du es mit einer ganzen Horde zu tun gehabt.«

Wieder lächelte Andresen. Die Vorstellung, dass er es heute Nacht mit einer ganzen Horde zu tun gehabt hatte, amüsierte ihn. So ganz unrecht hatte Julia ja auch nicht. Es war ihm tatsächlich so vorgekommen, als wäre er regelrecht überrannt worden.

»Ja, so in etwa war es auch«, sagte er schließlich, ehe er das Thema wechselte. »Wollen wir sofort loslegen? Ich hole mir nur schnell noch einen Kaffee, dann können wir anfangen.«

Julia hatte bereits Vorarbeit geleistet und präsentierte Andresen ihre Gedanken zu den Aufzeichnungen, die sie in Meike Kalms Wohnung gefunden hatten. Andresen wirkte nachdenklich, während sie versuchte, Erklärungen für die Zwei-Täter-Theorie zu finden.

»Wir müssen vor allem sicher sein, dass die Aufzeichnungen tatsächlich von ihr stammen. Was ist, wenn der Mörder versucht, uns auf eine falsche Fährte zu führen?«, warf Andresen ein.

»Du meinst, dass …« Sie stockte. »Das kann ich nicht glauben.« Irritiert sah sie auf das Blatt Papier, das vor ihr lag. Ihre Augen verfolgten die geschwungenen Linien der Handschrift. »Also, wenn das hier tatsächlich ein Mann geschrieben hat, dann muss er schon verdammt feminine Züge haben. Und das bezweifle ich doch sehr, bei der Gewalt, die er angewendet hat.«

Jetzt warf auch Andresen einen Blick auf den Zettel. Die Bedenken, die er äußerte, entbehrten jeder Grundlage. Natürlich hatte er gestern rasch die Worte überflogen, doch war seine Aufmerksamkeit abgelenkt gewesen, sodass ihm Details nicht aufgefallen waren.

»Trotzdem sollten wir einen Abgleich der Handschriften veranlassen. Wir müssen einfach sichergehen, dass Meike die Nachricht geschrieben hat. Lass uns die Sätze Wort für Wort durchgehen. Vielleicht finden wir ja irgendwo einen verborgenen Hinweis.«

Julia blickte verwundert auf, verzichtete jedoch darauf, Andresen ihre Genugtuung zu zeigen. Stattdessen nahm sie den Zettel mit den Aufzeichnungen in die Hand und hielt ihn Andresen hin, damit er sehen konnte, was sie dazu bereits notiert hatte.

»Ihre Verzweiflung wird in jedem ihrer Worte deutlich.« Sie sah Andresen in die Augen, ehe sie ihren Blick erneut senkte. »Sieh dir das mal an. Wenn du genau hinschaust, kannst du erkennen, dass sich die Schrift verändert. Hier oben schreibt sie noch relativ leserlich, während die letzten Worte nur noch hingeschmiert sind. Die Erklärung dafür könnte …«

»Die verletzten Arme«, fiel ihr Andresen ins Wort. »Das wäre tatsächlich eine Erklärung, obwohl es schwerfällt, sich das Ganze vorzustellen.«

»Mir ist noch etwas aufgefallen«, fuhr Julia fort. »Erst beim dritten Lesen bin ich darüber gestolpert. Es ist auch nur eine Idee, aber wenn man sich den ersten Satz genauer durchliest, kann man daraus schließen, dass sie den oder die Täter nicht kannte.«

Wenn ich nur wüsste, was ich verbrochen habe.

Die Worte hatten etwas Beunruhigendes, fand Andresen. Beunruhigend, weil er sich die Situation, in der sich Meike Kalm zu dem Zeitpunkt befunden hatte, nicht vorzustellen vermochte. Aber auch beunruhigend, weil sie offenbar nicht gewusst hatte, weshalb sie sich in dieser Lage befand. Aber reichte dies tatsächlich aus, um zu sagen, dass Opfer und Täter sich nicht gekannt hatten? Andresen blieb skeptisch.

»Erzähl mehr, was hast du noch herausgefunden?«

»Ich denke, als sie diesen Satz geschrieben hat, ist sie kurz zuvor ...«

Julia sprach nicht weiter. Die Worte wollten ihr offenbar nicht über die Lippen kommen. Mit dem Zeigefinger fuhr sie über das Blatt Papier.

Ich muss nur noch kotzen ...

Andresen verstand und nickte fast unmerklich.

»Die letzten Notizen wurden kurz vor ihrem Tod gemacht, das wird ziemlich deutlich. Wahrscheinlich war der physische und psychische Druck so stark, dass sie ihr Ende bereits erahnte.«

Andresen wartete eine Weile, ehe er das Wort ergriff. »Gut, sehr gut. Das kann noch sehr hilfreich für uns sein. Eine Sache hast du allerdings geschickt umkurvt. Das wohl Wichtigste, das wir den Aufzeichnungen entnehmen können.«

»Natürlich habe ich mich auch mit *Edward* und *Georg* beschäftigt«, antwortete sie prompt. »Allerdings möchte ich meine Gedanken vorerst noch für mich behalten.«

Andresen sah Julia erstaunt an. Weshalb wollte sie sich nicht über ihre Vermutungen hinsichtlich der Zwei-Täter-Theorie äußern? Wenn sie tatsächlich eine Idee hatte, sollte sie ihm diese gefälligst auch mitteilen.

»Das Ganze ist viel zu absurd, als dass ich ...«

»Verdammt noch mal! Es gibt nichts, was wir nicht diskutieren können, wenn wir in einem Mordfall ermitteln. Sag mir, was du denkst!«

Eben noch war Andresen von Julias Erklärungen angetan gewesen, doch schon einen Moment später entlud sich seine Ungeduld in einer kurzen, heftigen Eruption.

In diesem Augenblick trat Sibius in ihr Büro, und die Unterhaltung zwischen den beiden war abrupt beendet. So behielt Julia ihre Vermutung für sich.

Seinem Gesichtsausdruck nach zu urteilen, war Sibius nicht mit seinem Standardbein aufgestanden. Die Vermutung bestätigte sich, als der Chef der Mordkommission sich vor Andresen postierte und ihm direkt in die Augen sah.

»Wir müssen miteinander sprechen. Komm bitte sofort in mein Büro.«

Zwanzig Minuten später stand Andresen mit einem Becher Kaffee in der Hand nachdenklich vor einem der Fenster des Sitzungszimmers. Das, was er sah, entsprach exakt seiner Gefühlslage. Das plötzliche Gewitter und der Starkregen waren schnell weitergezogen und hatten eine dampfende Landschaft hinterlassen. Ein reinigendes Gewitter ohne große Vorankündigung.

Selten hatte er seinen Chef derart aufgebracht erlebt wie in diesen Minuten, in denen er selbst wie angewurzelt vor ihm gestanden und dessen Worten gelauscht hatte. Und das alles wegen einer Frau, mit der er gestern Abend Hals über Kopf im Bett gelandet war.

Auch wenn er keine Ahnung hatte, wie Wiebke es zeitlich angestellt hatte, so war es ihr dennoch gelungen, einen Artikel über die Geschichte, die sie ihm brühwarm berichtet hatte, zu schreiben, den die Lübecker Rundschau in reißerischem Format auf der Titelseite des Lokalteils abgedruckt hatte. Sibius hatte natürlich keinerlei Ahnung davon, dass Andresen sich mit Wiebke Hennings getroffen und über ihre Erkenntnisse gesprochen hatte. Er wusste nicht einmal, wer Wiebke Hennings überhaupt war. Doch als Leiter der Ermittlungsgruppe und neuerdings auch Kriminalhauptkommissar – so hatte es Sibius mehrfach betont – war Andresen schließlich auch dafür verantwortlich, was nach außen drang und wie die Polizeiarbeit in der Presse dargestellt wurde.

Immerhin war es ihm gelungen, Sibius halbwegs zu beruhigen, indem er ihm zu erklären versucht hatte, wie wichtig es sein konnte, dass gewisse Informationen gezielt gestreut wurden.

So richtig glaubte er jedoch selbst nicht daran, was er da erzählt hatte. »Vielleicht fühlt sich der Täter jetzt zu sicher und begeht einen Fehler« und »Falls tatsächlich der Stiefvater etwas mit der Sache zu tun hat, bekommt er womöglich kalte Füße« waren kaum mehr als klägliche Versuche gewesen, den Zeitungsberichten etwas Gutes abzugewinnen.

Es war halb zehn, als Ben Kregel die Tür hinter sich zuzog und Andresen mit einem leisen Räuspern zu erkennen gab, dass die Sitzung eröffnet werden konnte. In wenigen Sätzen schilderte Andresen den aktuellen Stand der Ermittlungen und kam rasch auf Meike Kalms Aufzeichnungen und das Gespräch mit Meikes Stiefvater zu sprechen. Er verzichtete vorerst darauf, auf das einzugehen, was mittlerweile über die Familie Kalm infolge des Zeitungsartikels bekannt geworden war. Vielleicht hatten es seine Kollegen ja noch nicht gelesen.

Keiner der Anwesenden hatte seinen Erläuterungen etwas hinzuzufügen. Aus den Augenwinkeln sah er, dass Kregel sich mit einem leichten Lächeln auf den Lippen und verschränkten Armen zurücklehnte. So, als ob er etwas wüsste, das er nicht preiszugeben gedachte. Vielleicht machte Julia gemeinsame Sache mit ihm, dachte Andresen mit einem Mal. Der Gedanke schien ihm absurd. Mit jemandem wie Kregel würde sich Julia doch niemals abgeben.

»Falls einer von euch noch etwas zu den Notizen zu sagen hat, dann bitte jetzt. Aus jeder noch so kleinen Theorie kann sich eine Chance ergeben. Etwas für sich zu behalten bringt gar nichts und behindert unsere Ermittlungen.«

Den letzten Satz konnte er sich nicht verkneifen. Er hoffte, dass die Botschaft auch ohne Blickkontakt den richtigen Adressaten erreicht hatte.

Andresen wechselte das Thema und bat Barbara und Kregel, ihre Erkenntnisse über Meike Kalm zu präsentieren. Barbara tauschte einen kurzen Blick mit Kregel und erhob sich dann von ihrem Stuhl. Am Flipchart begann sie, eine Art Organigramm aufzuzeichnen. Als Andresen sah, dass es sich um den Stammbaum der Familie Kalm handelte, stand Kregel ebenfalls auf und postierte sich neben Barbara.

»Ihr werdet kaum glauben, was wir herausgefunden haben«, warf Kregel mit einem selbstzufriedenen Unterton in der Stimme in die Runde. »Auf Barbaras Zeichnung könnt ihr die verworrenen Familienverhältnisse von Meike Kalm erkennen.«

Mit einer bedeutungsvollen Handbewegung unterbrach Andresen Kregel und baute sich vor ihm auf, indem er sich mit den Händen auf dem abgewetzten Holztisch abstützte.

»Stopp«, sagte er leise, aber bestimmt. »Das, was ihr mir jetzt erzählen werdet – zumindest einen wesentlichen Teil davon –, weiß ich bereits.« Für einen kurzen Augenblick hielt er inne. »Ich möchte eine Erklärung von euch haben, warum ihr mir gestern nicht mehr Bescheid gegeben habt. Und ich möchte eine Erklärung, wie es sein kann, dass die Presse davon berichtet, dass Meike Kalms angeblicher Vater lediglich ihr Stiefvater ist, und diese Vorwürfe wegen sexuellem Missbrauch im Raum standen, bevor ihr mich davon in Kenntnis setzt. Merkt euch eines. So etwas darf nicht noch einmal vorkommen, schon gar nicht in einem derart spektakulären Fall, klar?« Langsam ließ er den Blick kreisen, um seinen Worten den notwendigen Nachdruck zu verleihen. »Ich brauche alle Informationen, und zwar umgehend. Noch dazu, wenn sie so wichtig sind.«

Andresen hatte es geschafft, dass selbst Kregel einen Moment lang sprachlos war und unsicher zu Barbara hinübersah.

Sibius, der sich bislang zurückgehalten hatte, ergriff das Wort und pflichtete Andresen bei. »Wir müssen unsere interne Kommunikation verbessern, anstatt die Dinge nach außen zu posaunen«, fuhr er fort.

Andresen schüttelte kaum merklich den Kopf und schob ein mürrisches »Danke, Frank« hinterher.

»Nun, ich glaube, wir haben noch ein bisschen mehr zu berichten, als du denkst, Birger.« Barbara übernahm wieder das Wort und wandte sich zum Flipchart. »Wir haben zum einen die Situation innerhalb der Familie. Der Mann, mit dem ihr gestern gesprochen habt, ist tatsächlich ihr Stiefvater. Meike war noch sehr klein, als ihre Mutter ein zweites Mal geheiratet hat. Aus dieser Ehe ist später dann ein weiteres Kind entstanden.«

Andresen erinnerte sich an das Mädchen, das ihm bei den Kalms die Tür geöffnet hatte.

»Wir wissen auch, dass Meike offenbar keinerlei Kontakt zu ihrem leiblichen Vater gehabt hat, obwohl er nicht allzu weit von Lübeck entfernt in Dassow lebt.« Barbara klappte das beschriebene Papier auf dem Flipchart nach hinten um und legte den Stift beiseite. »Die Vorwürfe gegenüber ihrem Stiefvater, die du vorhin angedeutet hast, können wir ebenfalls bestätigen. So wie es aussieht, hat Meike sehr stark darunter gelitten, was nicht zuletzt zu ihrem Auszug von zu Hause geführt hat.«

»Ich will ja nichts sagen, aber …«

»Warte noch einen Moment«, fuhr Barbara entschlossen fort. »Eine Sache haben wir noch, die du wahrscheinlich noch nicht weißt. Selbst wenn uns diese Pressetante zuvorgekommen ist, so waren auch wir nicht tatenlos. Wir haben uns mit Meike Kalms ehemaliger Mitbewohnerin Nina Zimmermann unterhalten. Und sie hat uns einige interessante Dinge verraten.«

Andresen rümpfte die Nase und wollte bereits Einspruch gegen Barbaras Formulierung einlegen, als ihm bewusst wurde, dass es wohl besser war, nicht den geringsten Verdacht aufkommen zu lassen, er und Wiebke Hennings könnten auch privat miteinander zu tun haben.

»Im Laufe des Gesprächs hat sie einen Satz fallen lassen, der uns stutzig gemacht hat. Sie sagte, dass Meike, nachdem sie aus der WG ausgezogen sci, eine Zeit lang in der Hafenstraße gewohnt habe. Ich habe natürlich sofort nachgefragt, wann das gewesen ist und ob sie allein dort gelebt hat.«

»Barbara wollte selbstverständlich ›wir‹ sagen, nicht wahr?«, unterbrach sie Kregel.

»Danke für deinen Hinweis, Ben. Wenn ich mich recht erinnere, habe ich das Gespräch allerdings größtenteils allein geführt«, konterte Barbara.

»Verdammt noch mal! Jetzt hört endlich mit diesem Kindergartengetue auf.« Sibius sprang auf, sein blasses Gesicht lief mit einem Mal hellrosa an. Der Oberlippenbart, ein Relikt der achtziger Jahre, bebte und drohte damit, jedes Haar einzeln wie eine Armada aus Speerspitzen aufzustellen und gegen die versammelten Kollegen zu richten.

»Wir ermitteln in einem Mordfall, und ihr habt nichts Besseres zu tun, als euch gegenseitig in die Pfanne zu hauen und zu sticheln, wo es nur geht? Arbeitet endlich miteinander und lasst den Quatsch!«

Hektisch verließ Sibius den Raum und unterstrich seinen Unmut über die Differenzen seiner Mitarbeiter mit einem lauten Türenknallen.

Zumindest für den Rest der Besprechung konnte Andresen die Runde dazu bewegen, konstruktiv die Geschehnisse zu diskutieren und die nächsten Schritte zu koordinieren.

Kriminalobermeister Niels Reiser hatte festgestellt, dass es sich bei dem Anrufer, der Meike Kalm als vermisst gemeldet hatte, um einen achtzigjährigen Mann handelte, der in der Wohnung über ihr wohnte und sich Sorgen gemacht hatte, nachdem Meikes Briefkasten übergequollen war. Ungewöhnliche Geräusche oder fremde Personen waren ihm allerdings nicht aufgefallen.

Ein weiteres Mysterium, grübelte Andresen. Niemand der Nachbarn schien etwas von der ganzen Sache mitbekommen zu haben. Er bat Niels, sich noch einmal alle Bewohner des Hauses vorzuknöpfen.

Das, was Barbara noch zu berichten gehabt hatte, war in der Tat überraschend gewesen und möglicherweise von großer Bedeutung für die weiteren Ermittlungen. Meike Kalm hatte zwischen ihrer WG-Zeit mit ihrer Freundin und ihrer eigenen Wohnung in der Fleischhauerstraße ein halbes Jahr lang mit einem Mann, den Nina Zimmermann nur unter dem Namen Schorsch kannte, zusammengelebt. Sie hatte mit ihrer Meinung über Schorsch nicht hinter dem Berg gehalten und ihn einen »kiffenden und schnorrenden Penner« genannt, dem Meike nur aufgrund ihrer persönlichen Probleme in die Arme gelaufen war. Immerhin sei es ihr gelungen, rechtzeitig den Absprung zu schaffen, ehe sie tiefer in den Sumpf aus Drogen, Alkohol und Gleichgültigkeit hineingerutscht war, hatte Nina Zimmermann berichtet.

Andresen stand noch immer vor dem Flipchart im Besprechungsraum und hielt nachdenklich den dicken Stift in die Luft. Die anderen waren längst in ihre Büros verschwunden und trieben die Ermittlungen voran, so wie sie es festgelegt hatten.

Da standen sie, die Namen, die sie in den letzten vierundzwanzig Stunden identifiziert und in irgendeiner Form als relevant für den Fall eingestuft hatten. Fast ein halbes Dutzend.

Richard Langhans, Professor für Anatomie an der Universität Lübeck. Er hatte aus noch unklaren Gründen verschwiegen, dass er es gewesen war, der Meike Kalm die Chancen auf ein Medizinstudium genommen hatte, indem er sie eine der Einführungsklausuren nicht hatte bestehen lassen. Gleichzeitig hatte er das andere Mordopfer, Sina Reimer, über den grünen Klee gelobt und war sogar so weit gegangen zu behaupten, sie hätte eine steile Karriere als Medizinerin vor sich gehabt, wenn nicht ... Tja, wenn nicht jemand so krank und abartig gewesen wäre, die junge Frau auf grausame Art zu quälen und sterben zu lassen, dachte Andresen.

Rüdiger Kalm. Dass er Meikes Stiefvater war, sagte nichts weiter aus. Entscheidend für die Ermittlungen konnte jedoch die Tatsache sein, dass Meike ihm vorgeworfen hatte, sie sexuell missbraucht zu haben. Ein Motiv für einen Mord an ihr ließe sich also unter Umständen ableiten, überlegte er. Vielleicht hatte Meike damit gedroht, ihn anzuzeigen? Aber wie passte Sina Reimer dann dazu?

Andresen kaute auf seiner Unterlippe herum. Ihm fehlten noch zu viele Informationen, um etwaige Rückschlüsse ziehen zu können.

Edward und Georg waren die nächsten. Die beiden Namen ohne Gesichter. Sie waren nur in den Notizen, die höchstwahrscheinlich von Meike Kalm stammten, erwähnt worden. Wenn er den Aufzeichnungen Glauben schenken wollte, mussten sie davon ausgehen, dass es tatsächlich zwei Täter gewesen waren, die Meike überfallen und zu Tode gefoltert hatten.

Durften sie das wirklich? Bei den Untersuchungen zu Sina Reimers Tod war ihnen nichts aufgefallen, was auf einen zweiten Täter hätte schließen lassen.

Andresen verwarf den Gedanken und konzentrierte sich auf einen Namen, den Barbara und Kregel ins Spiel gebracht hatten. Schorsch. Meike Kalms zwischenzeitlicher … Ja, was eigentlich?, fragte sich Andresen. Waren sie ein Paar gewesen oder hatte sie lediglich eine Zeit lang bei ihm gewohnt? Das hatte Nina Zimmermann nicht sagen können. Auch hier war ein mögliches Mordmotiv nicht vollkommen auszuschließen, nur fehlte erneut die Verbindung zu Sina Reimer.

Halb zwölf. Das Ticken der großen Wanduhr drang in sein Bewusstsein und ließ ihn mit einem Mal hektisch werden. Barbara und Kregel würden schon herausfinden, wer dieser Schorsch war. Genauso wichtig war jedoch, mit Rüdiger Kalm zu sprechen und ihn mit den Vorwürfen seiner ermordeten Stieftochter zu konfrontieren.

Und Professor Langhans? Auch ihn mussten sie noch einmal befragen. Als dringend vermerkte er zudem ein Gespräch mit der Familie von Sina Reimer. Er wollte sich selbst ein Bild davon machen, in welchen Verhältnissen der Liebling von Professor Langhans gelebt hatte.

Und nicht zuletzt musste er mit Birnbaum reden. Obwohl dieser ihm gesagt hatte, dass für beide Morde wahrscheinlich ein und derselbe Täter verantwortlich sei, mussten sie sicherstellen, dass die DNA-Analyse in beiden Tötungsfällen auch tatsächlich übereinstimmte, und die Frage klären, ob es Spuren von zwei Tätern gab.

Plötzlich brach die Müdigkeit über ihn herein, die er in der vergangenen Nacht so sträflich missachtet hatte. Ein Phänomen, das er nur allzu gut kannte. Sie kam immer dann, wenn alles um ihn herum zu undurchsichtig und hoffnungslos wurde, und verschwand auch genauso schnell wieder, sobald die Ermittlungen Fahrt aufnahmen.

Sein Gefühl sagte ihm, dass sie nicht den Hauch einer Idee hatten, was tatsächlich hinter den beiden Morden steckte, oder zumindest erst am Anfang einer langwierigen, kräftezehrenden Ermittlung standen.

11

»Hören Sie, ich weiß wirklich nicht, was Sie von mir wollen. Meiner Frau geht es noch immer nicht besser. Und auch ich habe den Tod meiner Tochter noch längst nicht verarbeitet.«

»Es tut uns wirklich leid, aber bei allem Verständnis für Ihre Gefühlslage müssen wir dennoch unsere Arbeit verrichten und einen zweifachen Mörder schnappen. Und wenn wir merken, dass uns jemand nicht die Wahrheit erzählt oder wichtige Informationen vorenthält, ist unser Verständnis relativ schnell aufgebraucht.«

Andresen sah die Resignation in Rüdiger Kalms Augen. Etwas in ihm ging zu Ende. Etwas, das ihn die letzten fünfzehn Jahre begleitet hatte. Kalm hatte offenbar begriffen, dass sie über alles Bescheid wussten.

Im nächsten Augenblick entspannten sich Kalms Gesichtszüge, als sei gerade eine schwere Last von ihm abgefallen. Andresen sah einen geknickten, aber auch befreiten Mann vor sich. Kalm atmete tief durch.

»In Ordnung, kommen Sie herein.«

Kalm wandte sich ab und ging ins Wohnzimmer. Andresen und Julia folgten ihm.

»Warum haben Sie uns nicht gesagt, dass Sie der Stiefvater von Meike sind?«

Andresen kam sofort zur Sache. Julia setzte sich behutsam auf die Lehne eines Sessels und holte einen Notizblock hervor.

»Sagen Sie mir, was es für eine Rolle spielt, ob ich der Erzeuger oder aber ihr Stiefvater war. Dann gebe ich Ihnen eine Antwort.«

»Ich glaube, es ...«

»Versuchen Sie es erst gar nicht. Ich sage es Ihnen selbst.« Kalm lehnte sich zurück und steckte sich eine Zigarette an, die er hinter seinem Ohr hervorgezogen hatte. »Haben Sie Kinder?« Er sprach weiter, ohne Andresens Antwort abzuwarten. »Sie war vier, als ich Dagmar kennenlernte. Ein Jahr später sind wir zusammengezogen, und noch ein halbes Jahr danach haben wir geheiratet. Das ist beinahe zwanzig Jahre her. Zwanzig Jahre«, wiederholte er. »Glauben Sie etwa nicht, dass ich Meike nach dieser Zeit als meine eigene Tochter angesehen habe?«

»Gestern wussten Sie nicht einmal über Meikes Berufsleben Bescheid«, warf Andresen ein. »Das spricht nicht unbedingt für eine gesunde Vater-Tochter-Beziehung.«

Rüdiger Kalm verzog seinen Mund zu einem Lachen und nahm einen tiefen Zug von seiner Zigarette.

»Ich meine mich erinnern zu können, gestern aber auch gesagt zu haben, dass Sie gar nichts wissen. Rein gar nichts.«

Andresen hatte allmählich genug von Kalms selbstherrlichem Verhalten. Wenn er sich nicht bald kooperativ zeigte, musste er andere Töne anschlagen.

»Aber keine Angst«, fuhr Kalm fort. »Ich werde Ihnen alles erzählen. Auch wenn Sie sich wahrscheinlich wünschen werden, es nicht gehört zu haben.«

»Ich weiß wirklich nicht, wovon Sie sprechen, aber vielleicht kommen Sie endlich zur Sache. Erzählen Sie uns von Ihrem Verhältnis zu Ihrer Stieftochter.«

»Verhältnis? Das ist gut.« Kalm brach in schallendes Gelächter aus. Ein irres Lachen, das Trauer und Verzweiflung in sich trug. »Warum fragen Sie mich eigentlich nicht direkt? Sie wissen es doch längst, oder etwa nicht? Los, fragen Sie schon! Sprechen Sie es doch aus. Oder trauen Sie sich nicht?«

Andresen verstand. Sein Gegenüber würde auspacken. Er ahnte, was folgen würde. Einzelheiten des Geständnisses hätte er sich lieber erspart. Aber es musste wohl oder übel sein. Auch wenn es um Jahre zu spät kam.

Vierzig Minuten später zog Andresen die Tür seines Volvos zu und startete den Motor. Im Wegfahren konnte er die Umrisse der beiden Gesichter auf der Rückbank des Streifenwagens erkennen. Neben Rüdiger Kalm saß seine Frau Dagmar, die ihre Tränen vergeblich mit einem Taschentuch zu trocknen versuchte. Ihre gemeinsame Tochter Mandy stand etwas abseits im Hauseingang, flankiert von zwei Polizeibeamtinnen.

Rüdiger Kalm hatte gestanden, seine Stieftochter im frühen Kindesalter mehrfach missbraucht zu haben. Das, was Nina Zimmermann bereits angedeutet hatte, hatte sich bestätigt. Die Schilderungen Kalms hatten Andresen an den Fall aus dem Jahr zuvor erinnert, als ein Missbrauchsopfer durchgedreht war und einen Rachefeldzug gegen seine Peiniger geführt hatte.

Gegen Ende des Gesprächs hatte Kalms Frau das Wohnzimmer betreten. Sie musste mitbekommen haben, dass ihr Mann sein Schweigen beendet hatte. Etwas in ihrem Gesichtsausdruck hatte Andresen verdeutlicht, dass sie erleichtert war und ein jahrelanger Druck, der auf ihr gelastet hatte, langsam von ihr abfiel.

Sie hatte nicht viele Worte verwendet, als sie leise, aber bestimmt ihre Stimme erhoben hatte. Es war so gewesen, wie Andresen es schon oft in seiner Laufbahn als Kriminalpolizist erfahren hatte. Sie war die stillschweigende Ehefrau gewesen, die Bescheid wusste und es dennoch vorgezogen hatte, ihren Mann zu schützen statt die eigene Tochter.

Kein Verbrechen war so feige und widerlich, wie sich an einem Kind zu vergreifen, dachte Andresen, als er den Gang einlegte und losfuhr. Er verabscheute Menschen, die zu so etwas fähig waren, und hatte sich persönlich geschworen, ihnen keine zweite Chance zu geben.

Doch genauso plötzlich, wie Kalm mit der Wahrheit über sich und Meike aufgewartet hatte, war Andresen klar geworden, dass er einen der Namen, die auf dem Flipchart standen, streichen konnte. Rüdiger Kalm war ein pädophiler Dreckskerl, aber kein brutaler Mörder zweier junger Frauen, und schon gar nicht seiner eigenen Stieftochter.

Ihm kam ein unbehaglicher Gedanke in den Sinn. Was wäre gewesen, wenn Meike nicht ermordet worden wäre? Hätte Rüdiger Kalm jemals gestanden? Er musste an all die anderen Opfer denken, die nicht gehört wurden und deren Leben bereits zerstört war, ehe es richtig begonnen hatte.

»Wo fahren wir hin?«, unterbrach Julia seine Überlegungen.

Dass seine Kollegin auf dem Beifahrersitz saß, hatte Andresen beinahe vergessen.

»Lothringer Straße«, antwortete er knapp.

»Zu den Reimers? Nobel, nobel.«

Julias Kommentar bezog sich auf die Adresse der Familie Reimer, die sich in einem der vornehmsten und teuersten Viertel der Stadt befand. Nur unweit des Flusses Wakenitz, dem aufgrund seiner Urwüchsigkeit auch die Bezeichnung »Amazonas des Nordens« verliehen wurde, reihte sich eine herrschaftliche Villa an die andere.

Andresens Handy klingelte. Er blickte kurz auf das Display und sah den Namen des Anrufers.

»Barbara? Wie läuft's denn?«

»Ben und ich waren gerade bei diesem Schorsch. Ich muss sagen, Nina Zimmermann hat nicht übertrieben, als sie ihn beschrieben hat. Ich wette, er baut irgendwo auf dem Dachboden seine eigenen Pflänzchen an. Und übrigens, er hat tatsächlich auch einen richtigen Namen. Und zwar einen ziemlich lustigen oder besser gesagt passenden.«

Andresen hatte nur mit halbem Ohr hingehört. Der Straßenverkehr und das zuvor in Moisling Erlebte nahmen seine Aufmerksamkeit in Beschlag und verhinderten, dass er sich auf Barbaras Worte konzentrieren konnte. Selbst als sie Schorschs vollen Namen ausgesprochen hatte, dauerte es noch einige Augenblicke, ehe ihm dessen Bedeutung bewusst wurde.

Dann traf es ihn jedoch umso heftiger. Mitten auf der Fackenburger Allee legte er eine Vollbremsung hin und rollte rechts an den Straßenrand. Zwei Autofahrer, die neben und hinter ihm fuhren, drängten sich wild hupend und gestikulierend an ihm vorbei. Julias hysterischen Aufschrei registrierte Andresen ebenso wenig wie Barbaras Wortschwall am anderen Ende der Leitung. Er fühlte sich mit einem Mal so, als wäre alles ganz einfach. Die Lösung lag vor ihnen wie auf einem Silbertablett.

Vielleicht hatte er es sich auch nur eingebildet? Nein, er war sich sicher. Ganz deutlich hatte Barbara den Namen ausgesprochen.

»Er heißt Kiffmeyer. Georg Kiffmeyer. Lustig, oder?«

12

Wie ein Wahnsinniger schoss Andresen durch Lübecks Straßen. Mit Blaulicht und Martinshorn bog er am Lindenteller zum Holstentor ab, ehe er schließlich die volle Breite der Straße an der Untertrave ausnutzte, um in Richtung Hafenstraße zu gelangen.

Soeben hatte er Sibius angerufen und sich mit ihm abgesprochen, wie sie vorgehen sollten. Nach kurzem Hin und Her hatte Sibius ihm versichert, sich um die Formalien zu kümmern und die Konsequenzen für Andresens Handeln zu übernehmen, solange das Ganze nicht unnötig eskalierte.

Julia hatte ihn zweimal gefragt, was denn genau los sei, es dann aber sein lassen. Zu fixiert auf die Situation war er, als dass er überhaupt wahrnahm, dass jemand neben ihm saß. Tunnelblick war wohl das richtige Wort, das seinen Zustand beschrieb.

Vor der Hubbrücke, die über den Trave-Kanal führte, scherte Andresen auf die Gegenfahrbahn aus. Die Ampel der Brücke war bereits auf Rot gesprungen, gleich würde die Hydraulik einsetzen und die Fahrbahn nach oben bewegen, um eins der Binnenmotorschiffe, die den Elbe-Lübeck-Kanal befuhren, passieren zu lassen. Gerade noch rechtzeitig schaffte es Andresen, seinen Volvo an den wartenden Autos vorbei über die Brücke zu steuern, ehe hinter ihm eine Schranke geschlossen und die Hydraulik in Gang gesetzt wurde. Er fuhr weiter, vorbei an den alten Hafenschuppen, in denen gelegentlich alte Möbel verkauft wurden. Gegenüber dem ehemaligen Kreuzfahrtterminal parkte Andresen den Wagen schließlich vor einem heruntergekommenen Wohnhaus.

Im Eilschritt lief er die Treppe des Hauses hinauf, bis er Barbara im vierten Stock in einer der Wohnungstüren stehen sah. Sie tauschte einen fragenden Blick mit Julia, die jetzt ebenfalls vor Kiffmeyers Wohnungstür eingetroffen war.

»Wo ist er?«, rief Andresen, als er an Barbara vorbeistürmte.

»Einfach durchgehen, er liegt im Wohnzimmer. Du brauchst dich nicht zu beeilen, er wird nicht weglaufen. Sag uns lieber, was los ist. Wieso bist du so hektisch?«

Andresen zog es vor zu schweigen und ging zügig durch bis ins Wohnzimmer. Schon aus einiger Entfernung sah er Georg Kiffmeyer auf dem Sofa liegen. Ob er schlief, ließ sich nur schwerlich sagen, allerdings schien er in einem mehr als angeschlagenen Zustand zu sein.

Dennoch wartete Andresen nicht ab. Er zog die Handschellen, die er bei sich trug, hervor und legte sie dem verdutzten Mann an. Erst jetzt bemerkte Andresen, dass Kiffmeyer nicht geschlafen hatte. Der Grund seiner Benommenheit stand neben ihm auf dem Fußboden: eine alte Limonadenflasche, die zu einer Bong umfunktioniert worden war.

Obwohl Kiffmeyer körperlich nicht in der Lage schien, sich zu wehren, begann er plötzlich lauthals zu fluchen.

»Hey, was soll denn das? Nehmen Sie mir diese Scheißdinger wieder ab. Sie ticken doch nicht mehr richtig. Was soll ich denn verbrochen haben?«

»Sie sind festgenommen, weil Sie unter Verdacht stehen, Meike Kalm und Sina Reimer gefangen gehalten und umgebracht zu haben.«

Andresens Tonfall war härter als üblich. In wenigen Worten klärte er Kiffmeyer über seine Rechte auf und bat ihn dann in noch schärferem Ton, aufzustehen und mitzukommen.

Kiffmeyer schnappte nach Luft, wusste offenbar nicht, wie ihm geschah. Nachdem er einige Beleidigungen ausgestoßen hatte, gab er es schließlich auf, sich gegen die Verhaftung zu wehren.

»Darf ich mir wenigstens meine Schuhe anziehen?«, fragte er.

Andresen grummelte etwas Unverständliches und ließ für einen Moment von Kiffmeyer ab. Sein Handy klingelte erneut. Es war Birnbaum.

»Herr Professor, was kann ich denn …« Plötzlich gab es einen Schlag, und Andresen taumelte mehrere Meter nach hinten. Es gelang ihm gerade noch rechtzeitig, sich zu fangen, ehe er mit dem Hinterkopf an eine billig aussehende Schrankwand geknallt wäre.

Kiffmeyer hatte sich blitzschnell aufgerichtet und Andresen mit voller Wucht zur Seite geschleudert. Andresen konnte nur zusehen, wie Kiffmeyer aus dem Raum stürmte und auf dem schmalen Flur verschwand. Ohne lange zu fackeln, rannte er hinterher und rief etwas in Richtung seiner Kollegen, die er noch immer im Bereich der Eingangstür vermutete. Ein dumpfes Poltern war aus dem Flur zu hören. Er sah, dass Kiffmeyer Barbara umgerannt und zu Boden gestoßen hatte.

»Versuch ihn aufzuhalten, Julia! Wir dürfen ihn nicht entkommen lassen!«

Andresens Anweisungen verpufften in einem schrillen Aufschrei und lautem Getöse. Kiffmeyer riss Julia mit sich. Beide fielen zu Boden und rollten unaufhaltsam auf den Treppenabsatz zu.

Andresen kam zu spät. Machtlos musste er mit ansehen, wie die beiden die harte Steintreppe hinunterrutschten. Obwohl es nur wenige Sekunden dauerte, erlebte er die Szenerie wie in Zeitlupe, als er Julias Kopf wieder und wieder auf die massiven Treppenstufen aufschlagen sah. Ihre aufgeregte Stimme wurde immer leiser. Auch sein eigener Schrei erstickte bei dem Anblick, der sich ihm bot. Andresen sah, dass Julia am Geländer entlangschrammte und heftig zurückgeschleudert wurde. Er hechtete hinterher und trennte die beiden voneinander. Ein kurzer Blick zu Kiffmeyer genügte, um zu sehen, dass er kaum mehr in der Lage war, zu flüchten. Er blutete stark am Hinterkopf.

»Barbara, forder Verstärkung an! Und dringend den Notarzt!«

Andresen machte sich Vorwürfe. Er hatte seine jüngste und unerfahrenste Kollegin aufgefordert, einen unter Drogen stehenden mutmaßlichen Mörder aufzuhalten. Nicht einmal er selbst war dem Mann gewachsen gewesen. Er schickte ein kurzes Stoßgebet gen Himmel, obwohl er sich ziemlich sicher war, dass der Adressat andere Verpflichtungen hatte, wenn er denn nicht schon längst verzogen war.

Julia öffnete die Augen und lächelte Andresen an. Andresen versuchte sie zu stützen und legte seine Hand unter ihren Kopf. Augenblicklich spürte er die warme Flüssigkeit zwischen seinen Fingerkuppen.

»Nicht schlecht für eine wie mich, oder?«, röchelte Julia mit leiser Stimme. »Beim nächsten Mal bin ich aber besser vorbereitet, versprochen.«

Andresen lächelte zurück und strich ihr beruhigend über die Wange. »Du wirst die Heldin sein und morgen in allen Zeitungen stehen. Vielleicht bekommst du sogar eine Auszeichnung und wirst befördert.« Er versuchte alles, um das Gespräch am Laufen zu halten. Solange sich Julia auf seine Worte konzentrierte, würde sie zumindest nicht das Bewusstsein verlieren.

»Ehrlich?«

»Klar, wer kann denn schon von sich behaupten, dass er einen zweifachen Mörder dingfest gemacht hat?«

Ihre Stirn legte sich in Falten. Auch die Lippen verformten sich für einen kurzen Moment. Andresen spürte, dass Julia nicht verstand, wovon er sprach.

»Georg Kiffmeyer ist wahrscheinlich unser Mann. Es sieht so aus, als hätte er Sina Reimer und Meike Kalm umgebracht.«

Julias Blick änderte sich nicht. Sie betrachtete Andresen weiterhin mit einer Mischung aus Erschöpfung und Skepsis. Mit letzter Kraft schnappte sie nach Luft und presste die Worte hervor.

»Birger, bist du … bist du wirklich sicher, dass … dass er der … Richtige ist? Wenn du mich fragst, hat er … er hat … er hat …«

»Julia, nein. Du darfst nicht einschlafen. Hörst du? Was hat er? Was wolltest du mir sagen? Versuch dich zu konzentrieren!«

Hilflos musste er mit ansehen, wie Julias Augen flackerten, ehe sie schließlich zufielen. Ihr Kopf sackte zur Seite und gab die Sicht auf die Wunde am Hinterkopf frei. Blut tropfte auf seine Hand und den grau gefleckten Steinboden. Das Wimmern von Kiffmeyer, der direkt neben ihm lag, klang verschwommen und wie aus einer anderen Welt.

Als der Notarzt zehn Minuten später eintraf, saß Andresen auf einer Treppenstufe im fünften Stockwerk des Hauses. Er hatte ein zweites Gebet verschickt und war sich diesmal sicher, dass es erhört worden war.

13

Vorsichtig lugte er durch das Küchenfenster. Er sah sofort, wer da vor seiner Haustür stand. Unlust und Verlegenheit stiegen in ihm hoch. Schweren Herzens entschloss er sich dazu, es hinter sich zu bringen und ihr gegenüberzutreten. Sie musste beichten, redete er sich ein. Nicht er.

Bereits die Begrüßung fiel kühl aus. Andresen machte Meret ein Zeichen, mit ins Wohnzimmer zu kommen. Doch sie wollte lieber in der Küche Platz nehmen. Wahrscheinlich um den Fluchtweg möglichst kurz zu halten. Einen Augenblick lang musste er daran denken, wie sie sich noch vor nicht allzu langer Zeit auf dem Küchentisch geliebt hatten.

Nach einigen Minuten allgemeinen Palavers kam Meret endlich zur Sache. Andresen ahnte, was bevorstand, war sich allerdings noch immer nicht sicher, ob er mit seiner Vermutung tatsächlich richtiglag.

»Ich denke, wir müssen dringend über ein paar Dinge reden«, begann sie steif. »Ich falle jetzt einfach mal mit der Tür ins Haus. Sag mir bitte, was du für mich empfindest. Ich muss es wissen.«

Andresen traute seinen Ohren nicht. Da verschleppte Meret ihre gemeinsame Beziehung, hatte kaum mehr Zeit für ihn, und jetzt sollte er Rechenschaft darüber ablegen, was er für sie empfand! Das konnte doch nicht ihr Ernst sein, oder?

»Ich bin mir nicht sicher, ob es meine Aufgabe ist, zuerst die Karten auf den Tisch zu legen. Die Probleme der letzten Wochen gingen meiner Meinung nach eindeutig von …«

»Wollen wir uns jetzt wirklich darüber streiten?«, unterbrach sie ihn. »Lass uns doch ehrlich zueinander sein. Wir haben uns beide in letzter Zeit nicht um unsere Beziehung gekümmert.«

Andresens vorsichtiger Protest wurde durch Merets Wortschwall rasch unterdrückt. Er spürte, dass sie gut vorbereitet war.

»Weswegen bist du hier?« Er hoffte, mit einer einfachen Frage Meret den Ball zuschieben zu können.

»Wir wissen beide, weshalb ich hier bin«, antwortete sie knapp.

»Dann sprich es doch aus. Sag doch endlich, warum du nichts mehr von mir wissen willst.«

»Na gut, wie du möchtest. Vielleicht sollten wir einfach reinen Tisch machen.« Sie holte noch einmal tief Luft, bevor sie fortfuhr. »Als wir uns damals kennengelernt haben, du weißt schon, die Zeit im Kommunalen Kino, als dieser Fall mit den Frauenleichen im Kanal gerade aktuell war ... Ich habe dir damals nicht die volle Wahrheit gesagt.«

Andresen stutzte. Was hatte sie ihm verschwiegen, das so entscheidend sein konnte, dass ihre Beziehung jetzt nicht mehr funktionierte? Er spürte, dass es ihr schwerfiel, sich ihm restlos zu offenbaren.

»Weißt du noch, als ich dir damals Helena vorgestellt habe? Du hattest mich gerade vom Badminton abgeholt.«

Andresen nickte stumm. Er ahnte bereits, was kommen würde.

»Ich habe sie dir als eine alte Freundin vorgestellt, erinnerst du dich?«

Warum kam sie nicht einfach zur Sache? Dieses Drumherumgerede war nicht auszuhalten.

»Das stimmt so nicht ganz«, fuhr sie fort. »Helena und ich waren tatsächlich bereits vor einigen Jahren miteinander befreundet, aber etwas anders, als du wahrscheinlich denkst. Um es kurz zu machen, wir waren ein Paar.«

Endlich war es raus. Endlich hatte Meret das zugegeben, was Andresen ohnehin schon vermutete. Auf seltsame Art und Weise nahm Andresen die endgültige Gewissheit über Merets Liebesleben jedoch weit weniger mit, als er es noch bis vor Kurzem für möglich gehalten hatte.

»Die Sache mit dir war die erste Beziehung mit einem Mann seit meiner Jugend. Ich glaube, das war auch der Grund dafür, warum es am Anfang so lange gedauert hat, bis ich mich darauf eingelassen habe. Trotzdem, ich will, dass du weißt, dass es mir ernst mit dir war. Ich habe etwas für dich empfunden, das sich für mich wie Verliebtsein angefühlt hat.« Sie holte tief Luft, ehe sie weitersprach. »Irgendwann habe ich festgestellt, dass es nicht mehr weiterging. Es kam einfach nichts mehr. Ein Gefühl der Nähe, Vertrautheit und Ungezwungenheit wollte sich einfach nicht einstellen.« Merets Blick hielt dem Andresens nicht länger stand. »Und plötzlich war Helena wieder da. Ich war mir damals allerdings sicher, dass ich nie wieder etwas mit ihr anfangen würde. Das musst du mir glauben.«

»Was spielt denn das für eine Rolle?«, fragte Andresen. »Ihr habt es ja schließlich doch wieder getan.«

»Haben wir nicht«, erwiderte Meret. »Zumindest bislang. Ich bin heute Abend allerdings hierhergekommen, um für mich wenigstens eine Sache zu klären.«

»Lass mich raten. Du möchtest bei mir einziehen und machst mir gleich einen Heiratsantrag.« Andresen flüchtete sich in Sarkasmus. Ihm gingen ihre Erklärungsversuche und ihre Art, nur von sich zu sprechen, gegen den Strich.

»Ich kann verstehen, dass du sauer bist, aber soll ich dir etwas vormachen?«

»Ich bin nicht sauer, da kannst du ganz beruhigt sein. Aber es wäre schön, wenn du jetzt gehst«, sagte Andresen plötzlich. Er verspürte einen großen Drang, allein zu sein und die Ereignisse des Tages in Ruhe sacken zu lassen.

»Wahrscheinlich hast du recht«, sagte Meret nachdenklich. »Meinst du, wir werden in Zukunft vernünftig miteinander umgehen können?«

Andresen zuckte mit den Schultern und versuchte, ein versöhnliches Lächeln aufzusetzen.

»Ehrlich gesagt, habe ich meine Zweifel, aber vielleicht wird es ja irgendwann.« Er stand auf und ging zum Kühlschrank. Aus dem Eisfach nahm er eine Flasche und stellte sie auf den Küchentisch. Durch die dicke Eisschicht erkannte Meret offenbar, dass es sich um Aquavit handelte. Genau wie damals im Buthmanns, als sie sich gerade kennengelernt hatten. Andresen bemerkte ein Zögern bei Meret und spürte einen Moment lang Genugtuung. Einen Hauch Sentimentalität und womöglich sogar Reue würde sie vielleicht empfinden, hoffte er. Wenigstens etwas, das er ihr mit auf den Weg geben würde.

Gegen neun Uhr trat sie vor sein Haus in der Großen Gröpelgrube und ließ ihn nachdenklich im Türrahmen stehend zurück. Obwohl es Andresen eigentlich egal war, wie sie sich verhielt, wartete er eine Weile, ob sie sich noch einmal zu ihm umdrehen würde. Vergeblich.

Andresen ging erleichtert, aber auch erschöpft in die Küche zurück und blickte abwesend in den Kühlschrank, auf der Suche nach etwas Essbarem. Die Ereignisse des Tages liefen noch einmal vor seinem inneren Auge ab. Und auch die der vergangenen Nacht. Wiebke Hennings hatte es geschafft, dass seine Gedanken in regelmäßiger Wiederkehr um ihre kurze, aber doch heftige Begegnung kreisten.

Plötzlich war da auch wieder Rüdiger Kalm. Der Mann, der sich an seiner Stieftochter Meike vergangen und so überraschend alles gestanden hatte. Eine Milderung der Strafe würde dies dennoch nicht nach sich ziehen. Und eine Entschuldigung für ein derart schwerwiegendes Verbrechen konnte es gar nicht geben.

Seine Gedanken wanderten zu dem, was er am frühen Nachmittag und in den darauffolgenden Stunden erlebt hatte. Die Notärzte waren, wenige Minuten nachdem Barbara Bescheid gegeben hatte, eingetroffen und hatten sich um Julia und Kiffmeyer gekümmert. Noch bevor die Rettungskrankenwagen losgefahren waren, um die beiden Verletzten ins Universitätsklinikum zu bringen, hatte einer der Ärzte, ein gewisser Dr. Seemeier, sich zu der Aussage hinreißen lassen, dass sowohl Julia als auch Kiffmeyer wohl mit schweren Gehirnerschütterungen davongekommen waren.

Was genau Andresen in diesem Moment gefühlt hatte, konnte er im Nachhinein nicht mehr rekonstruieren, doch musste es ähnlich dem gewesen sein, was er empfunden hatte, als sein Sohn Ole im Winter letzten Jahres in seiner Wohnung überfallen worden war. Erleichterung war das eine. Darüber, dass es noch einmal gut gegangen war. Es überwog jedoch etwas anderes, das sich am ehesten als Schuld beschreiben ließ. Er hatte es zum wiederholten Male nicht verstanden, verantwortungsbewusst, wie ein treusorgender Vater und Vorgesetzter es hätte tun sollen, zu handeln.

Den ganzen Nachmittag über bis in den frühen Abend hatte er in der Notaufnahme und später in einem Vorraum der Intensivstation ausgeharrt, in der Hoffnung, Neuigkeiten über Julias Zustand zu erfahren. Doch die Ärzte waren zurückhaltend gewesen und hatten ihm schließlich um kurz vor sechs nahegelegt, nach Hause zu fahren.

Auf dem Weg nach draußen war er Julias Familienangehörigen begegnet. Einen Moment lang hatte er ernsthaft darüber nachgedacht, ob er sie ansprechen und seinen Fehler eingestehen sollte. Doch die Feigheit hatte gesiegt.

Mit einem kurzen Nicken war er an ihnen vorbeigeschlichen. Schließlich war er nach Hause gefahren und hatte in der Küche herumgewerkelt, als er Meret durchs Fenster erkannt hatte.

Jetzt saß er wieder an dem alten Holztisch in der Küche und löffelte nachdenklich viel zu weich gekochte Spaghetti in sich hinein. Er sah nicht, dass in diesem Moment erneut jemand, der ihm einen Besuch abstatten wollte, an seinem Fenster vorbeiging. Viel zu sehr war er mit sich selbst und seinem Essen beschäftigt, als dass er die schmale Silhouette hätte wahrnehmen können.

Umso überraschter war er, als es plötzlich heftig an seiner Tür klopfte. Er hörte eine Stimme, die ihm bekannt vorkam. Erschöpft stand er auf und ging in Richtung Tür. In dem Moment, in dem er sie öffnete, wusste er bereits, dass etwas passiert war. Wiebkes Gesicht war kreidebleich, und in ihren Augen flackerte Panik.

14

Es war noch keine vierundzwanzig Stunden her, dass sie miteinander geschlafen hatten. Es war leidenschaftlich gewesen, ohne dass eine emotionale Nähe bestanden hatte. Dennoch hatte Andresen von Anfang an eine sonderbare Anziehung empfunden.

Als Wiebke jetzt völlig verstört vor seiner Tür stand, hatte er sofort gemerkt, dass sie gekommen war, weil sie ihm etwas zu sagen hatte. Und dass es wichtig war, spürte Andresen bei jeder ihrer Bewegungen.

»Kann ich kurz reinkommen? Ich muss dringend mit dir sprechen.«

Andresen nickte und legte beschützend einen Arm um sie. Sie gingen in die Küche und setzten sich.

»Willst du etwas trinken?«

»Hast du was Hartes?«

Wortlos stellte Andresen die Flasche Aquavit, die bereits zum zweiten Mal an diesem Abend zum Einsatz kam, auf den Tisch. Rasch tranken beide ein Glas. Ohne etwas zu sagen, füllte sich Wiebke ihr Glas ein weiteres Mal auf.

»Jetzt erzähl mal, was mit dir los ist«, begann Andresen vorsichtig.

Wiebke atmete tief durch und versuchte, die Anspannung loszuwerden und ihre Gedanken zu ordnen.

»Ich bin mir nicht sicher, aber ...« Sie zögerte. »Also, wenn ich nicht völlig verrückt bin, dann hat er Kontakt mit mir aufgenommen.« Für einen Moment stellten sich die feinen blonden Härchen an ihren Armen steil auf.

»Was ...? Ich meine, kannst du deutlicher werden?«

»Ich spreche von dem Mörder der beiden Frauen. Er hat mir eine Nachricht geschickt.«

Andresen sah Wiebke erstaunt an.

»Als ich vorhin kurz zu Hause war, habe ich als Erstes meine E-Mails abgerufen, weil ich darauf wartete, dass mir einer meiner Informanten endlich neue Skandale aus der Bürgerschaftssitzung berichtet.«

Wiebke merkte offenbar, dass Andresen ungeduldig wurde. »Also, um es kurz zu machen: Ich hatte die Mail anfangs gar nicht gesehen bei all dem Spam, mit dem man zugemüllt wird. Dann ist mir allerdings die Betreffzeile ins Auge gefallen.«

Die Panik, die sie eben noch ausgestrahlt hatte, war plötzlich verschwunden.

»Ich habe die E-Mail geöffnet und mir die wenigen Sätze mehrfach durchgelesen. Was ich las, hat mich allerdings weit weniger geschockt als die Tatsache, dass der Mörder mir überhaupt droht. Sieh selbst, ich hab die Mail ausgedruckt.«

Sie kramte aus ihrer Handtasche aus Lkw-Plane ein zusammengefaltetes Stück Papier hervor und legte es vor sich auf den Küchentisch. Andresen griff danach, faltete es auseinander und strich es mit dem Handrücken glatt. Er las die Betreffzeile.

SÜSSE WIEBKE, VERKENNE NICHT DIE GEFAHR, SIE IST ALLGEGENWÄRTIG!

Andresen schüttelte fast unmerklich den Kopf. Sein Blick wanderte weiter zum Haupttext der Mail.

> *Ich bin unberechenbar, je nachdem, wer wir sind. Sina und Meike waren nicht artig. Auch du solltest vorsichtig sein, so niedlich, wie du bist. Es kann immer und überall passieren.*

Er musste die geschriebenen Worte ein weiteres Mal lesen, weil er sie nicht verstanden hatte. Dann legte er das Blatt zurück auf den Tisch und blickte Wiebke fragend an.

»Verstehst du jetzt, warum ich so aufgeregt reagiert habe? Der Mörder von Sina Reimer und Meike Kalm sieht in mir sein nächstes Opfer.« Sie stockte, dann brach es aus ihr heraus. »Auf was für eine Scheiße habe ich mich hier bloß eingelassen?«

Andresen registrierte ihren plötzlichen Ausbruch mit einem gequälten Blick. Obwohl Wiebke sich das Ganze durch ihr übereifriges Handeln größtenteils selbst eingebrockt hatte, empfand er Mitleid mit ihr. Er spürte eine Veränderung an ihr. Erstmals erkannte er, dass ihre junge, unbekümmerte Art nur ein Teil ihres Wesens war. Das, was jetzt zum Vorschein kam, war pure Angst.

»Entschuldige mich mal kurz. Ich bin gleich wieder da.« Wiebke erhob sich und verließ die Küche.

Andresen hörte, dass die Badezimmertür ins Schloss fiel. Sein Blick blieb wieder an dem Stück Papier hängen, das vor ihm lag. Etwas irritierte ihn an den Worten. Es war die Formulierung des ersten Satzes, die so gar keinen Sinn ergeben wollte:

Ich bin unberechenbar, je nachdem, wer wir sind.

Da waren sie wieder, die zwei Täter, die Meike Kalm in ihren Aufzeichnungen erwähnt hatte. Edward und Georg. Schorsch. Georg Kiffmeyer.

Dabei hoffte er doch, dass sie ihn längst gefasst hatten. Davon wusste Wiebke aber wahrscheinlich noch nichts. Wenn Kiffmeyer der Mörder war, was hatte es dann mit dieser E-Mail auf sich? Andresen sah auf das Blatt und suchte nach der Uhrzeit des Posteingangs. Elf Uhr vierzehn. Also noch bevor er in die Hafenstraße gerast war und das Unglück in Kiffmeyers Wohnung seinen Lauf genommen hatte.

Erst jetzt fielen ihm die wild aneinandergereihten Buchstaben in der Absenderzeile auf. Tatsächlich wie bei einer Spam-Mail, überlegte Andresen. Hier hatte jemand offenbar ganze Arbeit geleistet, um seine Identität zu verbergen: *drawde@groeg.de*

Der Sekundenzeiger der Wanduhr übertönte die Stille im Raum mit seinem lauten Ticken. Andresen sprang wie von der Tarantel gestochen auf und verharrte für einen Augenblick.

drawde groeg = edward georg.

Verdammt noch mal! Da waren sie schon wieder, die beiden Namen. War Georg Kiffmeyer womöglich nur einer der beiden Täter, und Edward lief noch immer frei herum? Er musste unbedingt mit Wiebke reden.

Ihm kam ein anderer Gedanke. Er wusste, dass es hervorragende IT-Spezialisten in den Reihen der Lübecker Polizei gab. Es musste doch eine Chance geben, die E-Mail zurückzuverfolgen.

Etwas nahm seine Aufmerksamkeit in Beschlag. Neugierig griff er nach dem schicken Portemonnaie aus braunem Leder, das Wiebke an den Rand des Küchentischs gelegt hatte. Vorsichtig ließ er es in seinen Händen kreisen und begutachtete es.

Gerade als er die edle Schlaufe, die das Portemonnaie zusammenhielt, lockerte, hörte er, wie die Toilettenspülung betätigt und beinahe gleichzeitig der Schlüssel der Tür herumgedreht wurde. Unbeholfen versuchte Andresen das Portemonnaie wieder festzuschnallen. Etwas fiel heraus und landete auf dem gefliesten Fußboden. Hastig bückte er sich danach und hob es auf. Er musste sich beeilen, wenn er nicht entdeckt werden wollte. Er hörte bereits ihre Schritte im Flur.

In letzter Sekunde, ehe sie ihren Kopf zur Tür hineinstreckte, schaffte er es, das kleine, feste Papier zurückzuschieben und die Lasche um das Portemonnaie zu legen.

»Geht's dir etwas besser?«, fragte er in der Hoffnung, von seinem schlechten Gewissen ablenken zu können.

Sie nickte und ließ sich erschöpft auf ihren Stuhl fallen.

»Gut, ich muss dir nämlich auch noch etwas sagen.«

Andresen erzählte von den Ereignissen des Nachmittags. Immer wieder betonte er, dass sie hofften, mit Kiffmeyers Verhaftung einen entscheidenden Schritt zur Aufklärung der Mordfälle getan zu haben. Ihm fiel auf, dass Wiebke ein feines Gespür besaß und sofort gemerkt hatte, dass das, wovon er sie zu überzeugen versuchte, längst nicht mehr das war, woran er selbst glaubte. Es waren nicht mehr als verzweifelte Versuche, sich an einem Strohhalm festzuhalten. Und sie hatte recht. Seitdem er die E-Mail gelesen hatte, war er sich nicht mehr sicher, ob sie mit Kiffmeyer tatsächlich die richtige Spur verfolgten.

»Ich bin also ernsthaft in Gefahr?«, fragte Wiebke. Die Verunsicherung war ihr deutlich anzumerken.

»Ich weiß es nicht«, antwortete Andresen müde. »Lass uns schlafen gehen. Du kannst hier übernachten. Morgen sehen wir weiter. Du musst in jedem Fall mit aufs Präsidium kommen und das zu Protokoll geben, was du mir vorhin erzählt hast. Außerdem muss die E-Mail genauestens analysiert werden. So schlimm der Schock für dich auch gewesen ist, die E-Mail ist ein weiteres Puzzleteil und ein wichtiges noch dazu.«

Andresen erhob sich, Wiebke aber blieb noch einige Minuten am Küchentisch sitzen. Aus den Augenwinkeln sah sie ihr Portemonnaie am Rand des Küchentischs liegen. Sie griff danach und verstaute es in ihrer Handtasche. Dann stand auch sie auf und folgte Andresen.

Um kurz nach eins lag Andresen noch immer wach auf seiner Hälfte des Bettes und suchte an der dunklen, fast schwarzen Decke einen Fixpunkt, an dem er seine Gedanken für einen Moment festhalten konnte. All die Dinge, die er heute erlebt hatte, kamen mit einem Mal wieder in ihm hoch.

Den Schluss- und vorläufigen Höhepunkt unter die Ereignisse des Tages hatte das kleine Foto gesetzt, das aus Wiebkes Portemonnaie gefallen war. Als er es vom Fußboden aufgehoben hatte, war es ihm gelungen, einen flüchtigen Blick darauf zu werfen. Er hatte sich nicht getraut, sie auf das Foto anzusprechen. Stattdessen hatte er den Rest des Abends damit verbracht, sich seine eigenen Zusammenhänge zu stricken.

Aus einem plötzlichen Gefühl heraus war er sich jetzt sicher, was seine Vermutung betraf. Das kleine Mädchen auf dem Foto war Wiebkes Tochter. Obwohl es so gar keinen Sinn ergeben wollte, da ihm Wiebke nicht wie eine Frau vorkam, die bereits eine Familie gegründet hatte. Aber er hatte keinerlei Zweifel mehr, dass es tatsächlich so war.

Mit einem eigenartigen Gefühl im Bauch wandte Andresen seinen Blick zur Seite. Es war noch nicht allzu lange her, dass es Meret gewesen war, die dort gelegen und zusammen mit ihm Zukunftspläne geschmiedet hatte. Jetzt blickte er auf den nur von einem seiner T-Shirts bedeckten Körper einer Frau, die ihm bislang zwar noch ein Mysterium war, die aber dennoch eine ungemeine Anziehungskraft auf ihn ausübte.

Hätte er gewusst, dass Wiebke zu diesem Zeitpunkt ebenfalls noch wach lag und auf einen Punkt an der Wand des Schlafzimmers starrte, wäre er womöglich unter ihre Decke gekrochen. So schlief er um kurz nach halb zwei ein und träumte davon, dass eine junge, attraktive Frau durch sein Haus geisterte, während draußen ein zweifacher Mörder sein Unwesen trieb.

15

Das Bett war gemacht. Kein Zettel, keine Nachricht, nichts, was darauf schließen ließ, dass sie heute Nacht bei ihm geschlafen hatte. Sie war einfach weg, als er aufwachte, weil er aus einem Albtraum hochschreckte.

Andresen sah auf seiner Armbanduhr, die auf dem Nachttisch lag, dass es gerade einmal sechs Uhr war. Unentschlossen rollte er sich hin und her, bis er sich schließlich aufraffte und sich aus dem Bett schwang. Er nutzte die frühe Morgenstunde und tat etwas, das er schon seit Ewigkeiten nicht mehr gemacht hatte. Er joggte am Kanal entlang und sog die angenehm warme Morgenluft in sich auf wie jemand, der seinen Körper von etwas befreien will, indem er ihn mit frischem Sauerstoff füttert.

Nach zehn Minuten war dieses Gefühl vorbei. Stechende Schmerzen in den Seiten und Schweiß, der ihm in Strömen in die Augen floss, bewogen ihn dazu, umzukehren.

Als er um kurz nach sieben unter der Dusche stand und das kalte Wasser über seinen Körper rieseln ließ, fühlte er sich erschöpft. Der morgendliche Lauf hatte sein Ziel verfehlt und statt des erhofften Energieschubs genau das Gegenteil erreicht. Vielleicht war es aber auch der Gedanke daran, was ihn am heutigen Tag erwartete, der ihn so müde machte.

Andresen hatte sich vorgenommen, nach der Lagebesprechung als Erstes mit Kiffmeyer zu sprechen. Falls sich dann wider Erwarten bereits alles aufgeklärt haben sollte, würde er einfach seinen Sohn Ole anrufen, um ihn zu fragen, ob er mit ihm ans Meer fahren wolle.

Natürlich war ihm klar, dass dieser Gedanke utopisch war. Zum einen war es unwahrscheinlich, dass Kiffmeyer auspacken würde, und andererseits kannte er nur allzu gut die langwierigen polizeilichen Mechanismen, die griffen, wenn jemand geständig war.

Als zweiten Punkt auf seiner Agenda hatte sich Andresen einen Besuch bei Familie Reimer vermerkt, über die er bislang noch so gut wie nichts wusste. Anschließend würde er ein weiteres Mal Professor Langhans aufsuchen in der Hoffnung, mehr über sein zwiespältiges Verhältnis zu seinen beiden ehemaligen Studentinnen herauszufinden. Bislang war er noch nicht dahintergekommen, welche Rolle der grauhaarige Anatomieprofessor spielte, der nach außen hin so aalglatt wirkte.

Alles andere, die weiteren Verhöre von Rüdiger und Dagmar Kalm und ein Gespräch mit dem Kriminalpsychologen aus Kiel, sollten Barbara und Kregel übernehmen.

Erst jetzt fiel ihm wieder ein, was gestern mit Julia geschehen war. Sofort schnürte sich sein Hals zu, und das schlechte Gewissen erdrückte ihn wie ein dicker Krake, der sich um sein Opfer legt. Er war bereits wieder so fixiert auf die Ermittlungen, dass er Julia glatt vergessen hatte.

Und dann war da noch die E-Mail, die der mutmaßliche Mörder an Wiebke geschickt hatte. Sie musste dringend ihre Aussage im Präsidium zu Protokoll geben. Außerdem musste jemand die Nachricht genauer unter die Lupe nehmen und auf mögliche Hinweise überprüfen.

Er stöhnte kurz auf und schüttelte den Kopf. Wieder stieg in ihm das Gefühl hoch, dass ihm alles zu viel wurde. Er schnappte sich ein Handtuch und rubbelte seine Haare trocken, so lange, bis er glaubte, sein Gehirn wieder in die richtige Ordnung gebracht zu haben.

Gegen acht Uhr ließ sich Andresen auf seinen abgesessenen Schreibtischstuhl fallen und schaltete den Computer an. Die morgendliche Besprechung begann erst in einer halben Stunde. Genug Zeit, um einige Telefonate zu führen. Er wählte Wiebkes Handynummer, doch nur die Mailbox sprang an. Er probierte es auf dem Festnetz. Mit demselben Ergebnis. Nach dem fünften Klingeln ertönte der Anrufbeantworter. Andresen durchwühlte einige Papiere auf seinem Schreibtisch auf der Suche nach den Nummern von Professor Langhans und Sina Reimers Eltern. Es gelang ihm, beide Termine auf den frühen Nachmittag zu legen, sodass er vorher ausreichend Zeit hatte, das Verhör mit Kiffmeyer zu führen.

Sein Telefon klingelte. Es war das Kriminallabor aus Kiel. Man hatte die DNA-Spuren, die auf den Leichnamen und in den Wohnungen der jungen Frauen gefunden worden waren, miteinander verglichen.

»Es handelt sich um ein und denselben Täter«, sagte der junge Mann am anderen Ende der Leitung.

»Gab es denn weitere Spuren?«, fragte Andresen nach.

»Keine, die in beiden Wohnungen gefunden wurden. Sperma, Hautschuppen, Haare, alles stammt von einer Person.«

»... die bislang nicht in den DNA-Dateien auftaucht?«, ergänzte Andresen.

»Nein, leider nicht. Wir haben alles geprüft.«

Andresen bedankte sich und legte auf. Es war tatsächlich, wie Birnbaum vermutet hatte. Es gab keinen zweiten Täter, wenn man denn den Spuren Glauben schenken konnte. Vielleicht hatten sie mit Georg Kiffmeyer also tatsächlich den Richtigen verhaftet.

Einige Minuten später klingelte erneut das Telefon. Diesmal war es Seelhoff von der Technik. Er berichtete, dass die Untersuchung der Aufzeichnungen von Meike Kalm ergeben hatte, dass es sich tatsächlich um ihre Handschrift handelte.

Um kurz vor neun machte sich Andresen auf den Weg in den Besprechungsraum. Er ahnte noch nicht, dass der Zeitplan, den er sich für den heutigen Tag gesteckt hatte, bereits wenige Minuten später zunichtegemacht werden sollte.

Dass etwas anders war, spürte Andresen sofort, als er das Sitzungszimmer betrat. Kregels leicht überheblicher und selbstsicherer Gesichtsausdruck, beinahe so etwas wie sein Markenzeichen, war verschwunden. Seine Gesichtsmuskeln waren angespannt und verkrampft, als brüte er gerade über einer besonders schwierigen Mathematikaufgabe. Für den Bruchteil einer Sekunde befürchtete Andresen, es sei erneut ein Mord passiert, doch dann hob Kregel seinen Kopf und verzog seine Mundwinkel zu einem Grinsen, das Andresen augenblicklich rasend vor Wut machte.

Andresen setzte sich und eröffnete mit leiser Stimme die

Runde. Sein Blick richtete sich auf den leeren Stuhl, auf dem normalerweise Julia saß.

»Das, was gestern passiert ist, hätte nicht geschehen dürfen. Ich habe mit meiner Aktion die Gesundheit einer Kollegin gefährdet und bin mir meiner Schuld voll bewusst.«

Als er vorhin den Raum betreten hatte, war er noch im Zweifel darüber gewesen, ob er von seiner Funktion als Einsatzleiter aufgrund seines Verhaltens zurücktreten sollte. Doch Kregels Gesichtsausdruck hatte etwas in ihm entfacht, das er heute Morgen unter der Dusche verloren geglaubt hatte. Der Wille war wieder da. Der Wille, die Ermittlungen voranzutreiben und den Fall aufzuklären.

»Glücklicherweise haben mir die Ärzte versichert, dass ihre Verletzungen nicht so schlimm sind, wie anfangs zu befürchten war. Julia wird spätestens in vier Wochen wieder fit sein.«

Andresen ließ seinen Blick schweifen und sah den Kollegen direkt in die Augen. Dann wechselte er das Thema.

»Immerhin ist es uns gestern gelungen, mit Georg Kiffmeyer einen Tatverdächtigen festzunehmen. Nicht nur der Vorname, auch Kiffmeyers Verbindungen zu Meike Kalm und vor allem sein Fluchtversuch sprechen meiner Meinung dafür, dass er an den Morden an Sina Reimer und Meike Kalm in irgendeiner Form beteiligt war. Ich werde ihn mir im Anschluss an diese Besprechung vorknöpfen und hoffe, dass wir danach wissen, was geschehen ist.« Er holte Luft. »Gleichzeitig müssen wir aber auch darauf vorbereitet sein, dass alles ganz anders ist, als wir bislang denken. Wir kennen die Aufzeichnungen, die Meike Kalm während ihres Martyriums niedergeschrieben hat. Sie erwähnte dabei zwei Personen, was darauf schließen lassen könnte, dass wir es mit zwei Tätern zu tun haben. Die Frage, die sich also im Moment stellt, ist: Hatte Kiffmeyer einen Komplizen?«

»Was soll denn überhaupt das Motiv von Kiffmeyer gewesen sein?«, unterbrach ihn Kregel.

Andresen war auf diese Frage vorbereitet. Er wusste, dass seine Kollegen gern mal kritisch nachhakten, und sei es nur, um ihn zu provozieren.

»Genau das hoffe ich gleich von ihm zu erfahren«, antwortete er ausweichend. »Ich möchte euch noch über etwas anderes in Kenntnis setzen. Einige von euch haben mittlerweile vielleicht schon mitbekommen, dass die Lübecker Rundschau derzeit ziemlich scharf darauf ist, reißerische Storys über die Mordfälle und die Hintergründe zu schreiben. Wiebke Hennings, die zuständige Journalistin, steckt inzwischen allerdings tiefer in der Angelegenheit drin, als sie sich das anfangs vorgestellt hat.«

Andresen trank einen Schluck Wasser und sah erneut in die Gesichter seiner Kollegen.

»Sie kam gestern Abend bei mir vorbei«, fuhr er fort, »und gab mir den Ausdruck einer E-Mail, die sie erhalten hatte. Sie war völlig aufgelöst, was bei dem Inhalt der E-Mail aber auch kein Wunder ist. Ich bot ihr an, bei mir zu schlafen und heute Morgen gemeinsam mit mir aufs Präsidium zu fahren, um ihre Aussage zu Protokoll zu geben. Bevor ihr jetzt fragt, wo sie ist: Ich weiß es nicht. Sie lag heute Morgen nicht mehr in ihrem Bett. Leider hat sie auch den Ausdruck der E-Mail mitgenommen.«

Er spürte, wie unglaubwürdig die Geschichte klang, und ärgerte sich augenblicklich darüber, dass Wiebke samt der Mail verschwunden war. Letzteres war ihm erst kurz bevor er das Haus verlassen hatte, aufgefallen. Er stand auf und ging hinüber zum Flipchart.

»Auch wenn ich nicht mehr den genauen Wortlaut der E-Mail im Kopf habe, versuche ich den Text zu rekonstruieren.«

Nachdenklich begann er zu schreiben.

Süße Wiebke, die Gefahr ist allgegenwärtig.
Ich bin unberechenbar, je nachdem, wer wir sind.
Sina und Meike waren nicht artig. Du solltest vorsichtig sein, weil Du so niedlich bist.

»Womit wir also tatsächlich bei unserer Theorie wären, dass wir es mit zwei Tätern zu tun haben. Edward und Georg. Beide Namen finden sich auch im Absender der E-Mail wieder.«

»Das würde Sinn ergeben«, warf Barbara lapidar ein.

Andresen tat so, als hätte er ihren Kommentar nicht gehört.

»Wenn diese E-Mail echt sein sollte, müssen wir davon ausgehen, dass Kiffmeyer einen Komplizen hatte.«

»Wo ist diese Wiebke?«, fragte Kregel schroff.

»Zu Hause oder in der Redaktion, schätze ich«, sagte Andresen. »Ich werde versuchen, sie schnellstmöglich zu erreichen, damit sie aufs Präsidium kommt und aussagt.« Er vermied es, Kregel in die Augen zu sehen. »Wir müssen die E-Mail anhand ihrer Absenderadresse zurückverfolgen«, sagte er stattdessen.

Er wechselte rasch das Thema und wandte sich an Niels.

»Hast du mit den Nachbarn von Meike Kalm gesprochen? Irgendetwas Brauchbares?«

»Fehlanzeige. Zwei sind im Urlaub, der alte Mann, der sie als vermisst gemeldet hat, ist so gut wie taub, und ein Pärchen, das im Dachgeschoss wohnt, habe ich auch nicht angetroffen.«

Andresen machte ein unzufriedenes Gesicht, dann sammelte er sich jedoch wieder. »Gut, ich fasse noch einmal zusammen, wie sich meiner Meinung nach die Lage darstellt.«

»Warte mal!«, kam ihm Kregel zuvor. »Bevor du deine Vermutungen als Tatsachen darlegst, würde ich gerne kurz etwas loswerden, was ich gestern Abend in Erfahrung bringen konnte.«

»In Ordnung, aber fass dich bitte kurz«, sagte Andresen unwillig.

»Ich behaupte mal, dass das, was ich euch gleich sagen werde, die entscheidende Wende in diesem Fall bringen wird. Kiffmeyer wirst du wahrscheinlich nicht einmal mehr interviewen müssen. Der ist sowieso nichts weiter als ein unbedeutender kleiner Kiffer.«

Andresen merkte, dass das Blut in seine Wangen schoss.

»Für mich steht außer Frage, dass wir es mit zwei Tätern zu tun haben«, fuhr Kregel fort. »Als ihr gestern alle in Kiffmeyers Wohnung und anschließend im Krankenhaus gewesen seid, bin ich noch einmal an die Uni gefahren und habe mit den Studenten aus Sina Reimers und Meike Kalms Semester gesprochen. Wir hatten die Namen ja bereits aufgenommen.« Er fixierte

Andresen mit einem leichten Grinsen auf den Lippen. »Dank meiner empathischen Fähigkeiten ist es mir schließlich gelungen, den fehlenden Zusammenhang herzustellen.«

Barbara prustete verächtlich los, als Kregel den Satz beendet hatte.

»Glaubst du das eigentlich wirklich, was du da von dir gibst? Empathische Fähigkeiten, dass ich nicht lache. Wahrscheinlich hast du die Studenten unter Druck gesetzt.«

»Erzähl weiter«, forderte Andresen Kregel auf. Er war hellhörig geworden. Die Möglichkeit, dass die Lösung des Falls in der Universität lag, war schließlich auch seine erste Idee gewesen. Vielleicht hatte er damit gar nicht so falschgelegen.

»Ich habe herausgefunden, dass die beiden Frauen mehr miteinander zu tun hatten, als wir bislang dachten. Sie waren zwar nicht gerade miteinander befreundet, aber, jetzt haltet euch fest, beide hatten denselben Stecher. Und es kommt noch besser. Der Gute war ein Kommilitone der beiden. Sein Name ist Mark Bruhn.«

»Wieso erfahren wir erst jetzt davon? Müssten wir nicht schon längst darüber Bescheid wissen?«

Kregel lachte kurz auf, ehe er antwortete. »Das war so topsecret, dass wir froh sein können, dass ich es überhaupt in Erfahrung gebracht habe. Bruhn hatte damals eine Wette verloren und musste seinen Freunden beweisen, dass er es schafft, Meike Kalm ins Bett zu kriegen. Zu dieser Zeit war er allerdings auch fest mit Sina Reimer zusammen.«

Andresen schüttelte irritiert den Kopf und fasste sich an die Schläfen.

»Was ist denn das für eine absurde Geschichte? Von wem hast du dir da einen Bären aufbinden lassen?«

»Jetzt mal langsam. Ich bin noch nicht fertig. Wie wir ja schon wissen, waren Sina und Meike vom Typ her extrem unterschiedlich. Darin lag offenbar die besondere Herausforderung der Wette. Bis dahin nichts Ungewöhnliches, das lief bei unsereins damals genauso.«

Andresen hörte schon gar nicht mehr richtig zu, ihn interessierte längst etwas anderes.

»Mit wem hast du gesprochen? Hat dir das dieser Mark Bruhn selbst erzählt?«

»Natürlich nicht«, antwortete Kregel. »Das Ganze war und ist ja wie gesagt höchst geheim. Ich bin noch einmal bei Nina Zimmermann vorbeigefahren. Sie hat ausgepackt, nachdem ich ihr …«

»Nachdem du sie bedrängt hast?«, vollendete Barbara den Satz.

»Ich darf doch sehr bitten. Birger, vielleicht kannst du mal etwas dazu sagen. Ich weiß nicht, ob ich mir das bieten lassen muss.«

»Erzähl bitte weiter«, drängte Andresen, ohne auf Kregels Einwand einzugehen.

»Sie hat mir alles erzählt. Auch davon, was anschließend passiert ist.«

»Und was war das?« Andresen wurde langsam ungeduldig.

»Offenbar hat Meike Wind von der Wette bekommen und wollte sich rächen, sagt zumindest diese Nina. Meike soll dem armen Mark ziemlich zugesetzt haben: Sie hat ihn angeblich nackt an das Bett seiner Eltern festgebunden, bis die ihn dann schließlich so vorgefunden haben.«

»Das ist alles?«, fragte Barbara.

»Wie passt denn da der Mord an Sina Reimer rein? Hat er etwa seine Freundin gleich noch mit umgebracht?« Jetzt mischte sich auch Niels ein, der sich bislang zurückgehalten hatte.

»Vielleicht hat sie ihm die Hölle heißgemacht, nachdem sie davon erfahren hat?«, fragte Kregel zurück. »Ist mir eigentlich auch vollkommen egal, wir müssen uns aber dringend um diesen Bruhn kümmern. Und natürlich um seinen Komplizen.«

»Und an wen denkst du da?«

»Zwei Möglichkeiten. Entweder an seinen besten Kumpel, Florian Krause, mit dem er jede freie Minute zu verbringen scheint. Oder aber«, Kregel holte noch einmal tief Luft, »tja, oder aber an seinen Mentor, Professor Langhans.«

16

Andresen beschlich ein seltsames Gefühl, als er am Kaffeeautomaten stand und darauf wartete, dass die heiße Plörre endlich durchlief. Statt sich der Aufklärung des Falls zu nähern, kamen immer neue Namen ins Spiel. Konnte er jetzt überhaupt noch davon ausgehen, dass Kiffmeyer der Mörder der beiden jungen Frauen war, so wie er es bis gestern noch felsenfest geglaubt hatte?

Nachdenklich und voller Zweifel ging er in Richtung seines Büros, um sich auf das vielleicht wichtigste Gespräch des heutigen Tages vorzubereiten.

Das, was Kregel vorgetragen hatte, klang derart unglaubwürdig, dass Andresen einen Moment lang sogar in Erwägung gezogen hatte, es könnte vielleicht doch etwas Wahres an der Geschichte dran sein. Dann hatte er Kregel jedoch über den Anruf aus Kiel und den Abgleich der DNA-Spuren, die zweifellos nur von einem Täter stammten, informiert. Kregel war kurz in sich zusammengesunken und hatte den Rest der Sitzung schweigend auf seinem Stuhl gesessen.

Andresen hatte festgehalten, dass er höchstpersönlich mit Mark Bruhn sprechen wollte. Und natürlich auch mit Langhans, wobei er Kregel unmissverständlich klargemacht hatte, dass er sich sicher war, dass Langhans nichts mit den Morden zu tun haben konnte. Dass dieser nicht die Wahrheit gesagt hatte, musste einen anderen Grund haben.

Bevor Andresen die Runde beendete, hatte er zwei weitere Dinge angesprochen, die dringend zu erledigen waren. Die eine Sache betraf Rüdiger Kalm, der ein weiteres Mal verhört werden sollte, um sicherzugehen, dass er nicht doch etwas mit dem Tod seiner Stieftochter zu tun hatte. Er bat Kregel, das Verhör zu übernehmen, und erntete dafür ein missmutiges Grummeln. Der andere Gedanke, der ihm schon, seitdem sie Meike Kalms Leichnam gefunden hatten, im Kopf herumschwirrte, war die

Idee, den Kriminalpsychologen aus Kiel zu kontaktieren, der ihnen Hilfe bei der Erstellung eines Täterprofils leisten sollte. Die Brutalität der Morde und die offenkundige Folter könnten den Täterkreis möglicherweise einschränken, hoffte er. Barbara nickte und versicherte ihm, sich der Sache anzunehmen.

***

Andresen pflegte zwei Varianten, wenn es darum ging, wie man sich in einem Verhör dem Beschuldigten gegenüber verhielt. Die eine war, dass er den Blicken des Gegenübers auswich, um somit eventuellen Manipulationsversuchen aus dem Weg zu gehen.

Bei Kiffmeyer wählte Andresen die andere. Prüfend fixierte er ihn, als er den Vernehmungsraum in Begleitung von Niels und einem Kollegen der Schutzpolizei betrat. Sofort sah er die Platzwunde in Kiffmeyers Gesicht, die er sich bei seinem gestrigen Sturz zugezogen hatte.

Andresen wusste, dass er nur diese eine Chance hatte. Die Beweislage war viel zu dünn, als dass sie Kiffmeyer noch eine weitere Nacht in Gewahrsam halten konnten.

Der Raum, der über keinerlei Fenster verfügte und lediglich von einer Hundert-Watt-Birne, die in einer einfachen Tischlampe befestigt war, beleuchtet wurde, lag in einem diffusen Licht aus dunklen und grell erleuchteten Bereichen. Die perfekte Atmosphäre für ein ungemütliches Gespräch. Verhöre waren mühselig, wahrscheinlich sogar der anspruchsvollste Teil der Polizeiarbeit und genau deshalb eine besondere Herausforderung. Es kribbelte jedes Mal in ihm, wenn es die entscheidenden Fakten zu einem Fall über den direkten, persönlichen Kontakt herauszukitzeln galt. Außerdem hatte Andresen nach der Sache mit Julia noch eine Rechnung mit Kiffmeyer offen.

Niels schaltete das Tonbandgerät ein und nickte Andresen zu. In aller Kürze klärte Andresen Kiffmeyer noch einmal über dessen Rechte auf. Dann begann er mit der Befragung.

»Sie wissen, was wir Ihnen vorwerfen«, sagte er. »Mir geht es nicht um das, was Sie mit unserer Kollegin gemacht haben. Das wird ohnehin noch ein Nachspiel für Sie haben. Was uns interessiert, ist Ihr Verhältnis zu Meike Kalm. Erzählen Sie uns bitte davon.«

»Ist das Ihr Ernst? Sie geben mir die Chance, mich zu rechtfertigen?«

»Was müssen Sie denn rechtfertigen?«, hakte Andresen augenblicklich ein.

Kiffmeyer setzte ein schiefes Lächeln auf. »Worauf wollen Sie eigentlich hinaus? Sie glauben doch nicht ernsthaft, dass ich Meike umgebracht habe, oder?«

»Doch, genau das glauben wir. Und nicht nur das. Wir beschuldigen Sie auch des Mordes an Sina Reimer. Sobald Ihre DNA mit den Spuren, die wir an den Tatorten sichergestellt haben, verglichen wurde, haben wir es schwarz auf weiß.«

Wieder lachte Kiffmeyer verkrampft auf.

»Erzählen Sie uns jetzt von Ihrem Verhältnis zu Meike. Wie haben Sie sich kennengelernt?«

»Daran kann ich mich nicht mehr erinnern. Ich glaube, es war über einen gemeinsamen Kumpel.«

»Wie hieß er?«

»Vergessen.«

Andresen verlor langsam die Geduld.

»Weshalb haben Sie Meike damals bei sich aufgenommen? Waren Sie ein Paar?« Er versuchte es jetzt über den direkten Weg. Auf diese Frage musste Kiffmeyer ihm doch eine klare Antwort geben können.

»Wie man's nimmt«, antwortete Kiffmeyer. »Nee, eigentlich nicht. Es ist ein paarmal was gelaufen, aber das war's dann auch. Sie war auch nicht mein Typ. Viel zu …« Er suchte nach den richtigen Worten. »Na ja, sie hat eben gar nichts aus sich gemacht.«

»Wer hat das Ganze beendet?«

»Niemand. Es verlief einfach so im Sande, bis sie eines Tages ausgezogen ist.«

»Warum ist sie ausgezogen? Hatten Sie Probleme miteinander?«

»Nein, überhaupt nicht. Sie wollte einfach nur eine eigene

Wohnung. Und zwischen uns lief ja wie gesagt auch nichts mehr.«

»Waren Sie sehr traurig darüber?«, fragte Andresen.

»Traurig? Das ist gut. Es war mir ehrlich gesagt egal. Wenn ich mich richtig erinnere, ist ein paar Wochen später die Nächste bei mir eingezogen.«

Sina Reimer, durchfuhr es Andresen. Nein, das konnte nicht sein. Er verwarf den Gedanken schnell wieder.

»Hatten Sie anschließend noch Kontakt zu Meike?«

»Mal so, mal so«, antwortete Kiffmeyer. »Manchmal kam sie zu mir, wenn sie irgendein Problem hatte. So wie mit diesem Studenten. Dann durfte ich ran und ihren Beschützer spielen. Aber oft haben wir uns nicht mehr gesehen.«

Andresens Puls, der bis eben noch im normalen Bereich gelegen hatte, schnellte binnen Sekunden in die Höhe. Mit weit geöffneten Pupillen beugte er sich zu Kiffmeyer hinüber.

»Was haben Sie da gerade gesagt? Von welcher Sache mit welchem Studenten reden Sie?«

Kiffmeyer schien überrascht. »Wissen Sie nicht davon? Ich dachte immer, solche Dinge sprechen sich am schnellsten herum.«

Er schilderte die Geschichte von Mark Bruhns verlorener Wette und Meikes anschließendem Rachefeldzug. Sie entsprach dem, was Kregel vorhin berichtet hatte, in fast allen Punkten.

»Der Idiot hat sich das natürlich nicht bieten lassen und Meike einige Wochen lang massiv gedroht. Ich war kurz davor, dem Wichser das Maul zu stopfen.«

»Was heißt gedroht?«

»Mit Gewalt. Und damit, dass er sie überall als Schlampe darstellen wollte.«

»Okay, lassen Sie uns das Thema wechseln.«

Andresen gab Niels das Zeichen, das Tonbandgerät auszuschalten. Er holte aus der Gesäßtasche seiner Jeans einen Zettel hervor, faltete ihn auf und schob ihn über den Tisch.

»Lesen Sie das und sagen Sie mir, was Sie davon halten.«

Kiffmeyer überflog die wenigen abgetippten Worte und sah

Andresen mit fragendem Blick an. Er zuckte mit den Schultern und wartete offensichtlich auf eine Erklärung.

»Was soll mir das denn sagen? Ich habe keine Ahnung.«

»Muss ich es Ihnen vorlesen, damit Sie es verstehen? ›*Georg ist anders. Er hat sich heute sogar entschuldigt. Aber er ist genauso ein Schwein*‹.«

»Wollen Sie mich eigentlich …?« Kiffmeyer hielt abrupt inne. »Ach so, jetzt verstehe ich, worauf Sie hinauswollen. Wer hat das geschrieben? Meike etwa?«

Andresen nickte.

»Und jetzt glauben Sie, dass sie mich damit gemeint hat? Und wenn es so wäre, was soll das denn beweisen?«

»Ich stelle hier die Fragen«, fuhr Andresen dazwischen. »Wie hoch ist die Wahrscheinlichkeit, dass Meike zwei Menschen mit dem Vornamen Georg gekannt hat? So häufig kommt der Name schließlich nicht vor. Das müssen Sie mir mal erklären.«

Alles oder nichts, dachte Andresen. Vielleicht würde es ja gut gehen.

Kiffmeyer lachte wieder. Es war allerdings ein Lachen, das kurz davor war, ins Hysterische umzuschlagen. Die Verunsicherung, die Andresen zu erzeugen versucht hatte, schien ihn erreicht zu haben.

»Also, Georg. Sagen Sie schon, was zwischen Ihnen und Meike passiert ist. War Bruhn etwa Ihr Komplize?«

»Was glauben …? Ich sage jetzt überhaupt nichts mehr ohne einen Anwalt.«

Andresen blieb noch einige Sekunden sitzen, ehe er schließlich abrupt aufstand und dabei um ein Haar seinen Holzstuhl umgeschmissen hätte.

»Wir sprechen uns noch«, flüsterte er, während er sich zu Kiffmeyer hinunterbeugte und sich mit den Armen auf dem Tisch abstützte.

Im nächsten Augenblick klingelte Andresens Handy. Ohne seinen Blick von Kiffmeyer zu nehmen, meldete er sich.

»Andresen.«

»Guten Tag, Herr Kommissar. Birnbaum am Apparat.«

»Gut, dass Sie anrufen. Bei Ihnen hätte ich mich heute ohnehin noch gemeldet.«

»Ja, ja«, wiegelte Birnbaum schnell ab. »Ich muss mit Ihnen sprechen. Wegen Langhans.«

»Professor Langhans? Was ist denn mit ihm?«

»Ich spreche nicht gerne am Telefon über solche Dinge«, antwortete Birnbaum. »Kommen Sie vorbei, dann erkläre ich es Ihnen.«

»Na gut, wie Sie meinen. Ich bin in einer halben Stunde bei Ihnen.«

Andresen legte auf und bewegte sich in Richtung Tür. Gerade als er den Vernehmungsraum verlassen wollte, hörte er, wie Kiffmeyer etwas vor sich hin flüsterte. Obwohl er ihn genau verstanden hatte, fragte er noch einmal nach. Zu unglaubwürdig klang das, was Kiffmeyer gerade gesagt hatte.

»Können Sie das noch einmal wiederholen?«, fragte er, während er sich langsam zu ihm umdrehte.

Kiffmeyer zog die Augenbrauen hoch und kratzte sich nachdenklich am Kinn.

»Ich fragte, ob mein lieber Onkel Richard etwas verbrochen hat.«

17

Andresen war heilfroh, dass er sich den Termin mit Birnbaum hatte sparen können, obwohl der Professor anfangs darauf bestanden hatte, ihn persönlich zu sprechen. Er hatte Birnbaum angerufen und ihn gebeten, ihm telefonisch mitzuteilen, was er über Langhans zu sagen hatte. Nach einigem Hin und Her hatte sich Birnbaum schließlich breitschlagen lassen. Er kam schnell zur Sache und berichtete von seiner Vermutung, dass Langhans ein Faible für jüngere Frauen habe. Er selbst hatte einmal das zweifelhafte Vergnügen gehabt, Langhans in einer unzweideutigen Pose mit einer seiner Studentinnen zu erwischen, als er unangekündigt in sein Büro hineingeplatzt war.

Birnbaum war es sofort unangenehm gewesen, die Sache ausgeplaudert zu haben. Er ruderte rasch zurück, indem er Andresen versicherte, dass Langhans' Vorliebe keinerlei Bedeutung für die Ermittlungen hatte. Doch je länger er sich herauszureden versuchte, desto unglücklicher wurden seine Formulierungen. Schließlich endete er damit, dass er seine Hand dafür ins Feuer legen würde, dass Langhans ein verdienter Professor und ein überaus korrekter Mensch sei, der lediglich eine kleine Schwäche für das weibliche Geschlecht habe.

Andresen hatte sich jeden Kommentar verkniffen und war sich plötzlich nicht mehr sicher gewesen, welche Rolle Langhans denn nun tatsächlich spielte. Einen allmählich ins Alter kommenden, durchaus noch attraktiven Anatomieprofessor, der sein Leben in vollem Umfang genoss, oder aber einen …

Er hatte Skrupel, den Gedanken fortzuführen. Zu abwegig schien es ihm, dass ein Mann wie Langhans zu einem grausamen Doppelmord fähig war.

***

Andresen klopfte an die Tür von Langhans' Sekretariat und wartete darauf, dass jemand etwas sagte, das ihn zum Eintreten veranlasste. Doch es kam nichts.

Er klopfte noch einmal. Wieder keine Reaktion. Er beschloss, die Tür einfach zu öffnen. Das Vorzimmer war leer, und die Tür zu Langhans' Büro, das nur über diesen Weg begehbar war, verschlossen. Statt zu klopfen, blieb er in der Mitte des Raumes stehen und rief laut den Namen des Professors.

Zwei Sekunden später riss Langhans die Tür auf und starrte Andresen an. Seine Haare lagen wild durcheinander, das sonnengebräunte Gesicht dunkel errötet. Sein rot-weiß gestreiftes Hemd hing an einigen Stellen aus der Hose, so als ob es nur notdürftig hineingestopft worden wäre.

»Herr Kommissar, was führt Sie zu mir?«, fragte er mit aufgesetzter Freundlichkeit.

Langhans' rascher Blick über die Schultern hinein in sein Büro entging Andresen nicht. Die Situation war derart offensichtlich, dass Langhans gar nicht versuchen musste, sie zu überspielen.

»Nun, ich würde mich gerne noch einmal mit Ihnen unterhalten, aber wie ich sehe, passt es wohl gerade nicht.«

»Doch, doch. Kein Problem. Ich habe nur ein kurzes Nickerchen gemacht, da ich die gesamte Nacht durchgearbeitet habe. Wir sind derzeit in ein Forschungsvorhaben aktiv eingebunden, in dem es um die …«

»Wie Sie meinen«, unterbrach ihn Andresen. Er glaubte ihm kein Wort. »Lassen Sie uns doch in Ihrem Büro Platz nehmen.«

»Äh, ja natürlich.« Langhans plättete seine Haare mit beiden Händen und fummelte am Hosenbund herum, um sein Hemd zu richten.

»Kommen Sie, frischer Kaffee ist sogar schon fertig.«

Andresen folgte Langhans und wunderte sich, wie entspannt sich Langhans plötzlich zeigte. Keine Spur von hektischer Verwirrung und dem Gefühl, erwischt worden zu sein. Schnell ließ Andresen seinen Blick durch das kleine holzvertäfelte Büro kreisen.

Die unbekannte Schöne. Irgendwo in einem der zahlreichen

Schränke musste sie sich versteckt haben, da war er sich sicher. Wahrscheinlich hatte sich Langhans eigens für solche Situationen einen Schrank einbauen lassen. Vielleicht nachdem er von Birnbaum erwischt worden war.

Obwohl Andresen nicht wenig Lust hatte, Langhans auffliegen zu lassen, entschied er sich dafür, sich auf den eigentlichen Grund seines Besuchs zu konzentrieren.

»Ich sage es Ihnen ganz ehrlich, so wie es ist«, begann er bewusst zurückhaltend. »Wir tappen vollkommen im Dunkeln, was die Suche nach dem Mörder der beiden jungen Frauen angeht.«

»Und dann kommen Sie schon wieder zu mir?«, fragte Langhans mit einem Lächeln auf den Lippen. »Das hört sich ja beinahe so an, als glaubten Sie, ich hätte etwas mit der Sache zu tun.«

Andresen rang sich ein gequältes Lachen ab. »Wir prüfen derzeit die Verbindungen beider Frauen innerhalb der Universität.«

»Glauben Sie wirklich, dass einer unserer Studierenden so etwas Schreckliches tun würde?«

»Muss es denn ein Student gewesen sein?«, fragte Andresen augenblicklich zurück.

»Ich kann Ihnen nicht mehr sagen als beim letzten Mal.«

Langhans' Gesichtsausdruck verriet, dass er nicht willens war, erneut über Sina Reimer und Meike Kalm zu reden.

»Denken Sie bitte noch einmal nach, ob Ihnen nicht doch irgendwann etwas aufgefallen ist, das uns weiterhelfen kann. Eine im ersten Moment völlig unbedeutende Handlung. Irgendein Gespräch, ein zufälliger Kontakt, den Sie beobachtet haben. Ein seltsamer Blick, egal was, alles kann hilfreich sein.«

»Sie tappen wohl wirklich noch im Niemandsland, was? Ich kann mich jedoch beim besten Willen an nichts erinnern, das mir komisch vorgekommen ist. Sie verschwenden hier Ihre und meine Zeit.«

Langhans machte nicht den Eindruck, als gebe er sich Mühe, in seinen Erinnerungen nach einem bemerkenswerten Vorfall zu suchen. Andresen spürte, dass er das Gespräch in eine andere Richtung lenken musste. Bislang war er zu sanft mit Langhans umgegangen. Es war an der Zeit, den ersten Trumpf zu ziehen.

»Was können Sie uns über Mark Bruhn sagen?«, fragte er. »Wir wissen mittlerweile, dass es zwischen ihm und den beiden Opfern einen engeren Kontakt gegeben hat.«

»Mark Bruhn? Er ist einer meiner Studenten. Was verstehen Sie denn unter engerem Kontakt?«

»Antworten Sie bitte auf meine Fragen. Kennen Sie ihn näher? Ist er ein guter Student?«

»Bruhn?«, sinnierte Langhans. »Lassen Sie mich mal kurz nachdenken. Was mir zu ihm einfällt, ist, dass man ihn meistens im Doppelpack mit Florian Krause erlebt. Die beiden machen wirklich alles zusammen, glaube ich. Würde mich nicht wundern, wenn sie sogar ein und dieselbe Frau teilen«, fügte er lachend hinzu, brach jedoch gleich wieder ab, als er merkte, dass Andresen nicht zu Scherzen aufgelegt war. »Was soll denn mit ihm sein? Steht er etwa unter Verdacht?«

Andresen musste an Kregels Worte denken, dass Langhans Bruhns Mentor war. So wie der Professor gerade über seinen Schützling sprach, konnte sich Andresen jedoch nur schwerlich vorstellen, dass er besonders große Stücke auf ihn hielt.

»Halten Sie das denn für möglich?«

Langhans zog die Augenbrauen hoch und legte seine Stirn in Falten. »Für möglich halte ich vieles, aber ehrlich gesagt steht es mir nicht zu, mir ein Urteil über ihn zu erlauben.«

»Wir haben die Information, dass Mark Bruhn in Ihnen eine Art Mentor sieht. Wie passt das zusammen? Erklären Sie mir das bitte.«

Etwas in Langhans' Augen blitzte auf. Es war nur ein winziger Augenblick, aber Andresen hatte ihn bemerkt. Ein rasches Flackern der Pupillen, ein hastiger Augenaufschlag, dann war es wieder vorbei. Langhans saß wieder wie üblich gelassen vor ihm und präsentierte sein gönnerhaftes Lächeln.

»Mentor?«, fragte er amüsiert. »Wer hat Ihnen denn das erzählt?«

»Zum letzten Mal, Herr Professor. Ich stelle hier die Fragen. Wie gut kennen Sie Mark Bruhn?«

»Er ist einer meiner Studenten. Nicht mehr und nicht weniger. Fragen Sie ihn doch selbst, er wird Ihnen das bestätigen.«

In Andresen rumorte es. Offenkundig log Langhans, da war er sich mittlerweile sicher.

»Ich bedaure es außerordentlich, dass Sie uns nicht weiterhelfen wollen. Allerdings sollten Sie wissen, dass wir auch noch mit Bruhn sprechen werden. Und Sie können davon ausgehen, dass wir herausbekommen werden, was Sie mit ihm zu tun haben.«

»Wenn Sie meinen, dass dadurch ...«

»Wir meinen nicht nur, wir sind uns sogar sicher«, fiel ihm Andresen ins Wort. »Ich würde mich ja gerne für Ihre Hilfe bedanken.«

Er erhob sich von dem ledernen Besucherstuhl, auf dem er Platz genommen hatte, und reichte Langhans zum Abschied die Hand. Als Andresen das Büro fast verlassen hatte, hielt er noch einmal inne und drehte sich zu Langhans um.

»Eine allerletzte Sache noch.« Er fixierte Langhans, der noch immer sein nonchalantes Lächeln trug. »Glauben Sie, dass Ihr Neffe etwas mit der Sache zu tun haben könnte?«

Gleich nachdem er auf Kiffmeyer zu sprechen gekommen war, dessen voller Name nicht einmal gefallen war, hatte Langhans seine Contenance verloren. Er hatte eine wahre Schimpfkanonade abgelassen. Gegen seinen eigenen Bruder, der seinen Neffen Georg erst zu dem gemacht hatte, was er heute war, nämlich zu einem kleinen, miesen Penner, wie sich Langhans ausgedrückt hatte.

Da war es schon wieder, das Wort. Penner. Auch Nina Zimmermann, Meikes Freundin, hatte es im Zusammenhang mit Kiffmeyer benutzt.

Andresen hatte sich bewusst zurückgehalten und nichts von der Verhaftung Kiffmeyers und dem Angriff auf Julia erzählt. Langhans lieferte ihm auch so den Beweis dafür, dass zwischen ihm und seinem kiffenden Neffen Welten lagen. Was ihn eigentlich interessiert hatte, war etwas ganz anderes gewesen. Alle anderen Fragen waren vergleichsweise unwichtig gewesen, sein Besuch bei Langhans hatte nur auf diesen einen Moment abgezielt, als er ihn schließlich noch einmal zu dessen Verhältnis zu Meike Kalm befragte.

Die Reaktion war klar und gleichzeitig auch unverständlich gewesen. Andresen hatte das Gefühl beschlichen, als spräche aus Langhans die blanke Aversion gegen einen Menschen, der ihm jedoch offenkundig nichts getan zu haben schien. Die Abfälligkeit, mit der Langhans über die junge Frau sprach, hatte Andresen erschreckt.

Eines war ihm sofort klar gewesen: Er konnte nicht länger ausschließen, dass Langhans etwas mit der Sache zu tun hatte. Obwohl ihm das bei dem Gedanken an dessen beruhigendes Lächeln und das weltmännische Auftreten noch immer schwerfiel. Doch zum ersten Mal hatte er ihn auch anders erlebt. Vielleicht hatte er die dunkle Seite des Professors gesehen.

***

Mark Bruhns Augen flackerten. Der braun gebrannte Teint und das Sonnyboylächeln des Anfang Zwanzigjährigen ließen sich hinter der bleich gewordenen Fassade nur noch erahnen.

»Wie geht es Ihnen?«, fragte Andresen.

»Ich glaube, ich verstehe nicht so ganz, was Sie meinen. Wie sollte es mir denn gehen? Besonders gut oder besonders schlecht?«

»Das müssen Sie mir doch beantworten können. Immerhin sind in den vergangenen Wochen zwei Frauen umgebracht worden, die Ihnen zumindest nicht fremd waren. Wir wissen Bescheid, Herr Bruhn. Sie brauchen uns nicht länger etwas vorzuspielen.«

»Was wollen Sie denn von mir? Ich habe nichts mit der Sache zu tun.«

»Wir würden Ihnen aber gerne ein paar Fragen stellen. Schließlich kannten Sie die Opfer wahrscheinlich so gut wie kaum ein anderer, oder etwa nicht?«

Bruhn zuckte mit den Schultern und antwortete nicht.

»Waren Sie nicht geschockt, als Sie vom Tod der beiden gehört haben?«

Andresen hatte sich dafür entschieden, vorerst so zu tun, als wolle er Bruhn lediglich einige allgemeine Fragen stellen. Dass er ihn in Wahrheit in die Enge drängen wollte, um so viel wie möglich über seine Verbindung zu Meike Kalm und Sina Reimer zu erfahren, ließ er sich nicht anmerken. Ganz weit hinten in den verwinkelsten Gegenden seines Gehirns hatte er den Hoffnungsschimmer, dass Bruhn unter dem Druck seiner Fragen zusammenbrechen und geständig sein würde.

»Das Ganze ist mehr als zwei Jahre her. Warum soll ich geschockt gewesen sein?«, antwortete Bruhn.

»Ich glaube Ihnen kein Wort. Sie waren mit beiden Frauen im Bett. So abgekocht können Sie doch gar nicht sein, dass es Ihnen nichts ausmacht.«

»Wie gesagt, zwei Jahre sind eine lange Zeit. Ich hatte zuletzt keinerlei Kontakt mehr zu den beiden.«

»Wieso ist Ihre Beziehung mit Sina Reimer auseinandergegangen? Hat sie Wind von Ihrer kleinen Affäre bekommen?«

Bruhn verzog sein Gesicht und blickte Andresen grimmig an. »Sina wusste von nichts. Sie hat sich doch überhaupt nicht darum geschert, was ich mache. Ihre einzige Lebensaufgabe bestand darin, sich um sich selbst und ihre Karrierepläne zu kümmern. Und darin, anderen Leuten in den Arsch zu kriechen.«

»Das beantwortet meine Frage nur zum Teil. Wer hat die Beziehung zwischen Ihnen beendet?«

»Was spielt denn das für eine Rolle? Ich glaube nicht, dass Sie das etwas angeht.« Bruhn blickte Andresen emotionslos an.

»Okay, dann eben anders«, versuchte es Andresen aufs Neue. »Wie war es für Sie, als Meike Sie auf dem Bett Ihrer Eltern festgebunden hat? Keine angenehme Sache für einen jungen Mann, dem die Frauen zu Füßen liegen, nehme ich an?«

Bruhns steinerne Miene entglitt für den Bruchteil einer Sekunde. Andresen bemerkte die Veränderung sofort und versuchte nachzusetzen.

»Allerdings auch kein Grund, einen anderen Menschen zu bedrohen und schlecht über ihn zu reden. Was haben Sie in den vergangenen zwei Wochen gemacht? Waren Sie in Lübeck?«

»Jetzt ist Schluss!«, platzte es plötzlich aus Bruhn heraus.

»Ich habe keine Lust mehr, mir diesen Schwachsinn noch länger anzuhören. Sie sollten sich lieber darum kümmern, diesen Verrückten zu finden.« Er stand auf und lief eiligen Schrittes zur Ausgangstür des Hörsaals, in dem Andresen ihn abgepasst und um ein Gespräch gebeten hatte. Andresens Plan, ihn aus der Fassung zu bringen, hatte funktioniert. Allerdings nicht so, wie er es sich vorgestellt hatte.

Bruhn drehte sich noch einmal um und rief Andresen etwas zu: »Sprechen Sie doch lieber mal mit Meikes ehemaligem Mitbewohner. Schorsch Kiffmeyer ist sein Name. Vielleicht kann der Ihnen ja weiterhelfen. Würde mich nicht wundern, wenn er etwas mit ihrem Tod zu tun hat. Und übrigens, ich bin in den letzten Wochen ausschließlich in Lübeck gewesen. Wenn Sie es genauer wissen wollen, dann fragen Sie doch meine Kommilitonen. Die können das bestätigen.« Damit verschwand er und ließ Andresen allein zurück.

Was bildete sich dieser junge Schnösel eigentlich ein, ihn einfach hier sitzen zu lassen, ohne ihm zufriedenstellende Antworten auf seine Fragen zu geben?

Kiffmeyer und Bruhn schoben sich gegenseitig die Schuld in die Schuhe, als hätten sie ihre Fehde von damals noch immer nicht aus der Welt geschafft. Aber Andresen war sich sicher, dass einer der beiden nicht die volle Wahrheit sagte. Oder zumindest etwas Entscheidendes verschwieg.

Das Gespräch mit Mark Bruhn hatte ihm einmal mehr gezeigt, dass er dringend auch mit Sina Reimers Angehörigen sprechen musste. Die Informationen, die ihm bislang vorlagen, waren nur bruchstückhaft und genügten kaum, sich einen Überblick über ihr Umfeld zu machen. Lorenz, der für die Ermittlungen in ihrem Mordfall zuständig gewesen war, hatte, wie er fand, schlampig gearbeitet. Vorher wollte er jedoch noch ein Telefonat führen.

18

Frustriert legte Andresen auf. Wie oft er es jetzt bereits versucht hatte, Wiebke zu erreichen, konnte er nicht mehr zählen. Sie nahm einfach nicht ab, dabei musste er dringend mit ihr wegen der E-Mail sprechen, die sie gestern in ihrem Postfach vorgefunden hatte. Noch immer wusste er nicht, was er von der ganzen Sache halten sollte. Je länger er nichts von ihr hörte, desto größer wurde allerdings die Wahrscheinlichkeit, dass sie sich tatsächlich in großer Gefahr befand.

Aber konnte er ihr überhaupt glauben? Ihr gestriges Verhalten und die morgendliche Flucht aus seinem Haus hatten ihn wieder ins Grübeln gebracht. Was war, wenn sie ihn nur benutzte, um an Informationen für ihre Artikel zu kommen? War sie in ihren jungen Jahren schon derart abgebrüht?

Direkt vor dem Haus in der Lothringer Straße fand Andresen einen Parkplatz und schaltete den Motor seines Volvos ab. Er klingelte an der Tür der schicken Villa und wartete eine Weile, ohne dass sich etwas tat. Durch eines der Fenster zur Straße gelang es ihm, einen Blick ins Innere des Hauses zu werfen. Andresen sah sofort, dass die Familie Reimer in anderen Verhältnissen als die Kalms lebte. Der marmorne Boden im Flurbereich gab dem Haus jedoch eine gewisse Kälte, die sich, soweit er erkennen konnte, auch im Rest der Villa fortsetzte.

Einen Augenblick lang überlegte er, wie er vorgehen sollte. Dann zog er sein Telefon und einen Zettel hervor, auf dem er die Handynummer von Sina Reimers Mutter notiert hatte. Ihre monotone Stimme meldete sich nach dem zweiten Klingeln. In wenigen Sätzen erklärte sie ihm, dass sie und ihr Mann sich seit gestern in ihrer Ferienwohnung in Timmendorfer Strand aufhielten. Andresen schrieb die Adresse auf und vereinbarte, in einer halben Stunde bei ihr zu sein.

Er nahm den Weg über die Autobahn, ehe er an der Anschlussstelle Ratekau abfuhr und auf die Landstraße wechselte.

Vorbei am Hemmelsdorfer See mit seinen zahlreichen Aalräuchereien, deren Geruch Andresen allein schon bei dem Gedanken daran in die Nase stieg.

Die Ferienwohnung der Reimers befand sich in einem Zweifamilienhaus aus den achtziger Jahren nur unweit des Strands. Nicht der Prunk der Villa in der Lothringer Straße, aber dennoch ein kleines Vermögen wert, dachte Andresen. Er kannte die Immobilienpreise in Timmendorfer Strand und wusste ebenso, dass eine Wohnung in dieser exquisiten Lage für ihn ein Leben lang unerschwinglich bleiben würde.

Schon von Weitem sah er die Frau mittleren Alters, kaum älter als er selbst, vor dem weiß geklinkerten Haus stehen. Sie blickte ihn mit trüben Augen an und machte in ihrem schwarzen Kostüm einen bemitleidenswerten Eindruck.

»Kommissar Andresen, Kriminalpolizei«, stellte er sich vor. »Sind Sie Christine Reimer?«

»Haben Sie das Schwein denn noch immer nicht gefasst?«, fragte sie mit gleichgültiger Stimme, ohne auf Andresens Frage zu reagieren.

»Darf ich hereinkommen und ein paar Minuten in Ruhe mit Ihnen sprechen?«

Christine Reimer bat ihn, einen Augenblick zu warten, und verschwand im Haus. Eine gute Minute später kam sie zurück und zog die Tür hinter sich zu.

»Lassen Sie uns einen Spaziergang machen«, sagte sie, vermied es dabei jedoch, Andresen anzusehen.

»In Ordnung.« Andresen folgte Christine Reimer auf den schmalen Bürgersteig. »Waren Sie gerade allein zu Hause?«

Ihr Kopf wandte sich abrupt um. Christine Reimers offensichtliche Empörung entlud sich in einem lauten Schnauben und anschließend in einem verzweifelten Lachen.

»Sie können sich nicht einmal ansatzweise vorstellen, wie allein ich tatsächlich bin, seitdem Sina nicht mehr bei uns ist. Diese Wohnung ist tot, und unser Haus ist tot, genau wie Sina. Verstehen Sie das? Tot und still. Hier ist kein Leben mehr. Wie können Sie da fragen, ob ich allein bin?«

Sie holte kurz Atem, ehe sie weitersprach.

»Wieso lassen Sie uns nicht einfach in Ruhe und tun Ihre Arbeit?«

»Das Ganze tut mir sehr leid für Sie. Ich hatte allerdings eigentlich an Ihren Mann gedacht«, erwiderte Andresen.

»Er ist nicht da«, sagte Christine Reimer rasch und drehte sich wieder von ihm weg.

Als sie um die Straßenecke bogen, konnte Andresen durch die dichten Nadelbäume des Kurparks das Meer erkennen. Erst jetzt bemerkte er, wie stark die Sonne vom Himmel brannte. Unvermittelt empfand er ein Urlaubsgefühl, das noch verstärkt wurde, als er kleine Kinder mit Keschern bewaffnet in Richtung Strand laufen sah.

Sie gingen eine Weile durch den Kurpark, ohne viele Worte miteinander zu reden, vorbei am Sea Life und der Trinkkurhalle, bis sie schließlich inmitten der wie ausgestorben wirkenden Fußgängerzone standen.

»Offenbar sind alle Leute am Strand«, versuchte Andresen die Situation etwas aufzulockern.

Christine Reimer nickte stumm und sah ihn für den Bruchteil einer Sekunde mit traurigen Augen an.

»Wollen wir etwas trinken?« Andresen zeigte auf das Freiluft-Café am Eck. »Dort können wir uns in Ruhe unterhalten.«

Er wartete vergebens auf eine Antwort. Stattdessen setzte er sich einfach an einen der freien Tische vor dem Café. Sie folgte ihm kommentarlos.

»Lassen Sie uns über Sinas Bekanntschaften sprechen«, begann Andresen, nachdem die Bedienung ihre Getränke gebracht hatte. »Wir wissen mittlerweile, dass sie vor einiger Zeit einen Freund gehabt hat. Können Sie das bestätigen?«

Jetzt sah sie ihn wieder an. Ihr Blick hatte erneut etwas Erregtes, Aufgebrachtes.

»Wer soll denn das gewesen sein?«, fragte sie. »Ihre Kollegen haben uns doch bereits befragt. Wieso müssen wir das Ganze jetzt noch einmal durchkauen?«

»Wir haben neue Erkenntnisse, denen wir nachgehen wollen. Und es wäre hilfreich, wenn Sie uns alles sagen würden, was Sie wissen. Warum haben Sie bei der ersten Befragung durch meine Kollegen nicht gesagt, dass Sina und Mark Bruhn ein Paar waren?«

Das Glas mit Eiskaffee rutschte Christine Reimer beinahe aus den Händen. Sie zog eine dunkle Sonnenbrille aus ihrer Handtasche und setzte sie auf. Es dauerte einige Sekunden, ehe sie ihre Fassung wiedererlangt hatte.

»Sie müssen sich irren«, sagte sie leise. »Das ist unmöglich.«

»Wir wissen, dass die beiden über mehrere Monate hinweg eine Beziehung geführt haben. Mark Bruhn hat es uns selbst bestätigt. Kennen Sie ihn denn?«

»Bruhn? Diesen ... diesen ...«

Sie brach ab, aber Andresen hatte die Abneigung in ihrer Stimme, als sie nach den passenden Worten für den ehemaligen Freund ihrer toten Tochter suchte, gespürt.

»Weshalb denken Sie so schlecht über ihn? Was hat er Ihnen getan?«

»Ich dachte, Sie hätten sich bereits mit ihm unterhalten. Dann müssten Sie doch bemerkt haben, was mit ihm los ist. Er ist nichts weiter als ein Blender, ein Möchtegern, jemand, der dabei sein will, ohne selbst etwas dafür zu tun.«

»Dabei sein?«, fragte Andresen nach.

»Bei den Entscheidern, den wichtigen Leuten. Er hat Sina doch nur als Karrieresprungbrett benutzen wollen. Als er gemerkt hat, dass es nicht funktioniert, weil Sina viel zu intelligent für ihn war, ist er zum Glück schnell wieder aus ihrem Leben verschwunden.« Christine Reimer holte hastig Luft, ehe sie weitersprach. »Ich möchte jedoch klarstellen, dass die beiden nie ein richtiges Paar waren.«

Warum wehrte sich Christine Reimer so vehement gegen den Gedanken, dass ihre Tochter und Mark Bruhn mehr als nur lose Bekannte gewesen waren? Es musste mehr dahinterstecken als die Tatsache, dass er ein Aufschneider war, der es mit der Beziehung zu ihrer Tochter vielleicht nicht allzu ernst genommen hatte.

Ihm fiel etwas ein. Hatte Bruhn ihm nicht genau das Gegenteil erzählt? Dass Sina über Leichen ging, wenn es zu ihrem eigenen Vorteil war? Und dass ihr die Beziehung zu ihm nichts wert gewesen war? Einer der beiden log. Christine Reimer oder Mark Bruhn.

Obwohl es in ihm brodelte, beschloss Andresen, das Thema vorerst zu wechseln. Er wollte auf etwas zu sprechen kommen, von dem er nicht sicher war, ob sie bereits davon wusste.

»Haben Sie in den letzten Tagen die Zeitungsmeldungen verfolgt?« Ohne eine Antwort abzuwarten, sprach er weiter. »Vielleicht haben Sie mitbekommen, dass eine weitere junge Frau ermordet wurde. Das, was in der Rundschau zu lesen war, können wir zum jetzigen Zeitpunkt noch nicht abschließend bestätigen. Allerdings scheint es tatsächlich so zu sein, dass es sich um denselben Täter handelt.«

An ihrem leeren Gesichtsausdruck veränderte sich nichts. Offenbar wusste sie bereits Bescheid.

»Wissen Sie eigentlich, wie egal mir das ist, Herr Kommissar? Warum sollen andere Mütter nicht das gleiche Leid ertragen wie ich. Sina wird nie wieder lebendig werden, und die anderen Mädchen interessieren mich nicht. Verstehen Sie das?«

»Nein«, antwortete Andresen wahrheitsgemäß. »Sagt Ihnen der Name Meike Kalm etwas?«

»Ich weiß, wer sie ist«, sagte Christine Reimer mit leiser Stimme. »Aber erst, seitdem sie tot ist.«

»Sina hat ihren Namen nie zuvor erwähnt?«

»Nein.«

Am Nachbartisch stand ein ergrauter Mann auf und verabschiedete sich von seiner gelifteten Begleitung mit einem angetäuschten Handkuss. Etwas an ihm kam Andresen bekannt vor. Erst jetzt fiel ihm wieder ein, dass die Lokalität, in der sie sich befanden, inoffiziell auch den Namen »Café Wichtig« trug. Es war allgemein bekannt, dass sich hier gern Prominente niederließen, um das Flair des Ostseebades zu genießen, oder einfach nur, um gesehen zu werden.

Andresens Handy klingelte. Er entschuldigte sich bei Christine Reimer und nahm das Gespräch an. Kregel meldete sich und redete hastig in die Leitung.

»Warte, Ben. Nicht so schnell, ich verstehe dich kaum.«

»Florian Krause, der beste Kumpel von Mark Bruhn. Rate mal, was wir über ihn herausgefunden haben?«

»Hör mal, ich bin jetzt nicht zu irgendwelchen Spielchen ...«

»Ja, ja, schon gut«, fiel ihm Kregel ins Wort. »Ich erzähle es dir ja.«

Während Kregel weiterredete, ließ Andresen sein Handy langsam vom Ohr weggleiten. Mit versteinerter Miene saß er Christine Reimer gegenüber und hörte seinem Kollegen zu. Aus der Ferne drang eine verzerrte Stimme zu ihm, die danach fragte, ob er noch dran sei. Er nahm sie kaum noch wahr.

Kregel selbst hatte den Namen nicht in den Mund genommen, und dennoch war er sofort vor seinem inneren Auge erschienen. Ihm fielen die Worte ein, die Meike aufgeschrieben hatte.

Er ist kein Mensch, das kann nicht sein. Kein Mensch ist so wie er. Nein, niemals.

Verdammt, durchzuckte es ihn. War Florian Krause etwa Edward?

19

Es war bereits nach vier, als Andresen über den Flur der Mordkommission lief und aufgebracht auf Barbara einredete. Die Stimmung unter den Kollegen war angespannt, alle hofften, dass sie der Aufklärung des Falls ein Stück nähergekommen waren.

Als Kregel ihm am Telefon berichtet hatte, was sie in den Akten über Florian Krause gefunden hatten, war es Andresen einen Moment lang so vorgekommen, als hätten sie eine unsichtbare Mauer zerschlagen.

Die Tatsache, dass Krause vor etwas mehr als fünf Jahren wegen sexueller Belästigung angezeigt, das Verfahren gegen ihn jedoch aufgrund mangelnder Beweise eingestellt worden war, hatte ihn bereits hellhörig gemacht. Die eigentliche Überraschung kam jedoch erst, als er gehört hatte, wer die Person war, die Krause angezeigt hatte. Für den Bruchteil einer Sekunde hatte er überlegen müssen, ob er den Namen richtig verstanden hatte, war sich dann aber sicher gewesen. Kregel hatte Wiebkes Namen genannt.

Eben gerade hatte ihm Barbara allerdings mitgeteilt, dass sich Florian Krause bereits seit April dieses Jahres nicht mehr in Lübeck aufhielt. Er verbrachte im Rahmen eines Stipendiums an Lübecks Partneruniversität im norwegischen Bergen ein Auslandssemester. Genau in diesen Zeitraum waren beide Morde gefallen. Und einer der Verdächtigen saß mehr als tausend Kilometer entfernt zwischen idyllischen Fjorden, um sich auf sein Medizinstudium zu konzentrieren. Die unsichtbare Wand schob sich wieder vor sein Gesichtsfeld.

»Der Abgleich der DNA des Mörders mit der unserer Verdächtigen hat jetzt oberste Priorität. Wie lange dauert das denn noch, bis wir die Ergebnisse haben?«, fragte er Barbara ungeduldig.

»Du weißt selbst, wie ausgelastet das Labor ist. Sie sind darüber informiert, wie dringend die Angelegenheit ist. Der Abgleich der Spuren dauert nun mal seine Zeit. Ich befürchte, dass es vor Montag nichts wird, das Wochenende steht schließlich vor der Tür.«

»Das darf doch nicht wahr sein«, polterte Andresen los. »Hier geht es um einen zweifachen Mord, da gibt es kein Wochenende.«

Barbara zuckte im Weitergehen mit den Schultern und ließ den wütenden Andresen am Kaffeeautomaten zurück.

Fünf Minuten später betrat Andresen mit einem Becher Cappuccino in der Hand das Sitzungszimmer, in dem die Kollegen bereits warteten. Selbst Sibius war gekommen. Andresen ergriff sofort das Wort.

»Ich möchte keine lange Sitzung abhalten«, begann er ohne Umschweife. »Dafür haben wir keine Zeit. Was ich will, ist, dass wir uns kurz abstimmen und alle auf den aktuellen Stand der Ermittlungen gebracht werden.«

An seinem Getränk schlürfend lehnte er sich an die schmale Fensterbank des Besprechungszimmers und berichtete stichpunktartig über die neuen Entwicklungen.

»Wir werden nicht darum herumkommen, auch am Wochenende zu arbeiten«, schloss er. Er wartete, ob jemand etwas einzuwenden hatte, doch alle schwiegen. »Aus meiner Sicht müssen wir dringend fünf Dinge erledigen. Erstens: Es muss überprüft werden, ob Krause zum Tatzeitpunkt tatsächlich in Bergen war. Notfalls müssen wir ihn nach Deutschland holen lassen. Zweitens: Jemand muss noch einmal mit Bruhn sprechen und ihn über Krause ausquetschen. Drittens: Bislang habe ich Wiebke Hennings nicht erreicht. Es kann durchaus sein, dass sie in Gefahr ist, nach dem, was wir heute in Erfahrung gebracht haben. Viertens: Unsere IT-Spezialisten müssen herausfinden, wer die E-Mail an Wiebke Hennings verschickt hat. Und fünftens: die DNA-Tests. Wir haben mittlerweile fünf mehr oder weniger Verdächtige ermittelt, die alle auf irgendeine Weise Dreck am Stecken haben und zumindest jeweils mit einem der beiden Todesopfer in Kontakt standen. Kalm, Kiffmeyer, Langhans, Bruhn und Krause. Die DNA von ihnen wird mit derjenigen abgeglichen, die Birnbaum bei den Obduktionen der beiden Frauen gefunden hat, auch wenn noch nicht alle Proben vorliegen. Einer von euch sollte noch einmal Druck im Kieler Labor machen. Wir brauchen die Ergebnisse so schnell wie möglich.«

Er trat an den Tisch und setzte sich. Er hatte alles gesagt, was er als wichtig empfand.

***

Kurz darauf saß Andresen vor seinem Computer und starrte blicklos auf die animierte Landschaft, die Bill Gates ihm als Hintergrundbild auf seinem Monitor zur Verfügung gestellt hatte. Aber er wusste, dass es nicht die bunten Farben auf seinem Bildschirm waren, die ihn nachdenklich stimmten.

Die Tatsache, dass Wiebke nicht ans Telefon ging, hatte ihn den Tag über nicht weiter gewundert. Schließlich war sie als Journalistin viel beschäftigt und ständig unterwegs. Doch die Information über die angebliche sexuelle Belästigung Florian Krauses hatte ihm mit einem Schlag bewusst gemacht, wie ernst sie die Droh-E-Mail, die sie gestern erhalten hatte, nehmen mussten.

Wenn er nur wüsste, wie alles zusammenhing. Er konnte sich nicht daran erinnern, jemals in einem derart vielschichtigen Fall ermittelt zu haben. Beinahe stündlich gab es neue Verdächtige und Verdachtsmomente. Einmal war er sich bereits sicher gewesen, den Mörder der beiden Frauen dingfest gemacht zu haben, doch die neuesten Erkenntnisse schienen auf etwas anderes hinzudeuten.

Die Zwei-Täter-Theorie, auf die sie durch Meike Kalms Aufzeichnungen gestoßen waren, war längst nicht so abwegig, wie er anfangs noch gedacht hatte. Florian Krause und Mark Bruhn als Edward und Georg. So wie es Kregel vermutet hatte. Warum nicht? Ihr Motiv war nicht perfekt, aber vorstellbar. Zweifacher Mord als Folge komplexer Beziehungsverhältnisse, Rachegelüste und unkontrollierbarer Neigung zu Gewalt, die bei Edward offenbar nicht zum ersten Mal aufgetreten war. Krause, korrigierte er sich selbst in Gedanken. Und genau da war wieder der Punkt, der ihm ein mulmiges Gefühl in der Magengegend bereitete. Wenn die beiden tatsächlich Sina Reimer und Meike Kalm umgebracht hatten und das Ganze aus persönlichen Gründen erfolgt war, dann war Wiebke in großer Gefahr.

Aber hatten Krause und Bruhn wirklich etwas mit der Sache zu tun? Krause war offiziell in Norwegen und Bruhn viel zu glatt, als dass er zu einem bestialischen Zweifachmord fähig war. Erneut zweifelte er.

Andresen versuchte diese Gedanken abzuschütteln und seinen Blick wieder auf das zu richten, was kurzfristig zu erledigen war. Er musste in jedem Fall versuchen, Wiebke zu erreichen. Außerdem wollte er in der Redaktion der Rundschau nachfragen, ob sie dort war oder sich zumindest heute schon hatte blicken lassen. Anschließend würde er noch einmal mit Mark Bruhn reden, um ihn auf den Verdacht, der gegen seinen besten Kumpel Florian Krause vorlag, anzusprechen.

Er saß noch einige Minuten vor seinem Rechner, ehe er ihn schließlich herunterfuhr und seine Unterlagen zusammenräumte. Die Uhr an der Wand zeigte an, dass es bereits Viertel vor fünf war. Der Tag war wie im Flug vergangen. Er wollte nicht länger im Büro herumhocken und uninspiriert auf seinen Monitor starren. Die Dinge, die er sich für heute noch vorgenommen hatte, konnte er ebenso gut von unterwegs aus erledigen. Die Aussicht darauf, im Auto zu sitzen und mobil zu sein, gab ihm ein beruhigendes Gefühl und ein Stück Hoffnung. Hoffnung darauf, dass Wiebke nichts zugestoßen war und sich ihr Verschwinden von selbst aufklären würde.

Er schlich über den Gang und lief auf leisen Sohlen die Treppe zum Parkhaus hinunter. Die anderen mussten nicht unbedingt mitbekommen, dass er das Präsidium bereits verließ, während sie selbst noch damit beschäftigt waren, Florian Krause ausfindig zu machen und die fehlenden DNA-Proben zu besorgen.

Andresen wusste jedoch, dass das, was er vorhatte, alles von ihm abverlangen würde. Schlechtes Gewissen gegenüber den

Kollegen war also fehl am Platz. Außerdem war er der Leiter dieses Falls. Er konnte die Ermittlungen so führen, wie er es für richtig hielt.

***

Noch immer ging Wiebke nicht ans Telefon, weder auf dem Festnetz noch am Handy. Andresen wählte die Nummer der Auskunft und ließ sich zur Redaktion der Lübecker Rundschau durchstellen. Ein junger Mann meldete sich und gab ihm bereitwillig Auskunft, dass Wiebke im Laufe des Vormittags kurz hereingeschneit, gegen ein Uhr jedoch zu Außerhausrecherchen aufgebrochen sei. Erleichtert bedankte sich Andresen und legte auf. Die Sorgen, die er sich gemacht hatte, waren umsonst gewesen. Wiebke war offenbar einfach nur beruflich eingespannt.

Plötzlich musste er an das Foto denken, das er in ihrem Portemonnaie gefunden hatte. Wenn das Mädchen tatsächlich ihre Tochter war, konnte sie angesichts ihres stressigen Berufes nur wenig Kontakt zu ihr haben. Vielleicht war es ja doch nicht ihr Kind, sondern ihre Nichte, ihre Patentochter oder weiß der Kuckuck wer.

Andresen fuhr rechts ran und stellte den Motor ab. Die ständige Achterbahnfahrt seiner Gefühle machte ihm zu schaffen. Vielleicht war es besser, nach Hause zu fahren, abzuschalten und morgen mit neuer Energie die Dinge in Angriff zu nehmen.

Aber vorher musste er noch ein Telefonat hinter sich bringen. Im Prinzip war es nur eine einzige Frage, die er stellen musste, dann konnte er Feierabend machen. Nur dieses eine Gespräch.

Er tippte die Nummer, die er sich auf einem kleinen Zettel notiert hatte, in sein Handy und wartete auf ein Freizeichen. Der Mann am anderen Ende der Leitung meldete sich so unvermittelt, dass Andresen für den Bruchteil einer Sekunde nicht wusste, was er sagen sollte. Als er sich wieder gesammelt hatte, erklärte er rasch den Grund seines Anrufs und kam zu der Frage, die er beantwortet haben wollte. Andresen vernahm ein ungläubiges Lachen.

»Meinen Sie das tatsächlich ernst?«, fragte Mark Bruhn.

»Sagen Sie mir, warum ich es nicht ernst meinen sollte? Ich schätze mal, Sie wissen auch von der Anzeige, die damals gegen ihn erhoben wurde?«

»Was hat das mit Ihrer Frage zu tun?«

»Offenbar hat er ein besonderes Verhältnis zu Frauen.« Es klang mehr wie eine Feststellung denn wie eine Frage. Andresen spürte, dass er sich auf dünnem Eis bewegte.

»Ich weiß nicht, ob Sie darüber informiert sind, was mit ihm ist. Ich kann mir beim besten Willen nicht vorstellen, dass eine Frau freiwillig etwas mit ihm anfangen würde. Nicht einmal Meike, und das heißt ja schon was.«

Andresen fühlte, wie ihm das Blut in den Kopf stieg und seine Hände das Lenkrad umkrallten. Bruhns Kommentar über Krause hatte ihn irritiert.

»Was genau meinen Sie damit? Was ist denn mit ihm, dass er so unbeliebt bei Frauen ist?«

Bruhn lachte auf. »Sie wissen es tatsächlich nicht?«, fragte er. »Na gut, ich erzähle es Ihnen.« Es entstand eine kurze Pause, ehe er weiterredete. »Nun, wie soll ich es sagen? Wenn Sie Florian sehen, würden Sie sicherlich erst einmal einen Schock bekommen. Das geht allen so.«

»Kommen Sie bitte zur Sache«, fuhr Andresen dazwischen. »Was ist mit ihm?«

»In Ordnung. Ich sag's Ihnen so, wie es ist. Sein gesamter Körper ist entstellt, ebenso wie ein großer Teil seines Gesichts.«

Bruhns Worte waren wie eine Faust gewesen, die seinen Kopf mit voller Wucht getroffen und alle seine Gedanken derart durcheinandergewirbelt hatte, dass er einen Augenblick lang vergaß, dass sich Bruhn noch immer in der Leitung befand. Die Informationen über Florian Krause prasselten nur so auf ihn ein. Schließlich bedankte er sich rasch bei Bruhn und legte auf. Es genügte, was er gehört hatte. Zumindest vorerst.

Nach und nach entspannte sich Andresen. Noch weigerte er sich, seinen Gedanken zu Ende zu führen, aber die neue Information hatte bereits ihre Spuren hinterlassen.

»Was meinen Sie denn, warum er mit dem Medizinstudium begonnen hat?«, hatte Bruhn in seinem plötzlichen Redeschwall gefragt. »Plastische Chirurgie. Er will sich selbst helfen. Zumindest erhofft er sich das.«

Waren die körperliche Entstellung Krauses und der damit vermutlich einhergehende Misserfolg bei Frauen ein Motiv für die beiden Morde und die sexuelle Belästigung von Wiebke? Andresen wusste, dass das weit hergeholt war und für eine Anklage kaum ausreichen würde. Dennoch schien es ihm stimmig. Krause war Edward, Edward war Krause. Aber Krause war in Norwegen. Und Georg? Verdammt, dachte er. Nur Bruhn konnte Georg sein. Oder wer kam sonst dafür infrage? Alles passte zusammen und dann im nächsten Moment wieder nicht.

Andresen drehte den Zündschlüssel herum und rollte los, ohne zu wissen, was sein Ziel war. Er fuhr in Richtung Lohmühle, vorbei am Stadion und den neuen Baumärkten, Tankstellen, Waschstraßen und Fast-Food-Restaurants direkt in den Kreisverkehr. Planlos drehte er zwei Runden, ehe er schließlich eine der Ausfahrten nahm. Nach etwa hundert Metern erkannte er, wo es ihn hinzog. Er befand sich bereits mitten auf der Autobahnauffahrt in Richtung Meer.

Er fuhr immer weiter, bis er hinter Travemünde schließlich abbog und seinen Wagen auf immer schmaler werdenden Landstraßen zwischen Rapsfeldern und alten Alleen seinem Ziel entgegensteuerte. Andresen stellte den Volvo auf einem der großen Schotterparkplätze ab und lief die letzten Meter zu Fuß. Vorbei an dem Café. Vorbei an den Menschen, die im Sommer dieses schöne Fleckchen Erde bevölkerten.

Wie so oft war er auch diesmal gleichzeitig fasziniert und schockiert davon, wie die Natur hier ihre Spuren hinterließ. Das lehmige Steilufer in Brodten verlor Jahr um Jahr mehrere Meter. Eines Tages würde vielleicht sogar das gute alte Café dran glauben müssen, befürchtete er. So wie die alte Hütte, die in einiger Entfernung zu sehen war. Man hatte sie aufgegeben, da sich die Steilkante mittlerweile bis auf zwei Meter herangefressen hatte.

Vorsichtig stieg Andresen einen notdürftig ausgetrampelten

Pfad zum Strand hinunter. Er schätzte, dass es knapp zwanzig Meter Höhenunterschied sein mussten. Die letzten Meter rutschte er nur noch hinunter, ehe er über die großen Findlinge klettern musste, denen Wind und Wasser noch nicht ganz so stark zugesetzt hatten.

Und dann war er da. An der Stelle, an der er bereits als kleines Kind gestanden und Steine über das Wasser hatte springen lassen. Unzählige Male hatte es ihn hierhergezogen, immer dann, wenn er Sehnsucht nach Ruhe und Einsamkeit gehabt hatte. In den ersten Jahren seiner Ehe mit Rita war es auch der Wunsch nach Zweisamkeit gewesen.

Aber eines hatte sich nie geändert. Dieser Ort gab ihm ein Gefühl der völligen Zufriedenheit, wie er es nirgendwo anders empfand. Das weite Meer vor Augen, im Schutz der steilen Wand aus Erde, konnte er alles um sich herum vergessen und sich nur auf das Hier und Jetzt fokussieren.

Doch heute war es anders. Das wohlige Gefühl wollte sich nicht einstellen. Genau genommen waren es zwei Dinge, die ihn beschäftigten und möglicherweise sogar miteinander in Verbindung standen. Es war Wiebke, die ihm nicht mehr aus dem Kopf gehen wollte. Seit ihrer ersten Begegnung im Präsidium, die, wie er überrascht feststellte, gerade einmal vier Tage zurücklag, war sie auf eine besondere Art und Weise immer anwesend.

An dieser Stelle kam der zweite Aspekt ins Spiel, der ihm keine Ruhe ließ. Denn das, was er vorhin über Florian Krause gehört hatte, beunruhigte ihn.

Andresen sah auf die Uhr: Es war bereits halb acht. Er beschloss, noch ein wenig am Strand entlangzugehen und den Sonnenuntergang zu genießen, ehe er sich auf den Rückweg machte. Er ging nach Westen in Richtung Niendorf. Vorbei an der vom Einsturz bedrohten Fischerhütte. Vom Strand aus konnte er die Fassade erkennen, die tatsächlich nur noch wenige Meter vom Abgrund entfernt stand. Für einen kurzen Augenblick hatte Andresen das Gefühl, er hätte ein Gesicht hinter einer der verdreckten Scheiben gesehen, aber dann hielt er sich vor Augen, dass sich die Ereignisse der Woche und seine persönliche

Verfassung offenbar bereits auf seine Wahrnehmung auswirkten.

Sein Weg führte ihn noch immer am Wasser entlang. Einige Angler standen mit Thermoanzügen bekleidet in der flachen Ostsee und hielten ihre Angelruten ins ruhige Wasser. Andresen konnte erkennen, dass ein paar Schollen in den aufgestellten Reusen zappelten. Ein seltsames Gefühl beschlich ihn bei der Vorstellung daran, dass die Fische keine Chance mehr besaßen, den trichterförmigen Netzgeflechten zu entkommen. Gefangen gehalten, um irgendwann getötet zu werden. Der Vergleich mit den Mordopfern schoss ihm unvorbereitet in den Kopf.

Er versuchte, den Gedanken abzuschütteln, und beschleunigte sein Tempo. Doch das schwere Stapfen durch den tiefen Sand strengte ihn zunehmend an. Zwanzig Minuten später erreichte er endlich den Niendorfer Fischereihafen, der nach seinem Umbau in neuem Glanz erstrahlte. Zielstrebig steuerte er die kleine Fischerkate an, in der es die besten Fischbrötchen weit und breit gab.

Mit einem Matjesbrötchen bewaffnet, ging Andresen zurück in Richtung Strand und setzte sich erschöpft auf einen der großen Findlinge, die gleich in der Nähe des Jachthafens aufgeschüttet worden waren. Einige Kitesurfer nutzten die abendlichen Stunden für ihre Tricks, während die letzten Sonnenstrahlen im Wasser zu versinken drohten. Andresen schloss die Augen und verdrängte für einen Moment erfolgreich alles, was mit dem Fall und mit Wiebke in Verbindung stand. Endlich zeigte die frische Seeluft ihre Wirkung. Seine Anspannung löste sich, und ein Gefühl von Klarheit machte sich in ihm breit, als er die Augen wieder öffnete und den Rückweg antrat.

Eine Stunde später kam er wieder an der Hütte am Brodtener Steilufer vorbei. Die Sonne war inzwischen endgültig am Horizont verschwunden. Am Fenster der Hütte war niemand mehr zu sehen. Seine Einbildung hatte ihm vorhin offenbar einen Streich gespielt.

20

Um kurz nach achtzehn Uhr am Samstagabend drangen Andresen und Barbara mithilfe eines Drahtes in Wiebke Hennings kleines Ganghaus ein. Andresen hatte die Entscheidung getroffen, nachdem er den gesamten Samstag über nichts von ihr gehört hatte und sie auch nicht ans Telefon gegangen war. Er wusste, dass er riskierte, sich vollkommen lächerlich zu machen, und gleichzeitig eine Straftat beging, indem er sich unerlaubterweise Zutritt verschaffte.

Aber die Angst, dass ihr doch etwas zugestoßen war, hatte ihn den gesamten Tag lang begleitet. Am späten Nachmittag hatte er schließlich Barbara gebeten, ihm zu helfen.

Schon im Flur erkannte Andresen, dass er mit seiner Vermutung recht gehabt hatte. Sie war seit mindestens achtundvierzig Stunden nicht mehr hier gewesen, zumindest deuteten die überregionalen Zeitungen der letzten beiden Tage, die direkt hinter der Eingangstür lagen und durch den Schlitz geworfen worden waren, darauf hin. Während Andresen sich noch darüber wunderte, dass eine Redakteurin der lokalen Tageszeitung privat auch noch andere Blätter las, rief Barbara etwas aus einem der Zimmer, die vom Flur abzweigten, zu ihm herüber.

»Sie muss ganz schön eilig das Haus verlassen haben. Ihr Computer ist sogar noch an.«

Andresen dachte augenblicklich an den letzten gemeinsamen Abend, als Wiebke aufgelöst vor seiner Tür gestanden und ihn mit der mysteriösen E-Mail konfrontiert hatte. Er trat in den Raum, in dem der Computer stand. Offensichtlich handelte es sich um ihr Schlaf- und Arbeitszimmer. Auf dem Monitor wanderte das Windows-Emblem hin und her. Mit einer raschen Bewegung der Maus verschwand der Bildschirmschoner und machte dem Dokument Platz, an dem Wiebke zuletzt gearbeitet hatte. Es war ein Artikel über den renovierten Lübecker Hauptbahnhof.

Andresen klickte in der unteren Kontrollleiste auf ein anderes Fenster. »Internetverbindung getrennt« erschien. Ein anderes zeigte die Website eines bekannten Nachrichtenmagazins an. Die letzten Meldungen stammten von Donnerstagnachmittag. Zwar war der Computer nicht mehr online, doch hatte Wiebke die einzelnen Fenster nicht geschlossen, bevor sie überstürzt aufgebrochen war.

Da war noch ein Fenster offen. Ihr E-Mail-Programm. Hastig klickte er weiter. Tatsächlich, da war die Mail, die sie ihm gezeigt hatte. Absender war *drawde@groeg.de.*

Andresen warf einen raschen Blick auf die eingegangenen E-Mails, konnte auf die Schnelle jedoch nicht erkennen, ob weitere verdächtige Nachrichten vorlagen. Er wandte sich an Barbara.

»Ruf die Spurensicherung, die sollen den Rechner sicherstellen und mit aufs Präsidium nehmen. Vielleicht schaffen es unsere IT-Leute so schneller, den Absender dieser E-Mail ausfindig zu machen.«

»Was soll ich denn sagen, wenn sie fragen, weswegen wir überhaupt hier sind?«

»Die Wahrheit«, antwortete Andresen knapp. »Ich gebe Sibius gleich Bescheid, dass wir eine offizielle Vermisstenanzeige herausgeben müssen.«

»Glaubst du denn wirklich, dass …?«

»Ich kann einfach nur hoffen, dass ich mir alles nur einbilde.«

Andresen verließ den Raum und kramte sein Handy aus seiner Jeansjacke hervor, um Sibius anzurufen. Nachdem er ihm den Stand der Dinge mitgeteilt und Sibius sein Vorgehen abgesegnet hatte, legte er auf und schaute sich weiter in der Wohnung um. Ihn beschlich ein merkwürdiges Gefühl, als er Wiebkes Privatsphäre genauer unter die Lupe nahm. Es war das erste Mal, dass er in ihrer Wohnung war. Ob Barbara wohl auffiel, wie angespannt er war? Er vermutete, dass seine Kollegen längst ahnten, was zwischen ihm und Wiebke lief. Zumindest Barbara musste sich über ihn gewundert haben, so wie er sich heute verhielt.

Er konnte nichts entdecken, was ihm in irgendeiner Weise auffällig erschien, einmal davon abgesehen, dass er überaus angetan von Wiebkes Einrichtungsstil und der Gemütlichkeit war, die sie erzeugt hatte.

Um kurz vor sieben kamen zwei Kollegen von der Technik und knöpften sich den Computer vor. Um auf Nummer sicher zu gehen, stellten sie zudem noch an verschiedenen Punkten der Wohnung Fingerabdrücke sicher. Auch einige Haare und kleinste Hautschuppen verschwanden in kleinen durchsichtigen Plastiktütchen. Andresen fühlte sich überflüssig. Er schickte Barbara nach Hause, entschied sich selbst jedoch dazu, noch so lange zu warten, bis auch die Techniker verschwunden waren.

Eine halbe Stunde später zog Andresen die Tür hinter sich zu und verließ das Haus in der Stavenstraße. Auf dem Weg nach Hause kehrte er auf ein paar kühle Blonde im Buthmanns ein.

Sie hatten erfahren, dass sich Florian Krause offiziell tatsächlich noch in Bergen aufhielt, es war ihnen jedoch nicht gelungen, einen Kontakt zu ihm herzustellen. Auch bei dem Abgleich der DNA waren sie noch nicht so weit, wie er es sich erhofft hatte. Bislang lagen dem Labor in Kiel nur die Proben von Rüdiger Kalm, Georg Kiffmeyer und Mark Bruhn vor. Auf die Ergebnisse mussten sie jedoch noch warten. Richard Langhans war seit Freitag weder an der Universität noch zu Hause zu erreichen gewesen. Um die Suche nach Florian Krause zu beschleunigen, hatten sie mittlerweile auch die norwegische Polizei kontaktiert, bisher jedoch ohne Erfolg.

***

Den Sonntagvormittag verbrachte Andresen zusammen mit seinem Sohn. Sie frühstückten in einem der Cafés in der Mühlenstraße. Die ansonsten so belebte Straße wirkte wie ausgestorben. Keine knatternden Busse und tiefergelegten Autos, deren Fahrer die Straße zum Angeben nutzten. Lediglich ein paar sehr späte Nachtschwärmer, die den Weg nach Hause suchten.

Ole erzählte ihm, dass er endlich einen Job als Tischler gefunden hatte. Die Firma, in der er bis zum vergangenen Jahr ausgebildet worden war, hatte ihn nicht übernehmen können. Seither hielt er sich mit Gelegenheitsjobs über Wasser.

»Im August fange ich an. Erst einmal für sechs Monate, danach entscheiden sie, je nachdem, wie ich mich geschlagen habe.«

Andresen freute sich für seinen Sohn, aber auch darüber, dass sie endlich wieder ein vernünftiges Verhältnis zueinander aufgebaut hatten. Nach der Scheidung von Rita hatte er monatelang nur sein eigenes Schicksal betrauert, ohne sich Gedanken über Oles Gefühlswelt zu machen. Er hatte die Tatsache verdrängt, dass sein Junge gerade einmal achtzehn Jahre alt gewesen war.

Andresen musste an Oles Ex-Freundin Chrissy denken. Sie hatte seinem Sohn damals in der schwierigen Zeit Halt gegeben. Eines Tages im letzten Winter hatte Ole sie dann dabei erwischt, wie sie in ihrer gemeinsamen Wohnung fremdgegangen war.

»Hast du noch Kontakt zu ihr?«, fragte Andresen.

»Chrissy? Nein, ich lege auch keinen Wert darauf, wenn du es genau wissen willst.«

Andresen sagte nichts. Er spürte, dass Ole nicht über sie sprechen wollte.

Später fuhren sie mit dem Fahrstuhl auf den Turm der St.-Petri-Kirche, von wo aus sich nicht nur die Lübecker Stadtszenerie mit ihren Kirchturmspitzen und den zahlreichen Gassen und Gängen betrachten ließ. Bei gutem Wetter reichte die Sicht bis zur Ostsee.

Andresen kniff die Augen zusammen und versuchte das Meer zu erahnen. Zwei Tage waren vergangen, seitdem er dort am Steilufer gestanden hatte, unweit des großen Hotels in Travemünde, das alles überragte. Die düsteren Gedanken, die er wenigstens für einige Stunden verdrängt hatte, kamen zurück. Wiebke hatte noch immer nichts von sich hören lassen. Wie auch, überlegte er nachdenklich. Schließlich war er sich mittlerweile sicher, dass etwas nicht in Ordnung war.

Nachdem er Ole zu Hause abgesetzt hatte, machte Andresen einen Abstecher, der, wie er fand, längst überfällig war. Er fuhr quer durch die Stadt, vorbei am Holstentor und bog in die Wallstraße. Von hier bot sich ein atemberaubender Blick auf die Altstadt. Der Dom mit den zwei Kirchtürmen und der Malerwinkel, die pittoresken Gebäude mit ihren Gängen entlang der Obertrave.

Andresen nahm die Ratzeburger Allee, eine der großen Ausfallstraßen, und fuhr weiter in Richtung Universitätsklinikum. Zehn Minuten später betrat er das große weiße Gebäude der Unfallchirurgie mit einem mulmigen Gefühl.

Julia war gut gelaunt und auf dem besten Weg, aus dem Krankenhaus entlassen zu werden. Sie freute sich, Andresen zu sehen, und war sogar zu einigen Scherzen aufgelegt. Keine Spur von Selbstmitleid oder gar Vorwürfen ihm gegenüber. Andresen spürte, dass der Kloß, der sich in seinem Hals gebildet hatte, nach und nach kleiner wurde.

Als sie ihn schließlich auf die laufenden Ermittlungen ansprach, wusste er einen Moment lang nicht, was er sagen sollte, berichtete aber schließlich davon, dass sich der Verdacht gegen Kiffmeyer offenbar nicht erhärten ließ und stattdessen verstärkt im Dunstkreis der medizinischen Fakultät ermittelt wurde.

Es hatte nur einen Wimpernschlag lang gedauert, aber Andresen war die Enttäuschung in Julias Gesicht nicht entgangen. Sie hatte gehofft, dass ihr Unglück für etwas gut gewesen sei und sie als heimliche Heldin gefeiert werden würde, so wie er es ihr gleich nach ihrem Sturz zugeflüstert hatte.

»Kiffmeyer kriegen wir trotzdem dran«, sagte Andresen, aber es war offenkundig, dass es Julia egal war, was mit Kiffmeyer geschah, wenn er nichts mit den Mordfällen zu tun hatte.

***

Am späten Nachmittag kehrte Andresen in sein Haus in der Großen Gröpelgrube zurück. Den Rest des Tages verbrachte er damit, auf der Couch herumzulümmeln und planlos durch die zig Fernsehsender zu schalten, von denen er zum Teil noch nicht einmal die Namen kannte.

Er musste an den morgigen Tag denken. Andresen wusste, dass es ein hektischer Tag werden würde. Die Informationen, auf die er wartete, könnten endlich die entscheidende Wendung in der Ermittlung herbeiführen. Nicht nur, dass er auf den Namen des Absenders der E-Mail an Wiebke hoffte. Auch die Ergebnisse des DNA-Abgleichs waren von größter Bedeutung. Und dann war da noch Krause. Vielleicht hatten die norwegischen Kollegen schneller gehandelt, als er zu hoffen wagte.

Er goss sich ein Glas des schweren französischen Rotweins ein, den Meret vor einigen Wochen mitgebracht hatte. Sie hatten ihn damals eigentlich noch am selben Abend trinken wollen, aber irgendeiner ihrer fadenscheinigen Termine war wieder einmal kurzfristig dazwischengekommen. Jetzt saß er hier und weinte ihr keine Träne mehr hinterher. Stattdessen machte er sich große Sorgen um eine junge Journalistin, die er erst seit ein paar Tagen kannte und die vom Erdboden verschluckt zu sein schien.

Während er mit dem Rotweinglas in der Hand über sein Leben in den vergangenen Monaten sinnierte und das Gefühl hatte, dass einiges aus dem Ruder gelaufen war, merkte er nicht, dass seine Augen immer schwerer wurden und er langsam in einen tiefen, aber unruhigen Schlaf fiel.

Wenige Stunden später schreckte ihn das Klingeln seines Telefons auf, und er verschüttete den letzten Rest des guten Bordeaux auf seiner Couch.

21

Obwohl das alte Fenster beinahe blind war, blendete die frühe Morgensonne. Sie blinzelte und schlug die Bettdecke ein Stück weit auf. Der Albtraum der vergangenen Nacht war noch immer präsent. Es war der gleiche gewesen wie in der Nacht davor. Und in der Nacht davor. Und dennoch war sie froh, wenn es Abend wurde und das Grauen des Tages ein Ende hatte.

In ihrem Traum verarbeitete sie den realen Horror, den sie gerade erlebte, in Anlehnung an ein Buch, dessen Verfilmung sie im Teenageralter gesehen hatte. Sie hatte den Film damals lustig gefunden, weil er ihr so unrealistisch vorgekommen war. Kathy Bates in der Rolle der Annie Wilkens hatte dem armen Autor die Beine gebrochen, damit er nicht fliehen konnte. Vor lauter krankhafter Liebe zu ihm und seinen Büchern.

Die Tränen rannen augenblicklich ihre Wangen hinunter, und der Kloß in ihrem Hals wurde so groß, dass sie würgen musste. Die starken Tabletten, die er ihr verabreicht hatte, bewirkten immerhin, dass sie kaum etwas von den Schmerzen wahrnahm. Allerdings betäubten sie auch derart stark ihr Denkvermögen, dass sie Probleme hatte, zwischen Traum und Wirklichkeit zu unterscheiden.

Birger hatte sie nicht erkannt. Die Wahrscheinlichkeit, dass er am Strand vorbeigehen würde, während sie am Fenster stand, nachdem sie sich von den Fesseln befreit hatte, war wohl kleiner als die Chance auf den Jackpot im Lotto gewesen. Es war doch nur instinktiv gewesen, dass sie alles versucht hatte, um auf sich aufmerksam zu machen. Aber er hatte sie nicht gesehen. Er war einfach weitergegangen.

Sie hatte gegen die Scheiben geschlagen und geschrien. Es hatte alles nichts genutzt. Dann war die Tür aufgegangen, und ihre Qualen hatten die nächste Phase erreicht. Sie hatte ihre eigene, ganz persönliche Kathy Bates. Nur dass sie männlich war und sich Edward nannte.

Wenn er, so wie sie es vermutete, das Gleiche mit ihr vorhatte wie mit den beiden anderen Frauen, dann standen ihr die furchtbarsten Momente noch bevor.

Ihre Gedanken wurden unterbrochen. Sie hatte ein Geräusch gehört. Da, schon wieder. Jetzt erkannte sie, was es war. Unter dem Stapfen der schweren Schuhe quietschte die alte Holztreppe. Kathy war wieder auf dem Weg zu ihr. Sie wünschte sich für einen kurzen Moment, dass Kathy tatsächlich eine Frau wäre. Sie wusste, was auf sie zukam, wenn Edward seine Drohung wahr machte, die er gestern gegen sie ausgesprochen hatte. Und sie wusste auch, dass er es ernst meinte und keinerlei Skrupel kannte. Er war längst kein Mensch mehr, der nach rationalen Kriterien entschied. Er war zu etwas geworden, das man als irre oder wahnsinnig bezeichnen musste.

Es gab nichts, außer vielleicht dem Zufall und einem unvorstellbaren Maß an Glück, das sie aus dieser Situation noch retten konnte. Niemand wusste von ihrem Schicksal. Nicht einmal Birger hatte sie wahrgenommen, obwohl sie sich sicher war, dass sich ihre Blicke einen Moment lang getroffen hatten.

Und sie selbst? Fliehen konnte sie nicht mehr. Dafür hatte Edward gesorgt. Zwar hatte sie es noch immer nicht gewagt, einen Blick auf ihre Füße zu werfen, doch spürte sie, dass die Schläge und die ruckartigen Bewegungen, mit denen er ihre Fußgelenke auf unnatürliche Weise verdreht hatte, ihre Knochen und Bänder zerstört hatten.

Wiebke schrak hoch. Die Tür wurde aufgerissen, und Edward trat in das kleine Zimmer. Sein Gesicht war zu einer Mischung aus Grinsen und Zähnefletschen verzerrt. Weshalb auch immer – die Angst, die sie die ganze Zeit über verspürt hatte, war mit einem Mal verschwunden. Plötzlich erkannte sie, dass alles ganz einfach war.

Er schlug ihr mit der Faust ins Gesicht, vermutlich weil sie es gewagt hatte, sich aufzurichten. Edward trat zwei Schritte zurück und blickte sie konsterniert an. Sie saß einfach nur vor ihm und lachte. Ein schallendes Lachen.

Seine irren Gesichtszüge verwandelten sich binnen Sekunden zu denen eines Kindes. Wiebke spürte sofort, dass sie ihn getroffen hatte. Dort, wo es ihn am meisten schmerzte. Jetzt musste sie es nur noch schaffen, seine Schwäche auszunutzen. *Nur noch*, überlegte sie verzweifelt.

Im nächsten Moment nahm Edward Anlauf und sprang wie eine tollwütige Raubkatze auf sie. Seine Fingernägel bohrten sich in ihren Oberkörper. Doch sie lachte ihn nur aus. Ohne Unterlass.

22

Auf dem Weg quer durch das Wohnzimmer hin zu seinem Telefon warf Andresen einen schnellen Blick hinüber zu der billigen Ikea-Wanduhr, die seine Exfrau eines Tages angeschleppt hatte. Es war gerade mal zehn vor sieben. Wer um alles in der Welt rief ihn um diese Uhrzeit an?

Andresen sah, dass die Nummer auf dem Display von einem Lübecker Anschluss stammte. Er nahm ab.

»Andresen.«

»Na endlich, Andresen. Ich habe es schon auf dem Handy probiert, aber es ging nur diese fürchterliche Box dran. Da spreche ich grundsätzlich nicht drauf.«

»Wieso zum Teufel ...?« Was wollte Professor Birnbaum denn? Ihm etwa von seinen Erfahrungen mit seiner Mailbox berichten?

»Bleiben Sie ruhig, Andresen! Im Prinzip haben Sie ja sogar recht. Wir haben es mit dem Teufel höchstpersönlich zu tun«, sagte Birnbaum lapidar.

»Ich bin noch nicht wach genug, um Ihren Wortspielchen zu folgen«, fiel ihm Andresen rüde ins Wort. »Sagen Sie einfach, was los ist.«

»Ich bin doch schon längst dabei. Es geht um den Mörder, hinter dem Sie her sind. Das Ganze hat mir einfach keine Ruhe gelassen. Haben Sie inzwischen mit einem Kriminalpsychologen gesprochen?«

Andresen verneinte und wollte bereits erneut zur Frage nach dem Warum ansetzen, als Birnbaum rasch einhakte und seinen Gedankengang fortsetzte.

»Ich habe darüber nachgedacht und am Wochenende noch einmal meine Aufzeichnungen zu den beiden Frauen durchgearbeitet. Als Rechtsmediziner ist man ja quasi immer im Dienst. Die Arbeit begleitet einen rund um die Uhr, und sei es nur mental. Aber das kennen Sie ja bestimmt auch, nicht wahr?«

Diesmal antwortete Andresen nicht. Er wartete, bis Birnbaum weitersprach.

»Noch immer erstaunt mich die extreme Brutalität der Taten. Und nicht nur die Morde selbst, sondern der gesamte Verlauf der Martyrien. Der Täter muss überaus gestört sein. Menschliche Verhaltensregeln scheinen für ihn nicht zu gelten. So, als ob er sich über uns gestellt fühlt. Das wäre für mich die eine mögliche Erklärung.« Birnbaum räusperte sich kurz, ehe er fortfuhr. »Die andere, die mir ähnlich vorstellbar erscheint, wäre, dass er sich während der Taten geistig auf der Stufe eines Kindes mit den Kräften eines Erwachsenen befindet.«

»Kann er Sina Reimer und Meike Kalm nicht auch aus Kalkül getötet haben?«

»Das eine schließt das andere nicht aus. Genau das ist der Punkt. Ich glaube, die Opfer wurden gezielt gewählt, aber die Art und Weise, wie sie zu Tode kamen, war nicht geplant. Und womöglich noch nicht einmal beabsichtigt.«

Andresen sah erneut auf die Uhr an der Wand. Drei Minuten vor sieben. Es war definitiv zu früh, um sich auf Birnbaums Ausführungen zu konzentrieren. Wenn er ihm nicht endlich sagte, worauf er eigentlich hinauswollte, würde er Birnbaum bitten, später noch einmal anzurufen.

»Diese Zeit zwischen der Gefangennahme und dem Tod«, fuhr Birnbaum fort, »hat in beiden Fällen schätzungsweise fünf bis sieben Tage gedauert. Das ist absolut unnormal für einen geplanten Mord. Genauso wie die Folter an den Mädchen. Es sei denn, der Täter will uns mit voller Absicht seinen Hang zur Perversion präsentieren. Aber das glaube ich nicht, sonst hätte er in der Zwischenzeit versucht, mit Ihnen oder sonst wem in Kontakt zu treten.«

Andresen musste an die E-Mail denken, die Wiebke erhalten hatte. Er sagte jedoch nichts.

»Wollen Sie wissen, was ich wirklich über die Sache denke?«

»Immer zu«, forderte Andresen ihn auf. »Ich bin ganz Ohr.«

»Ich habe dieses Bild eines Parasiten vor meinen Augen, der seinen Wirt befällt und ihn schädigt, damit er sich selbst an ihm laben kann.«

Andresen hatte das Gefühl, dass Birnbaums Identifikation mit seinem Beruf jetzt ein wenig zu weit gegangen war. Metaphern hin oder her, er selbst benutzte sie schließlich auch des Öfteren, aber die des Parasiten Edward und seiner Wirtinnen Sina und Meike schien ihm doch sehr weit hergeholt zu sein.

»Auch wenn Sie denken, der alte Professor ist nicht mehr recht bei Sinnen, sollten Sie meine Theorie im Hinterkopf behalten. Der Täter stillt seine innersten Triebe, die wahrhaftig das Grausamste sind, das mir bisher untergekommen ist, indem er seine Opfer gefangen hält, bis sie dem physischen und psychischen Schmerz nicht mehr gewachsen sind. Der Mörder, den Sie suchen, ist ohne Übertreibung eine Bestie. Ob gewollt oder nicht, spielt letztendlich keine Rolle.«

Es entstand erneut eine Pause, die Andresen dazu nutzte, das Telefon an sein linkes Ohr zu wechseln.

»Eine letzte Sache würde ich gerne noch anmerken, dann ist mein kleiner Exkurs in Sachen Kriminalarbeit beendet. Irgendetwas sagt mir, dass der Täter vielleicht schon früher einmal auffällig geworden ist. Ich rate Ihnen, Ihre Akten sorgfältig zu durchforsten.«

»Meinen Sie nicht, dass Sie ein bisschen über das Ziel hinausschießen?«, fragte Andresen brüskiert. »Es gibt überhaupt keinen Anhaltspunkt dafür, dass der Täter bereits vor dem Mord an Sina Reimer ein derartiges Verbrechen begangen hat.«

»Gewiss, gewiss. Es muss ja auch nicht sein, dass er schon einmal einen Menschen getötet hat. Es kann alles Mögliche gewesen sein. Vielleicht sind seine sadistischen Züge bereits in der Kindheit aufgetreten. Er kann Tiere gequält haben, Mitschüler drangsaliert oder die eigenen Geschwister unterdrückt. Solche Dinge sind durchaus denkbar und kommen nicht selten vor. Kein normal denkender Mensch bricht einem anderen fast jeden einzelnen Knochen und vergeht sich derart oft an dem dahinvegetierenden Opfer.«

Andresen antwortete nicht. Es war jetzt beinahe zehn nach sieben. Zwanzig Minuten dauerte das Gespräch bereits. Birnbaum hatte ihm noch einmal wichtige Aspekte vor Augen geführt, die bei ihren Ermittlungen in den letzten Tagen kaum Beachtung gefunden hatten. Sie hatten das Profil des Täters und somit auch ein mögliches Motiv vernachlässigt.

Er musste wieder an Georg, den mutmaßlichen zweiten Täter, denken. In Birnbaums Theorie gab es keinen Georg, es existierte lediglich Edward.

»Ich werde es mir durch den Kopf gehen lassen«, sagte er schließlich. »Gegebenenfalls melde ich mich noch einmal bei Ihnen.«

Andresen hörte, dass Birnbaum leise lachte.

»Nicht so verbissen, Andresen«, antwortete er. »Wir wollen doch schließlich alle nur das eine, oder nicht?«

»Bis demnächst und vielen Dank für Ihren Anruf.«

Andresen legte auf und ließ sich entnervt auf die Couch fallen. Nach einigen Minuten, in denen er versucht hatte, seinen Kopf freizubekommen, beschloss er, unter die Dusche zu springen. Zuvor setzte er noch einen Kessel Wasser auf den Herd. Ein starker Kaffee war nach diesem Start in den montäglichen Morgen mehr als notwendig.

***

Der nächste Anruf, der seine Planungen für den Tag vollends durcheinanderbrachte, erreichte ihn um acht Uhr fünfzehn, als er gerade in die Einfahrt der Tiefgarage des Polizeipräsidiums in der Possehlstraße einbog. Es war Kregel, der mit aufgeregter Stimme ins Telefon sprach.

»Wo bist du denn gerade? Komm sofort an die Uni, wir wissen jetzt, von wo aus die E-Mail an Wiebke Hennings abgeschickt wurde.«

»Weshalb an die Uni?«

»Sie wurde von hier aus verschickt. Aus dem Computerraum an der medizinischen Fakultät. Barbara und ich sind schon unterwegs.«

»Bin in zehn Minuten da«, antwortete Andresen und beendete das Telefonat.

Die Reifen des Volvos quietschten auf dem Estrich der Tiefgarage, während er einen wilden U-Turn hinlegte. Es war tatsächlich so, wie Kregel gemutmaßt hatte. Krause und Bruhn, vielleicht auch nur einer der beiden, waren die Täter. Oder irgendeine andere Person an der Universität, die Zugang zu den Computerräumen hatte …

Andresen stieß einen leisen Fluch aus und schlug mit den Handballen auf das Lenkrad. Dann bog er in die Possehlstraße ein und versuchte, sich auf das Chaos im allmorgendlichen Berufsverkehr zu konzentrieren. Doch etwas hatte seine Aufmerksamkeit erregt. Er wusste noch nicht, was es war, aber er war sich mit einem Mal sicher, dass etwas nicht stimmte.

Kregel und Barbara warteten wie vereinbart vor dem Rechenzentrum, das in direkter Nähe zu dem Gebäude der medizinischen Fakultät lag, in dem sich unter anderem auch Professor Langhans' Räumlichkeiten befanden.

»Wer?«, rief Andresen schon von Weitem zu den beiden hinüber. An ihren Gesichtern sah er, dass sie seine Frage nicht verstanden hatten. »Wisst ihr schon, wer der Absender der E-Mail ist?«

»Nein, wir wissen nicht einmal, ob wir überhaupt herausfinden können, von welchem Rechnerzugang die Nachricht verschickt wurde. Jemand vom Rechenzentrum wird uns behilflich sein. Die sind bereits informiert.«

Andresen ging hinter den beiden her ins Innere des achteckig geformten Flachdachgebäudes, in dem die Drähte der Universität zusammenliefen und Bits und Bytes das allgemeine Vokabular beherrschten.

Ein blasser, unscheinbarer Mann von Mitte dreißig kam auf sie zu und begrüßte sie mit einem kurzen Nicken. Der Mann entsprach dem Inbegriff des Informatikers: die Haare in fettigen Strähnen zum Mittelscheitel gekämmt, unförmige Glasbausteine auf der Nase tragend und Kleidung, bei der Andresen einen Moment lang gezweifelt hatte, ob sie die totale Geschmacksverirrung oder vielleicht doch der letzte Schrei war.

Schüchtern reichte der Mann Andresen die Hand und stellte sich als Wolfgang Kopka vor. Andresen kam sofort zur Sache.

»Wie ich hörte, wissen Sie, weswegen wir hier sind und was Sie für uns herausfinden sollen.«

Der Mann, dessen Name Andresen bereits wieder entfallen war, nickte und tippte seine Brille an, die immer wieder nach vorne rutschte.

»Glauben Sie, dass Sie die E-Mail so weit zurückverfolgen können, dass Sie uns sagen können, wer dahintersteckt?«

Obwohl die Antwort lediglich ein einziges Wort mit zwei Buchstaben umfasste, dauerte es eine halbe Ewigkeit, so kam es Andresen vor, bis sie der Mann unter heftigen Stotteranfällen hervorgepresst hatte. Anschließend verschwand er im größten Raum des Gebäudes, um sich an einen der zahlreichen Computer zu setzen, deren Monitore wie Kontrollbildschirme aussahen.

»Weiß er, was er zu tun hat?«, fragte Andresen sicherheitshalber Barbara.

»Ich hoffe«, war die knappe Antwort. »Er scheint ein Meister seines Fachs zu sein – mit allen Nebenerscheinungen.« Barbara zwinkerte Andresen zu und lachte verschmitzt.

»Unsere IT-Leute haben getan, was sie konnten. Immerhin wissen wir jetzt, dass die E-Mail von hier aus verschickt wurde. Ein derart modernes Rechenzentrum wie dieses wird doch wohl in der Lage sein, diese bescheuerte E-Mail zurückzuverfolgen.«

»Jetzt bleib doch mal ruhig und warte ab, was sie herausfinden«, sagte Barbara in Richtung des aufgebrachten Kregel.

Andresen nahm auf einem der Stühle Platz, die im Eingangsbereich des Gebäudes standen.

Zwanzig Minuten dauerte es, ehe der Mann zurückkam. Ohne eine Miene zu verziehen, trat er auf sie zu und begann zähflüssig damit, einige Worte auszuspucken. Andresen tippte ungeduldig mit dem Fuß auf den Boden, was sich jedoch als kontraproduktiv herausstellte. Der Mann brach den angefangenen Satz ab und begann von Neuem. Nach etlichen Versuchen gelang es ihm endlich, ihn in einem Rutsch zu vollenden.

»Wir haben herausgefunden, wer die E-Mail versandt hat«, waren seine Worte.

Das folgende »Und?« schoss beinahe gleichzeitig aus den Mündern der drei Kripobeamten.

Die Antwort des Mannes erfolgte diesmal erstaunlich schnell.

»Die Nachricht wurde, wie Sie wissen, von einer privaten E-Mail-Adresse aus verschickt. Der Computeraccount, der dabei genutzt wurde, gehört Mark Bruhn. Er ist Medizinstudent im siebten Semester.«

Kregel klatschte augenblicklich seine Handflächen zusammen und stieß ein »Ich hab's gewusst« aus. Andresen hingegen hatte Zweifel ob des eindeutigen Beweises von Bruhns Schuld.

»Was heißt das?«, fragte Andresen. »Muss Bruhn zwangsläufig der Absender gewesen sein? Wenn sich jemand anderes in sein System eingehackt hat, dann ...«

Mit einem lang gezogenen »Kaum« unterbrach ihn der Mann vom Rechenzentrum. »Wir haben hohe Sicherheitsstandards. Es ist praktisch unmöglich, einen Zugang zu knacken.«

Andresen war überrascht, wie flüssig dem Mann plötzlich die Worte über die Lippen gegangen waren. Er musste an die auf den ersten Blick verworren klingende E-Mail-Adresse denken: *drawde@groeg.de*. »Wir müssen trotzdem den Besitzer dieser E-Mail-Adresse ausfindig machen«, sagte er.

Kregel beugte sich zu Andresen herüber und flüsterte beinahe, als er anfing zu reden.

»Unsere Leute sind an der Sache dran, können aber nicht sagen, wie lange es dauert. Da sind wohl auch einige datenschutzrechtliche Dinge zu klären. Aber ich verstehe ehrlich gesagt gar nicht, weshalb das noch wichtig ist. Du hast doch gehört, wer die E-Mail geschrieben hat. Jeder Staatsanwalt in diesem Land würde das als ausreichend bewerten, um gegen diesen Kerl einen Haftbefehl auszusprechen. Warum genügt dir das nicht?«

»Wer hat denn gesagt, dass mir das nicht reicht? Ich versuche lediglich, keine voreiligen Schlüsse zu ziehen, die ich anschließend wieder in die Tonne treten kann. Das Einmaleins eines jeden Kriminalpolizisten, wie du weißt.«

Obwohl nicht beabsichtigt, hatte er Kregel derart empfindlich getroffen, dass dieser ihn wutentbrannt stehen ließ und rasch zum Ausgang des Rechenzentrums lief.

»Kann ich noch etwas für Sie tun?«, stotterte der Mann neben Andresen plötzlich. »Andernfalls ...«

»Ich denke, wir sind für den Moment durch«, kam Barbara, die sich bislang zurückgehalten hatte, Andresen zuvor. »Es kann allerdings sein, dass wir noch einmal mit Ihnen sprechen müssen.«

Der Mann nickte und verabschiedete sich, ohne etwas zu sagen. Andresen war erleichtert, dass das anstrengende Gespräch ein Ende gefunden hatte. Auch wenn das Ergebnis nicht das war, was er erhofft hatte, glaubte er, der Auflösung des Falls einen weiteren Schritt nähergekommen zu sein.

Bevor sie den Haftbefehl gegen Mark Bruhn ausstellten, wollte Andresen jedoch zunächst die aktuellen Entwicklungen, die sich in den vergangenen zwei Stunden zugetragen hatten, in der Ermittlungsgruppe besprechen und sich vor allem das Okay von Sibius einholen.

***

Es war kurz nach zehn, als sie sich im Besprechungszimmer versammelten. Andresen berichtete in aller Kürze von den Geschehnissen, die sich seit Freitagabend ereignet hatten, und den neuen Erkenntnissen über Florian Krause. Anschließend erzählte er von seinem Telefonat mit Birnbaum und dessen Theorie, der Mörder sei womöglich früher schon einmal auffällig geworden. Dann gab er das Wort an Barbara weiter und bat sie, von dem Gespräch mit dem Mitarbeiter des Rechenzentrums der Universität zu berichten.

Kregel, der zwei Plätze von Andresen entfernt saß, lehnte sich mit verschränkten Armen auf seinem Stuhl zurück und verzog keine Miene.

»Ich bin der Meinung, wir sollten ihn in U-Haft nehmen. Alles andere wäre höchst fahrlässig«, mischte er sich wieder ein, als Barbara fertig war.

Andresen fuhr dazwischen und äußerte seine Bedenken hinsichtlich der E-Mail-Adresse, die keine universitätseigene Domäne besaß, sondern privat eingerichtet worden war.

»Das kann jeder gewesen sein. Vielleicht hat der Täter ganz bewusst Bruhns Passwort geknackt, um uns auf eine falsche Fährte zu locken.«

Bevor Kregel erneut ansetzen konnte, kam ihm Sibius zuvor.

»Lasst uns erst am Ende der Sitzung über mögliche Schlüsse und Maßnahmen reden. Vorher würde ich gerne auf etwas zu sprechen kommen, das mir heute Morgen mitgeteilt wurde.«

Andresen registrierte, dass Niels etwas auf der Seele brannte, was er loswerden wollte. Durch Sibius' Vorstoß musste er sich allerdings einen Moment gedulden.

Andresen spürte Anspannung in sich hochsteigen. Irgendetwas sagte ihm, dass der noch allzu junge Montagmorgen mit weiteren Überraschungen aufwarten würde.

»Mein norwegischer Kollege aus Bergen hat ein Fax geschickt, in dem er schreibt, dass sie in den letzten Tagen alle Hebel in Bewegung gesetzt haben, um Florian Krause zu finden.«

Mit einem Mal war es mucksmäuschenstill im Raum. Jeder wusste, dass die Information, die Sibius erhalten hatte, von entscheidender Bedeutung sein konnte.

»Leider sind die Nachrichten ziemlich betrüblich. Es ist ihnen nicht gelungen, Krauses Aufenthaltsort festzustellen. Wir können nicht einmal ausschließen, dass sich Krause in den Account seines besten Freundes Mark Bruhn eingehackt hat.«

»Oder sie haben es zusammen getan. Diese Option sollten wir nicht außer Acht lassen.«

Kregels Einwand traf den Nerv der anwesenden Kriminalbeamten. Andresen wusste, dass die Theorie der zwei Täter noch immer wie ein penetranter herbstlicher Nebel über den Ermittlungen hing. Bislang hatten sie lediglich die Aufzeichnungen von Meike Kalm und die E-Mail an Wiebke, die darauf schließen ließen, dass die Morde an den beiden Frauen tatsächlich von zwei Personen begangen worden waren.

Andresen dachte noch einmal über Kregels Worte nach. Birnbaum hatte mit keinem Wort erwähnt, dass er das Gefühl gehabt hatte, es hätten sich zwei Männer an den Frauen vergangen. Es waren schließlich auch nur von einer Person DNA-Spuren sichergestellt worden. Was zum Teufel passte hier nicht?

»Eines steht allerdings in jedem Fall fest«, fuhr Sibius fort. »Wir müssen Krause finden, egal wie. Parallel dazu werde ich die Festnahme von Mark Bruhn anordnen. Nicht nur, dass er unter Mordverdacht steht. Er ist momentan wohl auch die einzige Person, die uns weiterhelfen kann.«

Andresen musste daran denken, dass jemand bei einer der letzten Besprechungen erwähnt hatte, dass Krause als Vollwaise aufgewachsen war, nachdem seine Eltern bei einem tragischen Unglück ums Leben gekommen waren.

»An dieser Stelle kann ich übrigens auch mitteilen, dass der Abgleich der DNA unserer Verdächtigen mit den an den Tatorten gefundenen Spuren bislang keinerlei Übereinstimmung gebracht hat. Dies gilt für Rüdiger Kalm und Georg Kiffmeyer.« Sibius holte Luft. »Und auch für Mark Bruhn. Was das tatsächlich zu bedeuten hat, werden wir noch sehen«, fügte er schnell hinzu.

Also doch nicht, überlegte Andresen. Er hatte von Anfang an daran gezweifelt, dass Bruhn etwas mit der Sache zu tun hatte. Wobei, ruderte er umgehend zurück, Beihilfe konnte er durchaus geleistet haben.

»Uns fehlt die Speichelprobe von Professor Langhans. Wir haben mittlerweile sogar verwertbare DNA von Krause auftreiben können. Die Ergebnisse liegen jedoch noch nicht vor. Ich hoffe, dass das Resultat positiv ist, damit wir die Bestätigung haben, dass er es war, auch wenn wir momentan nicht einmal ansatzweise wissen, wo er sich gerade aufhält«, endete Sibius.

Andresen blickte zu Niels, der mittlerweile keine Anstalten mehr machte, etwas zu sagen. Seine trotzige Haltung zeigte Andresen, dass die Ergebnisse, die Sibius soeben präsentiert hatte, in Wahrheit sein Verdienst waren. Er hatte die Informationen zusammengetragen, den Kontakt nach Norwegen gehalten und die DNA-Proben veranlasst. Dass sein Chef jetzt die Früchte seiner Arbeit erntete, frustrierte ihn sichtlich.

Andresen fiel auf, dass sie über ein Thema noch so gut wie gar nicht gesprochen hatten. Etwas, das für ihn jedoch von größter Bedeutung war, weil es ihn nicht nur aus beruflichen, sondern auch aus privaten Gründen betraf. Möglichst neutral, um keinen Verdacht hinsichtlich ihrer Affäre aufkommen zu lassen, aber dennoch bestimmt ergriff er das Wort.

»Was werden wir tun, um Wiebke Hennings zu finden? Wir sollten mehr Leute für die Suche nach ihr abstellen.«

Seine Worte waren an Sibius gerichtet. Letztlich musste er darüber entscheiden, ob sie nach der Journalistin lediglich fahndeten, ohne größeren Personaleinsatz, oder aber mit Hundertschaften nach ihr suchen, Gelände durchkämmen, Durchsuchungsbefehle in Zehnerkarten beschaffen und das Ganze an die Presse geben sollten, damit diese den Druck auf den mutmaßlichen Täter erhöhte.

Nicht selten hatte Sibius in solchen Situationen schon gekniffen und war unangenehmen Fragen aus dem Weg gegangen. Die folgende Antwort schien jedoch durchdacht und selbst für Andresen nachvollziehbar.

»Wie ich eben bereits erklärt habe, werden wir uns zuallererst um Bruhn und Krause kümmern. Wenn es tatsächlich so sein sollte, dass die beiden etwas mit dem Verschwinden von Frau Hennings zu tun haben, würden wir zwei Fliegen mit einer Klappe schlagen. Wir sollten natürlich nicht außer Acht lassen, dass ihr etwas anderes zugestoßen sein kann. Ich würde allerdings gerne noch ein oder zwei Tage warten, bevor wir eine Großfahndung nach Krause einleiten.«

»Es kann zu spät sein«, erwiderte Andresen. »Wir wissen doch auch gar nicht, ob Krause nicht noch in Norwegen ist. Dann könnten wir uns die Suche nach ihm sparen.«

Sibius antwortete nicht, sondern schlug demonstrativ seine Mappe zu. Die Besprechung war beendet, die wichtigsten Dinge geklärt. Ohne zu wissen, wie es nun eigentlich genau weitergehen sollte, schlich Andresen aus dem Sitzungsraum. Hinter sich hörte er mit einem Male, wie Kregel seinen Namen rief. Er drehte sich um und sah ihm direkt in die Augen.

»Ich wollte dich fragen, ob wir uns nicht noch einmal zusammensetzen sollten, um über den Fall zu sprechen. Warum bringen wir unsere unterschiedlichen Herangehensweisen und Vorstellungen nicht einfach zusammen und diskutieren darüber, wie normale Menschen es tun?«

Kregels Worte waren das Vernünftigste, was er an diesem Morgen bislang gehört hatte. Und doch wollten sie so gar nicht zu Kregel passen. Ohne ihm zu antworten, drängte Andresen sich an ihm vorbei und ging einige Schritte zurück in Richtung Kaffeeautomat. Während er auf seinen doppelten Espresso wartete, wandte er sich wieder Kregel zu.

»Von mir aus können wir sofort loslegen.«

Andresens Worte gingen in dem Lärm unter, den Barbara verursachte, als sie plötzlich wie eine Wahnsinnige aus ihrem Büro gestürzt kam. Andresen und Kregel sahen sie mit großen Augen an.

»Man hat Krause gefunden.«

Andresens Puls schoss in weniger als drei Sekunden auf hundertachtzig. »Wo ist er denn gerade? Noch in Norwegen?«

»Ganz exakt kann ich es nicht sagen. Ich glaube, es spielt allerdings auch keine große Rolle mehr. Florian Krause ist tot. Er hat sich von der Fähre, die zwischen Oslo und Kiel verkehrt, gestürzt.«

23

Andresen saß auf dem Besucherstuhl, der in Barbaras und Niels' Büro stand, und vergrub seinen Kopf zwischen seinen Armen. Es gab keinen Zweifel, dass es sich bei der Leiche, die man vor der dänischen Küste aus dem Wasser gezogen hatte, um Florian Krause handelte. Die Narben der Verbrennungen an seinem Körper waren ein untrügliches Zeichen bei der Identifizierung gewesen.

»Stand er auf der Passagierliste? Wenn ja, warum hat ihn die norwegische Polizei überhaupt an Bord gelassen? Die wussten doch Bescheid, dachte ich.«

Barbara zuckte mit den Schultern und versprach ihm, die Liste anzufordern.

»Ich weiß nicht, wie es euch geht, aber für mich ergibt das alles keinen Sinn«, fuhr Andresen fort. »Ich bezweifle, dass sich Krause von der Fähre gestürzt hat. Woher wissen wir denn, dass es tatsächlich so war?«

Barbara blickte ihn an. »Ich habe lediglich das weitergegeben, was mir der Kollege aus Kiel am Telefon mitgeteilt hat. Er wiederum hatte die Info von der dänischen Polizei und dem Kapitän des Schiffs.«

»So eine Scheiße!«, brach es unvermittelt aus Andresen heraus. »Das darf doch nicht wahr sein. Wie lange braucht es denn, bis wir hier endlich die notwendigen Fakten geliefert bekommen? Was interessiert mich denn schon, was die Dänen wissen? Wir müssen im Bilde sein. Habt ihr überhaupt eine Ahnung, was es heißen kann, wenn Krause tatsächlich aus freien Stücken in den Tod gesprungen ist? Oder was es auch nicht heißen kann?«

Andresen sprang auf und verließ frustriert das Büro.

Die Gespräche mit den Kieler Kollegen, der norwegischen Polizei, dem ersten Offizier des Schiffes und dem Reedereivertreter waren ernüchternd verlaufen. Am Selbstmord Krauses gab es jedoch keinerlei Zweifel, wenn man der Schiffscrew Glauben schenkte. Mehrere Passagiere hatten beobachtet, wie Krause am späten Abend im Heckbereich der Fähre auf die Reling geklettert war und einige Sekunden dort verharrt hatte. Plötzlich musste er sich einfach abgestoßen haben und war im dunklen Einerlei aus Wasser und Nacht verschwunden. Das Schiff befand sich zu diesem Zeitpunkt irgendwo im Kattegat zwischen Göteborg und Helsingborg. Aufgrund der Strömung war Krauses Körper allerdings in Richtung Dänemark getrieben worden, wo man die Leiche am nächsten Morgen rund zwei Kilometer vor der Küste entdeckt hatte.

Barbara hatte sich die Namen der Passagiere notiert, die Krauses Todessprung beobachtet hatten. Zumindest mit ein paar davon mussten sie sprechen und deren Aussagen überprüfen.

Die andere Sache, die Andresen so wütend gemacht hatte, stellte sich weitaus komplizierter dar. Weder die Reederei noch die Kollegen aus Oslo und Bergen konnten sich erklären, wie Florian Krause an Bord des Schiffes gelangt war. Nachdem sie die Passagierliste überprüft hatten, war die Verwirrung noch größer gewesen. Krauses Name war nicht zu finden. Barbara war dennoch auf Nummer sicher gegangen und hatte die Liste angefordert, um die Gewissheit auch schwarz auf weiß zu haben.

Gerade war das letzte Blatt unter lautem Quietschen durch das Faxgerät gerattert. Bevor sie Andresen über die Neuigkeiten informierte, wollte sie sich selbst vergewissern, dass Florian Krause offiziell nicht an Bord gewesen war. Ohne dass sie nur eine einzige Seite der alphabetisierten Liste weiterblätterte, sprang Barbara auf, stürzte auf den Flur und rannte in Richtung des hintersten Büros auf der rechten Seite des Ganges.

Als Barbara in der Tür stand, fuhr Andresen in seinem Stuhl hoch und sah sie verstört an. Sie hatte hektische rote Flecken im Gesicht und wusste augenscheinlich nicht, ob sie etwas sagen sollte oder ihm die Zettel, die sie in der Hand hielt, einfach auf den Schreibtisch werfen sollte.

»Sieh dir das an, Birger! Der zwölfte Name von oben. Irgendetwas stinkt hier gewaltig. Krauses Namen findest du jedenfalls nicht auf der Liste.«

»Mark Bruhn«, flüsterte er. »Was hat das zu bedeuten?«

Barbara berichtete ihm in kurzen Sätzen von ihren Telefonaten und der vorläufigen Bestätigung, dass es sich bei Krauses Tod um Selbstmord handelte.

Nach einigen Momenten des Schweigens sagte Andresen schließlich: »Wir müssen dringend mit Bruhn sprechen.«

***

Während der Autofahrt musste Andresen an Wiebke denken. Was bedeuteten die neuesten Entwicklungen für ihr Verschwinden? Insgeheim hatte er vermutet, Krause befinde sich längst in Deutschland. Er hatte geglaubt, Krause habe die Morde begangen und halte womöglich auch Wiebke seit einigen Tagen gefangen.

Krause konnte gar nicht der Mörder der beiden Frauen sein. Es war unmöglich. Sein Medizinstudium, sein Aufenthalt in Norwegen, alles war nur aus dem einen Grund erfolgt: Er hatte zum Ziel gehabt, seinem Leben einen Sinn zu geben. Vielleicht hatte es nicht funktioniert, und der Freitod war die einzige Lösung für ihn gewesen. Nicht mehr und nicht weniger. Dass er vor Jahren wegen sexueller Belästigung angezeigt worden war, hatte nichts mit diesem Fall zu tun. Und dass es ausgerechnet Wiebke gewesen war, die ihn angezeigt hatte, musste reiner Zufall sein. Florian Krause war womöglich weder Edward noch Georg.

Seine Gedanken wanderten wieder zurück zu dem, wovon sie noch bis vorhin ausgegangen waren. Krause und Bruhn als Edward und Georg. Vielleicht auch andersherum.

Andresen massierte seine Schläfen und knirschte mit den Zähnen. Sein Kopf nickte monoton im Rhythmus der Schlaglöcher, durch die Barbara den Wagen steuerte. Etwas Entscheidendes stand bevor. Er wollte endlich die Wahrheit von Bruhn erfahren.

Mark Bruhn wohnte nur unweit der Universität in einem der Studentenwohnheime. Das Haus wirkte ebenso kahl wie einige der Fakultätsgebäude, die sie besucht hatten.

Andresen stieß die nur angelehnte Tür zum Wohnheim drei auf. Im Gang roch es nach Putzmitteln und Farbe. Wohnlichkeit sah in Andresens Vorstellung anders aus. Bruhn wohnte im Erdgeschoss, das hatten Andresen und Barbara dem überdimensionalen Klingelschild nach minutenlanger Suche entnommen.

Die Tür zur Wohnung stand sperrangelweit offen. Laute Stimmen, die durch eine weitere Tür im Innern der Wohnung gedämpft wurden, drangen nach draußen. Offensichtlich stritt ein Mann mit einer Frau. Bei der männlichen Stimme war sich Andresen sicher, dass es sich um die von Mark Bruhn handelte.

Gerade als Andresen glaubte, einzelne Gesprächsfetzen aneinanderreihen zu können, riss jemand die Tür auf und stürmte an ihnen vorbei auf den Hausflur in Richtung Ausgang. Andresen war derart perplex, dass es einige Augenblicke dauerte, ehe er eine Reaktion zeigte. Die Überraschung darüber, wer da gerade an ihm vorbeigeschossen war, hatte ihn verharren lassen. Was zum Teufel machte Dagmar Kalm hier?

»Barbara, lauf hinter ihr her! Wir müssen wissen, weshalb sie hier war. Ich kümmere mich allein um Bruhn.«

Die Zimmertür, aus der sie herausgestürmt war, öffnete sich erneut, und ein sichtlich zerfahrener Mark Bruhn trat in den Flur. Seine Konfusion steigerte sich noch, als er Andresen erblickte.

»Überrascht, mich zu sehen?«, fragte Andresen. »Ihr Besuch hatte es ziemlich eilig. Was wollte Frau Kalm denn von Ihnen?«

»Was interessiert Sie denn das? Wer hier ein und ausgeht, ist ja wohl meine Sache. Was suchen Sie hier überhaupt?«

Andresen war genau im richtigen Moment erschienen. Bruhn war aufgebracht, nachdem er sich ein hitziges Wortgefecht mit Dagmar Kalm geliefert hatte. Jetzt zeigte sich Bruhn von seiner anderen, unkontrollierten Seite.

»Wir haben einige Neuigkeiten, die nicht ganz uninteressant für Sie sein dürften.«

»Geht es noch immer um die Morde?«, fragte Bruhn genervt. »Ich habe langsam wirklich keine Lust und Zeit mehr, Ihnen ständig Rede und Antwort stehen zu müssen. Sie sehen doch, was Sie damit anrichten. Meikes Mutter wirft mir vor, ihre Tochter umgebracht zu haben.«

»Und? Was haben Sie ihr gesagt?«

»Was soll denn der Scheiß?« Bruhn wurde mit einem Mal lauter. »Das haben wir doch alles bereits besprochen. Ich habe nichts mit der Sache zu tun, also lassen Sie mich jetzt bitte in Ruhe.«

»Florian Krause ist tot«, sagte Andresen nüchtern.

Bruhns Gesichtszüge entglitten.

»Wie es aussieht, hat er Selbstmord begangen. Man hat seine Leiche im Meer vor Dänemark gefunden. Er hat sich offenbar von einer Fähre gestürzt.«

Bruhn wirkte schockiert. Seine Betroffenheit schien echt zu sein. War er ein so guter Schauspieler, dass er seine Trauer derart filmreif darstellen konnte? Wenn er schon seit gestern oder vorgestern über Krauses Tod Bescheid wusste, hätte er genügend Zeit gehabt, sich auf diese Situation vorzubereiten.

Bruhns Gesichtsausdruck veränderte sich. Er wirkte jetzt nachdenklich. Augenscheinlich war ihm etwas eingefallen.

»Ich glaube, mir wird jetzt einiges klar«, sagte er. »Sie sind hier, weil Sie meinen anstelle von Florians Namen auf der Passagierliste gefunden haben, nicht wahr?«

Andresen zeigte keine Reaktion. Es konnte sich immer noch alles nur um ein Spiel von Bruhn handeln.

»Verdammt!« Bruhn trat mit dem Fuß gegen eine alte Holzkommode, woraufhin einer der Schubladenknöpfe absprang. »Hätte ich das gewusst, hätte ich mich doch niemals darauf eingelassen. Das müssen Sie mir glauben.«

»Worauf?«, hakte Andresen nach.

»Na, das mit dem Namen. Er hat sich unter meinem Namen auf der Fähre eingecheckt, weil er doch überall gesucht wurde. Das hatte ich ihm natürlich vorher gesagt. Aber ich habe doch nicht geahnt, dass er sich umbringen will.«

Wieder klang seine Stimme brüchig. Trauerte der Sonnyboy

Mark Bruhn um seinen entstellten Kumpel Florian Krause? Sollte Andresen ihm das abkaufen?

»Weshalb wollte er zurück nach Deutschland und warum haben Sie uns nicht gesagt, dass Sie Kontakt zu ihm hatten?«

Bruhn ging zurück in den Raum, in dem er zuvor seinen Streit mit Dagmar Kalm ausgetragen hatte. Andresen folgte ihm und schloss die Tür hinter sich.

»Wissen Sie was, ich glaube Ihnen kein Wort«, sagte er unvermittelt, in der Hoffnung, auf diese Weise noch mehr aus seinem Gegenüber herauskitzeln zu können. Tatsächlich fing Bruhn in diesem Augenblick an zu reden.

»Es ist wirklich traurig, dass Sie Florian nicht kennenlernen konnten. Andernfalls könnten Sie wahrscheinlich verstehen, was für ein Mensch er war.«

»Sagen Sie es mir.«

»Ich bin gerade dabei«, fuhr Bruhn leicht genervt fort. »Kennengelernt habe ich ihn vor einigen Jahren während meiner Zivildienstzeit. Er war für mich am Anfang jemand, mit dem ich nichts zu tun haben wollte, da bin ich ganz ehrlich. Nicht nur seine Optik hat mich abgeschreckt, ich dachte anfangs auch, er hätte 'ne Macke, so wie er sich manchmal verhalten hat. Dass er manche Dinge allerdings nur tat, um sein Schicksal verarbeiten zu können, habe ich erst viel später erfahren, als wir uns im Studium wiedertrafen.« Bruhn atmete tief durch. »Florian hatte weder Familie noch Freunde, niemanden, mit dem er über seine Probleme reden konnte.«

»Und Sie haben sich erbarmt und sich mit ihm angefreundet, um gleichzeitig auch noch jemanden an Ihrer Seite zu haben, über den sich alle lustig machen konnten«, warf Andresen ein.

»Soll ich Ihnen von Florian erzählen oder wollen Sie mich fertigmachen?« Bruhn schienen Andresens Bemerkungen ernstlich zuzusetzen.

»Was hatte es mit seinen Brandnarben auf sich? Wann hat er sie sich zugezogen?«, fragte Andresen.

Bruhn sah ihn mit fragendem Blick an, als sei er sich sicher, es Andresen bereits bei einem ihrer Gespräche erzählt zu haben.

»Florian hat mir die ganze Geschichte eines Tages erzählt,

als er sich psychisch in einem fürchterlichen Zustand befand. Er hatte gerade seine Langzeittherapie beendet, weil er die Schnauze voll hatte von Psychologen, die ihm nicht weiterhelfen konnten und wollten.«

Andresen hörte gespannt zu, wurde aber langsam ungeduldig. Mit einem Kopfnicken zeigte er an, dass Bruhn fortfahren sollte.

»Er ist an der Westküste geboren, irgendwo in einem Kaff bei Heide. Florian war noch ein Kind, als es passiert ist. Sie wohnten in einem alten Reetdachhaus, und genau das wurde der Familie zum Verhängnis.« Bruhn hustete. »Die meisten Dinge, also ich meine die Hintergründe, hat Florian erst viel später erfahren. Ich glaube, manchmal hat er sich gewünscht, die Polizei hätte keine weiteren Untersuchungen zur Brandursache vorgenommen.«

Andresen runzelte die Stirn. Er wollte jetzt endlich wissen, was mit Krause geschehen war, ehe er auf den eigentlichen Grund seines Besuches zu sprechen kommen würde.

»Man hat schließlich herausgefunden, dass Florians Vater das Feuer gelegt hat. Er wollte seine gesamte Familie einschließlich sich selbst umbringen. Florian war der Einzige, der überlebt hat, wenn auch mit schwersten Verletzungen.«

»Weshalb hat sein Vater das Feuer gelegt?«

»Schulden, und nicht zu knapp. Angeblich auch Eheprobleme. Florian ist bei dieser Sache allerdings nie ins Detail gegangen.«

Andresen nickte.

»Verstehen Sie jetzt vielleicht, warum das alles passiert ist? Ich wollte ihm helfen, weil er auch mir geholfen hat. Und jetzt ist er tot.«

»Wie meinen Sie das, dass er Ihnen geholfen hat?«, fragte Andresen.

»Als es mir wegen Sina nicht so gut ging, war ausgerechnet Florian zur Stelle und hat mich unterstützt.«

»Sie reden von Ihrem respektlosen Verhalten Meike Kalm gegenüber?«, fragte Andresen. »Hat er sie darin bekräftigt?«

»Nein, das meine ich nicht«, erwiderte Bruhn. »Ich spreche

davon, dass ich mit ihm über meine Probleme mit Sina sprechen konnte und er ein offenes Ohr für mich gehabt hat.«

Andresen hatte genug gehört. Er musste jetzt handeln, so wie er es zuvor mit Barbara abgestimmt hatte.

»In Ordnung, es reicht jetzt. Ich weiß nicht, was von Ihrer Geschichte der Wahrheit entspricht und was nur Ihrer Fantasie entstammt. Sie sind hiermit vorläufig festgenommen, da Sie unter dem dringenden Verdacht stehen, in die Morde an Sina Reimer und Meike Kalm verwickelt zu sein. Wir sind im Besitz von Indizien, die Sie schwer belasten.«

Er klärte Bruhn mit wenigen Worten über dessen Rechte auf, legte ihm mit einer raschen Bewegung Handschellen an und gab mit einem lauten Pfiff ein Zeichen, auf das zwei Kollegen von der Schutzpolizei, die er auf der Fahrt hierher angefordert hatte, herbeigeeilt kamen und den konsternierten Bruhn abführten.

Andresen zückte sein Handy und rief im Präsidium an, um die Spurensicherung anzufordern. Anschließend trat er ins Freie. Eine letzte Frage musste er Bruhn noch stellen, ehe sie ihn mit aufs Präsidium nahmen. Er sah, dass Bruhn bereits im Einsatzwagen saß, und entschied schnell, neben ihm auf der Rückbank Platz zu nehmen.

»Haben Sie eigentlich ernsthaft geglaubt, damit durchzukommen?«

»Ohne meinen Anwalt sage ich überhaupt nichts mehr«, antwortete Bruhn.

»Ihre Entscheidung«, konterte Andresen ruhig. »Eine Sache will ich aber noch von Ihnen wissen. Was haben Sie mit Wiebke Hennings gemacht? Wo befindet sie sich? Ist sie noch am Leben?«

Bruhn sah ihn fragend an, reagierte aber nicht.

»Wird's bald?« Andresen wurde lauter. »Antworten Sie mir! Wo ist Wiebke Hennings?«

Schließlich antwortete Bruhn.

»Herr Kommissar, ich weiß beim allerbesten Willen nicht, wovon Sie sprechen. Ich kenne keine Wiebke Hennings.«

24

Andresen fühlte sich ausgelaugt und frustriert. In seinem Haus war es erdrückend still, und es gab nichts, was ihn aus seinen trüben Gedanken herausreißen konnte.

Nach Bruhns Verhaftung war er in ein Loch gefallen, Zweifel und Angst hatten sich ihren Weg in seine Gedanken gefressen. Nicht einmal das Gefühl der Leere, das sich sonst immer nach einem abgeschlossenen Fall ausbreitete, wollte sich einstellen. Tief in seinem Innern war ihm längst bewusst, was ihn zweifeln ließ. Die Beweislage gegen Bruhn war überaus dünn. Lange würden sie ihn nicht in Untersuchungshaft halten können. Da es nicht seine Spuren gewesen waren, die man an den Mordopfern gefunden hatte, kam er höchstens als Mittäter infrage. Waren es also doch zwei Täter gewesen? Krause, überlegte Andresen. Sofort schüttelte er den Kopf. Er konnte unmöglich die Morde begangen haben.

Auch die Tatsache, dass Wiebke noch immer nicht aufgetaucht war und Bruhn behauptete, sie nicht einmal zu kennen, hatte ihn in Unruhe versetzt. Hatten sie womöglich doch den Falschen verhaftet? Und wo um alles in der Welt sollte er nach Wiebke suchen? Andresen hoffte, dass das morgige Verhör Bruhns endlich Klarheit bringen würde.

Er schaltete den Fernseher aus und holte sich ein Bier aus dem Kühlschrank. Einem plötzlichen Gefühl folgend griff er nach seinem Handy, das auf dem Küchentisch lag, und wählte die Nummer von Meret. Nach dem dritten Klingeln hob sie ab.

»Hallo, Meret, Birger hier. Wie geht es dir?«

»Birger? Das ist aber mal 'ne Überraschung. Ich hatte eben gerade noch …«

»Spar es dir, bitte. Ich rufe an, weil ich mit dir sprechen muss, beruflich. Hast du Zeit?«

»Wann, jetzt?«

»Ja, kann ich bei dir vorbeikommen?«

»Es ist so, dass …«

»Ist Helena bei dir?«

»Ja. Ich kann ihr aber sagen, dass du mit mir unter vier Augen sprechen willst.«

»Brauchst du nicht, sie kann ruhig dabei sein. Ich bin dann gleich bei dir.«

Andresen legte auf und ärgerte sich im selben Augenblick über sich selbst, weil er nicht darauf bestanden hatte, allein mit ihr zu reden. Er hatte keinerlei Verlangen danach, Helena Menke über den Weg zu laufen.

***

Als Meret die Tür öffnete, war Andresen einen Moment lang verwirrt. Sie hatte sich verändert. Ihre Haare waren kürzer als noch vor einigen Tagen, und auch die Haarfarbe schien eine andere zu sein. Obwohl er zugeben musste, dass ihm ihr neuer Look gefiel, fand er es gleichzeitig erschreckend, dass sie das Ende ihrer Beziehung so klischeehaft zur Schau stellen musste.

Für einen kurzen Augenblick überlegte er, ob er einfach wieder gehen sollte, entschied sich jedoch anders und trat ein. Von Helena Menke war nichts zu sehen.

Meret goss ihm ein Glas Weißherbst ein, der offen auf einem kleinen Beistelltisch stand. Sie hätte sich wenigstens die Mühe machen können, Helenas Glas wegzuräumen, dachte Andresen, als er die zwei benutzten Weinkelche erblickte.

»Dann schieß mal los«, sagte sie neugierig. »Weswegen willst du denn ausgerechnet mit mir über deine Arbeit reden?«

»Weil ich einfach mit jemandem über den Fall reden will und mir deine professionelle Sicht als Anwältin wichtig ist«, war seine Antwort.

»Ich hoffe, es ist kein billiger Vorwand, um über uns zu sprechen und mir Vorwürfe zu machen.«

Andresen begann in kurzen Sätzen von den Ereignissen der letzten Tage zu berichten. Obwohl er einen Moment lang überlegt hatte, Meret die Wahrheit über sich und Wiebke zu erzählen, beließ er es dabei, lediglich die ominöse E-Mail und Wiebkes Verschwinden zu erwähnen. Meret hörte aufmerksam zu, ihr Gesichtsausdruck verriet jedoch, dass sie nicht verstand, weshalb er mit seinem Anliegen zu ihr gekommen war.

»Was glaubst du?«, fragte Andresen.

»Du willst wissen, was ich glaube?«, erwiderte Meret erstaunt. »Du hast doch nie Wert auf meine Meinung gelegt. Warum ausgerechnet jetzt?«

»Das stimmt doch gar nicht«, sagte Andresen. »Aber wenn du nicht willst, dann lassen wir es eben. Ich hatte geglaubt, wir kämen vernünftig miteinander aus.«

Es war erbärmlich, was er hier tat, das wurde ihm schlagartig bewusst. Weshalb sagte er ihr nicht einfach die Wahrheit: Er konnte es nicht ertragen, dass sie mit einer Frau ihr Bett teilte, und dies alles war nur ein plumper Versuch von ihm, sie auszuhorchen. Mehr war es doch schließlich nicht, oder? Er wollte lediglich sichergehen, dass die Beziehung zu ihm kein Experiment für sie gewesen war. Aber warum zog er dann diese Show ab?

»Soll ich dir ernsthaft sagen, was ich von der Sache halte? Ich glaube, da steckt mehr dahinter. Weshalb sollte dieser Krause zwei Frauen auf derart brutale Weise ermorden, um sich dann aus Feigheit selbst in den Tod zu stürzen? Das ergibt für mich keinen Sinn. Und nach all dem, was du eben über Mark Bruhn erzählt hast, kann ich mir bei ihm noch weniger vorstellen, dass er zu so etwas fähig ist. Und an die Zwei-Täter-Theorie glaube ich auch nicht. Für mich klingt das alles so, als würde euch der Mörder an der Nase herumführen. Aber ihr seid da sicherlich die besseren Spürnasen. Ermittelt ihr denn noch in eine andere Richtung?«

Unschlüssig, was er sagen sollte, nickte Andresen und schob ein »Bist du sicher?« hinterher.

»Natürlich bin ich mir nicht sicher, das kann ja wohl auch kaum meine Aufgabe sein. Ich dachte, du wolltest meine Meinung hören.«

»Ja, ja, wollte ich auch.« Andresen stand auf. »Dann will ich dich nicht länger stören. Danke für deine Zeit.«

Er wandte sich ab und ging einige Schritte aus dem Zimmer

in Richtung Flur. Aus den Augenwinkeln sah er, dass Meret fast unmerklich den Kopf schüttelte und ihren Mund zu einer Grimasse verzog. Sein Blick wanderte unauffällig durch die Wohnung. Mit einem Mal spürte er den Drang in sich aufsteigen, einen Blick in die anderen Zimmer zu werfen.

Im Nachhinein konnte er sich an den Moment kaum mehr erinnern. Plötzlich hatte er die Tür zum Schlafzimmer aufgerissen und einer sichtlich erschrockenen Frau in einem Negligé gegenübergestanden. Helena Menke sah erholt aus, viel frischer als damals, als er sie kurzzeitig sogar verdächtigt hatte, in eine Mordserie verwickelt zu sein.

Das, was folgte, war ein klassischer Rausschmiss. Meret hatte ihn am Kragen gepackt und begleitet von einer Schimpfkanonade aus ihrer Wohnung geworfen. Was er sich einbilde, sie auf diese Art und Weise zu kontrollieren und ihr ins Gesicht zu lügen, hatte sie geschrien. Und weshalb er nicht akzeptieren könne, dass es aus zwischen ihnen sei.

Dann hatte sie die Wohnungstür ins Schloss geknallt. Wie ein begossener Pudel war Andresen die Treppe hinuntergeschlichen.

Erst als er unten angekommen war, konnte er wieder einen klaren Gedanken fassen. Nach und nach verwandelte sich seine Niedergeschlagenheit in Wut. War es nicht sein gutes Recht, etwas mehr darüber zu erfahren, warum sie von einem auf den anderen Tag zu Helena Menke zurückgekehrt war? Er trat im Vorbeigehen so heftig gegen einen Laternenpfahl, dass der Lichtschein in der Dunkelheit kurz bedrohlich aufflackerte.

Die Trennung von Meret machte ihm noch immer zu schaffen. Er hatte sie lediglich verdrängt. Die Affäre mit Wiebke und die Ermittlungen hatten ihr Übriges dazu beigetragen, dass er in den letzten Tagen kaum mehr an die zerbrochene Beziehung gedacht hatte.

Andresen ging die Mühlenstraße entlang. Tagsüber herrschte hier ein reges Treiben. Busse, Autos und Passanten nutzten den verlängerten Arm der Fußgängerzone, an dem sich zahlreiche Geschäfte, Kneipen und Fast-Food-Läden niedergelassen hatten.

Beim »Alten Zolln«, einer urigen Musikkneipe, in der er häufig verkehrte, bog er links ab. Von draußen hörte er Stimmen und die lauten Gitarren der Livemusiker. Er verlangsamte sein Tempo, weil er Probleme hatte, den Weg vor sich zu erkennen. Die Dunkelheit in dieser Gasse, die schlicht und einfach »An der Mauer« hieß, war bedrückend und bereitete ihm schlagartig ein ungutes Gefühl. Sofort waren die Bilder der Verbrechen in seinem Kopf, mit denen er alltäglich zu tun hatte.

Seine Gedanken bestanden nur noch aus einem Baukasten loser Fragmente, die sich ungefragt verselbstständigten und ihn nicht mehr zur Ruhe kommen ließen. Er musste dringend etwas dagegen unternehmen.

Mit schnellerem Schritt ging er weiter und bog nach einigen Metern in die Stavenstraße ein. Hier schien es ihm noch einen Tick dunkler zu sein. Die kleinen Gänge, die rechts und links unter den Häusern verschwanden, wirkten wie überdimensionale Augen, mit denen das Dunkle, das die Stadt in sich trug, versuchte, Kontakt mit ihm aufzunehmen. Eine Gänsehaut breitete sich angefangen von den Armen über seinen gesamten Oberkörper aus.

War der nächste Gang der richtige?, versuchte er sich zu erinnern. Oder doch erst …? Ein dumpfes Geräusch durchbrach die Stille der Nacht. Andresen erschrak. Für einen Moment glaubte er, Schritte auf dem unebenen Kopfsteinpflaster gehört zu haben. Dann wieder Stille. Langsam bewegte er sich weiter in Richtung des Ganges, in dem er Wiebkes kleines Haus vermutete. Möglichst unauffällig drehte er sich um. Er hatte das Gefühl, als verfolge ihn jemand.

Andresen überlegte, umzukehren und einfach nach Hause zu gehen. Was sollte es schon bringen, noch einmal Wiebkes Wohnung nach möglichen Hinweisen zu durchkämmen? Er selbst, aber auch die Kollegen von der Spurensicherung hatten doch bereits alles auf den Kopf gestellt. Und auf dem Computer, den sie vorsichtshalber mitgenommen hatten, hatten sie auch nichts gefunden.

Da, schon wieder dieses dumpfe Geräusch!

Er hatte keine Zeit mehr, darüber nachzudenken. Wenige Meter vor ihm stürzte jemand in die dunkle Gasse. Für den Bruchteil einer Sekunde sah ihm ein Mann direkt in die Augen, ehe er die Stavenstraße hinaufrannte und irgendwo im Schatten der St.-Aegidien-Kirche verschwand. Andresen blickte wie erstarrt hinter ihm her, unfähig, die Verfolgung aufzunehmen. Der Schreck war ihm so tief in die Beine gefahren, dass sie wie gelähmt wirkten, als er loslaufen wollte.

Wer war dieser Mann? In der Dunkelheit hatte er das Gesicht nur schemenhaft erkennen können. Der Mann trug eine Brille. Und einen Rucksack. Aber ansonsten?

Alles war viel zu schnell gegangen. Und trotzdem, der kurze Moment, in dem sie sich gegenübergestanden hatten, hatte sich bei ihm eingebrannt.

In der Erkenntnis, dass es ohnehin zu spät war, hinterherzulaufen, bog er in den kleinen Gang ab. Er musste aufpassen, dass er sich nicht den Kopf anstieß. Der Gang war höchstens einen Meter fünfzig hoch und so schmal, dass er sich fragte, wie es den Leuten, die hier wohnten, gelang, ihre Möbelstücke in die im Hinterhof liegenden Häuser zu transportieren.

Am Ende der schmalen Unterführung wurde es endlich etwas heller. Er hatte den Hinterhof erreicht, in dem auch Wiebkes kleines Haus lag. Zwischen all den Rosensträuchern, Hauseingängen und Bänken brannten zwei alte Laternen, die die ganze Szenerie in ein schummriges Licht tauchten. Stück für Stück verschwand seine Anspannung. Und dennoch, die vagen Umrisse des Mannes, dem er vorhin begegnet war, wollten ihm nicht mehr aus dem Kopf. Weshalb war er wie jemand, der auf der Flucht war, aus dem Häusergang gestürmt? Und zwar genau aus dem Häusergang, in dem auch Wiebke wohnte?

Im Licht einer der Laternen kramte Andresen den Schlüssel für das Haus aus seiner Hosentasche. Er befand sich seit seinem letzten Besuch am Wochenende dort, als er mit Barbara hier gewesen war und sich unerlaubterweise Zutritt verschafft hatte. Beim Verlassen der Wohnung hatte er den Ersatzschlüssel von der Kommode genommen und ihn in seiner Tasche verschwinden lassen.

Vorsichtig und so leise wie möglich schloss er die alte Holztür auf und verschwand im Innern des einsamen, windschiefen Lübecker Ganghauses.

25

Das Gesicht. Er konnte es plötzlich sehen in all dem Dunkel. Und das Entscheidende war, er konnte es auch erkennen. Es grinste ihn breit an, und die Brille auf dessen Nase wackelte unablässig, als wollte es ihm auf diese Weise bestätigen, dass er endlich herausgefunden hatte, was ihn seit Tagen beschäftigte.

Aber was machte dieses Gesicht überhaupt hier? In Wiebkes kleinem Ganghaus, das plötzlich aussah wie eins der Hexenhäuschen, die er aus seiner Kindheit kannte? Er hatte das Gefühl, als verformten sich all die Gegenstände um ihn herum zu kleinen, warzigen Runzelgesichtern mit Augen, die nur auf ihn gerichtet waren.

Es gab keinen Zweifel mehr, wer der Mann war. Er war noch einmal zurückgekehrt, um sich zu zeigen. Aber was sollte er jetzt tun? Er musste Verstärkung rufen, allein war die Situation viel zu gefährlich. Vorsichtig sah er sich um. Von überall zischten ihm jetzt die kleinen fiesen Gesichter undefinierbare Laute entgegen. Nach und nach kam die Angst zurück, die er glaubte besiegt zu haben. Nicht die Angst, dass ihm selbst etwas zustoßen könnte. Es war vielmehr eine Angst, die sich einstellte, wenn er an die Taten dachte, die dieser Mann, der ihn gerade so durchdringend anblickte, noch begehen könnte. Dieser Mann, bei dem er das Gefühl hatte, er befände sich unmittelbar davor, die Schwelle zum Wahnsinn zu überschreiten.

Er schloss die Augen und wandte sich ihm langsam wieder zu. Vielleicht würde es ihm gelingen …

Verdammt! Wo war es hin? Das grinsende Gesicht, es war weg. Niemand war mehr zu sehen, alles um ihn herum war wieder ruhig.

Er spürte jetzt seinen Herzschlag, die Halsschlagader pumpte so stark, dass er befürchtete, zu hyperventilieren.

Durch eins der Fenster drang plötzlich Licht. In wenigen Sekunden war der gesamte Raum von einer gleißenden Helligkeit erfüllt. Erfolglos versuchte er sich gegen die Lichtstrahlen zu wehren, indem er die Hände vors Gesicht schlug und hinter einer Kommode Deckung suchte. Das Licht war jetzt überall.

In diesem Moment gab es einen Knall, und von einer auf die andere Sekunde saß Andresen senkrecht in seinem Bett. Er hörte eine Uhr ticken irgendwo in einem der anderen Zimmer. Dann sah er neben sein Bett und blickte auf die Nachttischlampe. Die Glühbirne war zerbrochen. Er hatte die kleine Lampe im Schlaf umgestoßen.

Einige Augenblicke vergingen, bevor Andresen erkannte, was passiert war. Er hatte geträumt. Einen fürchterlichen Albtraum, aus dem er gerade schweißgebadet erwacht war. Sein nächtlicher Ausflug in Wiebkes Wohnung hatte ihn bis in den Schlaf verfolgt.

Auf der alten Digitaluhr sah er, dass es gerade einmal halb sechs war. Er hatte höchstens fünf Stunden geschlafen. Andresen atmete durch und raffte sich auf, um ein Glas Wasser aus der Küche zu holen. Erst als das kalte Wasser seinen trockenen Mund befeuchtete, verzog sich der nächtliche Nebel, der sich um sein Hirn gelegt hatte, allmählich.

Andresen nahm Schritte auf dem Kopfsteinpflaster vor seinem Haus wahr. Wahrscheinlich ein Nachtschwärmer auf dem Heimweg. Er musste sich wieder hinlegen. Der bevorstehende Tag würde nicht minder anstrengend werden als der gestrige. Es standen lange Gespräche mit Mark Bruhn an, in denen er endlich erfahren würde, was tatsächlich geschehen war. Hoffentlich auch, was Wiebkes Schicksal anging.

Draußen wankte eine torkelnde Person vorbei. Als sie sich direkt vor dem Küchenfenster befand, drehte sie ihren Kopf zur Seite und sah Andresen unvermittelt in die Augen. Er erschrak derart, dass er einige Schritte zurücktaumelte.

Im nächsten Moment war die Person auf der Straße bereits weitergegangen, aber der kurze Augenblick, in dem sich ihre Blicke begegnet waren, hatte ausgereicht, um die Erinnerung an seinen obskuren Traum mit voller Wucht zurückzuholen.

Das Gesicht des unbekannten Mannes. Es hatte ihm schlagartig bewusst gemacht, wer ihm in seinem Traum erschienen war. Er hatte jetzt keinerlei Zweifel mehr, dass das Gesicht aus dem Traum dem Mann gehörte, dem er gestern Abend in der Nähe von Wiebkes kleinem Ganghaus begegnet war.

Langsam erhob er sich wieder. Endlich hatte er das Gefühl, ein grobes Bild des Mörders von Sina Reimer und Meike Kalm im Kopf zu haben.

26

Andresen stieg in seinen Volvo, der am Langer Lohberg geparkt war, und bog in die Kanalstraße in Richtung Polizeipräsidium ein. Als er an der roten Ampel kurz vor der Hüxtertorbrücke stand, musste er an die Zeit denken, als er Meret kennengelernt hatte. Damals hatte er mehrere Wochen im Fall zweier Wasserleichen ermitteln müssen, die gleich in der Nähe dieser Stelle im Travekanal entdeckt worden waren.

Plötzlich fielen ihm Merets Worte vom gestrigen Abend ein. Sie hatten eigentlich in eine ganz andere Richtung gezielt, aber etwas hatte ihn stutzig gemacht. Sie glaubte genauso wenig wie er selbst an die Zwei-Täter-Theorie. Aber sie hatte auch gesagt, der Mörder würde die Polizei vielleicht an der Nase herumführen.

Georg und Edward. Hatte sich der Mörder das Spiel mit den zwei Namen, die Meike Kalm in ihren Aufzeichnungen erwähnt hatte und die auch in der Adresse der E-Mail, die an Wiebke geschickt worden war, etwa nur ausgedacht, um sie zu verwirren? Durchaus denkbar, grübelte Andresen. Konnte es nicht aber auch sein, dass es alles andere als geplant von ihm war? Was wäre, wenn er …?

Der Wagen hinter ihm scherte hupend aus und überholte ihn. Während des Manövers sah Andresen, dass der Fahrer des BMW den Scheibenwischer andeutete. Es ließ Andresen kalt. Ihm war gerade womöglich ein großer Gedankenschritt gelungen. Hatte er endlich Licht in den Fall gebracht?

Er fuhr jetzt schneller. Raste über die Hüxtertorallee, durch den Mühlenteller und die Kronsforder Allee, bis er schließlich in die Tiefgarage des Präsidiums einbog. Er hatte es eilig. Dringend musste er mit den Kollegen reden und ihnen seine Überlegungen mitteilen. Vorher wollte er jedoch noch einmal einen Blick auf die E-Mail werfen, die Wiebke erhalten hatte.

Er verzichtete darauf, den Fahrstuhl zu nehmen, und lief stattdessen im Eilschritt die Treppe hinauf in die dritte Etage, auf der sich die Mordkommission befand.

Zehn Minuten später saß die gesamte Ermittlungsgruppe im Sitzungszimmer und wartete darauf, dass Andresen sie über seine neuesten Erkenntnisse informierte. Auch Sibius war anwesend. Andresen merkte, dass eine Mischung aus Anspannung und Skepsis herrschte. Er wusste, dass er sie überzeugen musste.

Bevor er zu dem kam, was ihm auf der Autofahrt ins Präsidium durch den Kopf gegangen war, berichtete Andresen von seiner nächtlichen Begegnung mit dem Unbekannten in der Nähe von Wiebkes Wohnung.

»Ich hatte das Gefühl, als hätte ich ihn bei irgendetwas erwischt. Er lief allerdings so schnell die Straße hinauf, dass ich keine Chance hatte, ihm zu folgen.«

»Hast du sein Gesicht gesehen?«, fragte Sibius.

Obwohl Andresen das Gesicht in der Dunkelheit nicht erkannt hatte, war ihm, als sähe er seit letzter Nacht die Umrisse des Mannes vor sich. Von seinem seltsamen nächtlichen Traum wollte er der Runde dennoch nichts erzählen.

»Leider nicht. Wie gesagt, es ging alles viel zu schnell.«

»Aber du glaubst, er könnte etwas mit der Sache zu tun haben«, versuchte Barbara ihm zuvorzukommen.

»Zumindest wäre es doch möglich, dass er etwas mit Wiebke Hennings Verschwinden zu tun hat«, antwortete Andresen. Er sah, dass Kregel den Kopf schüttelte und ein Grinsen aufsetzte. »Möchtest du etwas sagen, Ben?«

»Ich wundere mich nur, warum du jetzt wieder mit der nächsten Theorie um die Ecke kommst. Du selbst hast doch gestern Mark Bruhn festnehmen lassen. Wozu ich im Übrigen schon die ganze Zeit geraten habe.«

»Wir werden noch heute mit Bruhn sprechen, danach wissen wir hoffentlich schon mehr. Vielleicht haben wir mit Bruhn den Richtigen oder zumindest einen der Täter, wenn es denn zwei gibt, festgenommen. Allerdings fehlt, wie wir wissen, immer noch jede Spur von Wiebke Hennings, und Bruhn hat gestern behauptet, er kenne sie nicht.« Andresen räusperte sich. »Ich möchte euch außerdem noch über etwas in Kenntnis setzen, was mir heute Morgen in den Sinn gekommen ist.« Er hielt noch einmal inne, ehe er weitersprach. »Die ganze Zeit über haben wir uns gefragt, was es eigentlich mit diesen beiden Namen Edward und Georg auf sich hat. Wir haben eine Zeit lang sogar in Erwägung gezogen, es hätten tatsächlich zwei Täter sein können. Dann haben wir es verworfen. Jetzt erscheint es wieder möglich. Vielleicht waren es Krause und Bruhn. Die Frage nach den zwei Namen ist in jedem Fall eine ganz entscheidende.«

»Frag doch einfach Bruhn, wer Edward und Georg sind«, unterbrach ihn Kregel.

Andresen ignorierte den Kommentar. »Es gibt möglicherweise eine Erklärung, die keiner von uns bislang in Erwägung gezogen hat. Was ist, wenn beide Theorien wahr sind? Ein Täter, aber zwei Namen.« Andresen ließ seinen Blick schweifen. Er sah, dass seine Kollegen keine Ahnung hatten, wovon er sprach. »Ich rede von verschiedenen Persönlichkeiten. Schizophrenie. Wahnvorstellungen. Was, wenn Edward und Georg ein und dieselbe Person sind und gleichzeitig auch wieder nicht? Erinnert ihr euch an die E-Mail, die an Wiebke Hennings geschickt wurde? Der Absender schrieb: ›Ich *bin unberechenbar, je nachdem, wer* wir *sind*‹. Ein Täter, zwei Namen. Vielleicht ist das auch die Erklärung für Meike Kalms Aufzeichnungen.«

Wieder legte Andresen eine bedeutungsvolle Pause ein, ehe er weitersprach.

»Barbara, hast du mit dem Kriminalpsychologen aus Kiel gesprochen?«

»Ja, aber ...«

»Hat er irgendetwas erwähnt, das in diese Richtung geht?«

»Nein, ich glaube, nicht.«

»Okay, ruf ihn gleich sofort an und bitte ihn, hierherzukommen. Ich will mit ihm über die Möglichkeit einer derartigen psychischen Erkrankung des Täters sprechen, bevor wir Bruhn verhören.«

Während Barbara nickte, spürte Andresen, dass Sibius etwas sagen wollte.

»Versteh mich nicht falsch, aber das klingt absurd. Haben

wir irgendeinen Anhaltspunkt, dass Bruhn eine schwere psychische Störung hat? Ich befürchte viel mehr, dass er uns die ganze Zeit an der Nase herumgeführt hat.«

Andresen dachte nach. Wenn er den Verdacht, den er hegte, aussprach, würde er seine Position selbst schwächen. Schließlich war er es gewesen, der die Verhaftung von Mark Bruhn veranlasst hatte. Konnte er jetzt glaubhaft behaupten, Bruhn sei der falsche Mann, da er dem wahren Mörder gestern Abend begegnet war? Er zog es vor, vorerst zu schweigen. Immerhin hatte er ja bereits einen ersten Hinweis auf den unbekannten Mann gegeben.

»Lass es uns prüfen, Frank. Vielleicht kann uns der Kollege aus Kiel bei Bruhns Verhör helfen. Es ist allemal einen Versuch wert, wenn wir tatsächlich wissen wollen, was passiert ist.«

Sibius verzog keine Miene. Andresen deutete dies als Zustimmung. Auch Kregel sagte nichts, trug aber weiterhin sein süffisantes Grinsen zur Schau.

»In Ordnung, wir werden sehen, was dabei herauskommt.« Andresen stand auf und verließ den Raum. Vielleicht hatte es nicht funktioniert, die anderen von seiner Theorie zu überzeugen, aber er selbst war sich mittlerweile absolut sicher, endlich auf der richtigen Spur von Edward und Georg zu sein.

***

Um halb zwölf klopfte es an seiner Bürotür. Es war Barbara.

»Kiel ist da«, sagte sie augenzwinkernd und verschwand wieder.

Hinter ihr trat ein Mann ins Zimmer. Andresen schätzte, dass er nicht älter als dreißig war. Er war modisch elegant gekleidet und trug seine Haare beinahe zu einer Glatze rasiert. Andresen sah ihn erwartungsvoll an.

»Guten Tag, Herr …?«

»Sörensen, Dr. Michael Sörensen.«

»Hauptkommissar Birger Andresen.« Er reichte Sörensen die Hand und zog einen Stuhl für den Kriminalpsychologen heran. »Gut, dass Sie so schnell kommen konnten. Ich muss mit

Ihnen über den Mörder der zwei jungen Frauen sprechen. Ich hoffe, Sie sind bereits im Bilde.«

Sörensen nickte.

Andresen kramte eine Kopie der Aufzeichnungen von Meike Kalm unter einem Stapel Papier hervor und schob sie Sörensen zu.

»Bislang wussten wir nicht, wie wir mit den beiden Namen umgehen sollen. Vielleicht stehen Edward und Georg für Mark Bruhn und Florian Krause. Heute Morgen kam mir allerdings ein Gedanke, den wir bisher noch nicht in Betracht gezogen haben. Etwas, das, wie ich finde, durchaus naheliegend ist.«

»Dissoziative Identitätsstörung«, hakte Sörensen ein. »Persönlichkeitsspaltung.«

»Ja, genau. Woher wissen …?«

»Ihre Kollegin hat es mir am Telefon gesagt.«

»Schizophrenie als Erklärung für unsere Zwei-Täter-Theorie, was halten Sie davon?«, fragte Andresen. »Ist es vorstellbar, dass unser Hauptverdächtiger, Mark Bruhn, eine multiple Persönlichkeit ist?«

Sörensen verzog den Mund und atmete laut hörbar aus.

»In der Öffentlichkeit existiert leider die völlig falsche Vorstellung, dass Menschen mit einer Schizophrenie an einer gespaltenen Persönlichkeit leiden und sich in ihnen zwei oder mehr Personen wie etwa Dr. Jekyll und Mr. Hyde verbergen. Das hat aber mit einer schizophrenen Psychose nichts zu tun. In diesem Fall vermuten Sie, wenn ich das richtig verstanden habe, wahrscheinlich eher eine dissoziative Identitätsstörung, die in manchen Fällen das Phänomen einer multiplen Persönlichkeit hervorrufen kann.«

Andresen hörte Sörensen aufmerksam zu. Obwohl er mit den Feinheiten psychischer Erkrankungen nicht allzu bewandert war, hatte er das Gefühl, dass ihn das Gespräch mit Sörensen einen entscheidenden Schritt weiterbringen könnte.

»Dissoziationen sind vielgestaltige Störungen, bei denen es zu einer teilweisen oder völligen Abspaltung von psychischen Funktionen kommen kann. Das Erinnerungsvermögen, eigene Gefühle, die Wahrnehmung der eigenen Person, all das kann verloren gehen oder aber ausgelagert werden, zum Beispiel in Form weiterer Persönlichkeiten.«

»Wie kommt es zu diesen dissoziativen Störungen? Was kann der Auslöser sein?«, fragte Andresen.

»Das ist in der Regel die alles entscheidende Frage. Dissoziation ist eine Form der Erlebnisverarbeitung. Der Mechanismus der Dissoziation dient als eine Art Schutzfunktion, beispielsweise bei einer Reizüberflutung. Extrem unangenehme Erfahrungen werden zeitweilig abgespalten, sodass die Betroffenen sich nicht an sie erinnern können oder sie nur als unwirklich erlebt werden. Bei schweren traumatischen Erlebnissen in der Kindheit kann es so zu einer fortgesetzten Auslagerung von Erinnerungsmustern kommen, das ist sozusagen die Basis für die Bildung multipler Persönlichkeiten. Schwere frühkindliche Traumatisierungen können psychischer, physischer und sexueller Natur sein. Letztendlich ist die Dissoziation eine Überlebensstrategie, die dem Individuum hilft, mit den traumatischen Erfahrungen fertig zu werden.«

Andresen war auf eine bestimmte Art und Weise von Sörensens Ausführungen gefesselt. Die Vorstellung, dass ein Mensch derart fürchterliche Dinge erlebt hatte, dass sich in ihm weitere Persönlichkeiten herausbildeten, war erschreckend und faszinierend zugleich. Andresen zweifelte jedoch daran, dass Mark Bruhn tatsächlich unter dissoziativen Störungen litt. Dies hätte eher auf Florian Krause zutreffen können. Und schließlich hatte auch die Analyse von Bruhns DNA keine Übereinstimmung mit den Spuren des Mörders ergeben. Dennoch wollte Andresen so schnell wie möglich mit ihm sprechen.

»Ich würde Sie gerne dabeihaben, wenn wir Mark Bruhn verhören«, fuhr er fort. »Es wäre gut, wenn Sie sein Verhalten genauestens beobachten. Vielleicht können Sie im Nachhinein einschätzen, ob er es war oder nicht.«

Sörensen zuckte die Schultern und stand auf. »Ich glaube zwar nicht, dass ich das in der Kürze der Zeit vollbringen kann, aber versuchen können wir es ja.«

27

Es funktionierte nicht. Bruhn wollte nicht reden. Kein Wort zu den Vorwürfen gegen ihn. Kein Wort dazu, wo er möglicherweise Wiebke versteckt hielt. Zusammen mit seinem Anwalt hatte er sich offenbar für die Strategie entschieden, vorerst gar nichts zu sagen.

Andresens Befürchtung, dass sie Bruhn nicht lange würden festhalten können, schien sich zu bewahrheiten. Dass, was sie gegen ihn in der Hand hatten, war zwar mehr als bei Georg Kiffmeyer, aber für eine Anklage noch immer viel zu wenig.

Sörensen hatte sich wie abgesprochen nicht aktiv in das Verhör eingemischt. Er hatte sich ausschließlich auf die Beobachtung konzentriert. Jetzt nickte er Andresen zu als Zeichen, dass das Verhör abgebrochen werden sollte. Zumindest für heute, so hatten sie es vorher vereinbart.

Andresen, Sörensen und Barbara erhoben sich und ließen Bruhn und seinen Anwalt allein an dem alten hölzernen Vernehmungstisch zurück. Kurz bevor sie den Raum verließen, wandte sich Andresen noch einmal um und ging zurück. Er postierte sich vor Bruhn.

»Eine letzte Frage habe ich aber noch. Wer sind Sie wirklich? Edward oder Georg?«

***

Sörensen saß in Andresens Büro und blickte ihn entschlossen über den Schreibtisch an.

»Wie können Sie sich so sicher sein?«

»Ich sage nicht, dass ich mir sicher bin. Aber wenn dieser Mann, den Sie für den Mörder halten, tatsächlich dissoziative Identitätsstörungen hat, sollte ich mir Gedanken über meinen Beruf machen. Mein Bauchgefühl sollte zwar kein Gradmesser sein, funktioniert allerdings in der Regel äußerst präzise.«

»Weil er verwundert auf die Namen reagiert hat?«, fragte

Andresen noch einmal, um sich zu vergewissern, dass er Sörensen richtig verstanden hatte.

»Es war keine gespielte Verwunderung. Sie war absolut echt. Er kann mit diesen beiden Namen nichts anfangen.«

Andresen drehte sich in seinem Schreibtischstuhl zur Seite und sah aus dem Fenster. Der Sommer schien eine kurze Pause einzulegen. Über der Altstadt, die er von seinem Büro aus erahnen konnte, türmten sich dunkle Gewitterwolken auf.

Sörensen hatte sich unmissverständlich ausgedrückt. Mark Bruhn war offenbar nicht der Mörder. Wieder musste er an den unbekannten Mann von gestern Abend denken. Verkörperte er womöglich Edward und Georg?

»Wenn Sie nichts dagegen haben, würde ich jetzt gerne fahren«, unterbrach der Kriminalpsychologe seine Gedanken. »Sie sollten sich gut überlegen, welche Richtung Sie bei Mark Bruhn einschlagen. Ob er der Mörder ist, kann und will ich nicht sagen, aber Sie sollten sich nicht allzu sehr darauf verlassen, dass er es war. Wenn Sie einen Täter mit multiplen Persönlichkeiten suchen, dürfte er wohl der Falsche sein. Im Übrigen halte ich es auch nicht für ausgeschlossen, dass der Täter in einem solchen Fall schon einmal auffällig geworden ist.«

Andresen bedankte sich bei Sörensen und brachte ihn bis zum Fahrstuhl. Auf dem Rückweg in sein Büro steuerte er den Kaffeeautomaten an. Während er die notwendigen Knöpfe drückte, um an einen Cappuccino zu gelangen, musste er an Sörensens letzte Worte denken. Er hatte sie vorhin gar nicht richtig wahrgenommen. Es waren Worte gewesen, die er erst kürzlich schon einmal gehört hatte. Von Professor Birnbaum, fiel es ihm wie Schuppen von den Augen. Er hatte auch davon gesprochen, dass der Mörder möglicherweise schon einmal in Aktion getreten war.

Konnte das sein? Bruhn hatte sich bislang nichts zuschulden kommen lassen, so stand es in den Akten. Aber Krause …? Er hatte einen Eintrag. Angezeigt wegen sexueller Belästigung von Wiebke Hennings.

So kam er nicht weiter. Er hatte das Gefühl, sich im Kreis zu drehen. Gerade als er sich wieder auf seinen Stuhl setzen wollte, kam ihm etwas in den Sinn. Wenn es stimmen sollte, was

Birnbaum und Sörensen gesagt hatten, und der Täter bereits früher auffällig gewesen war, bestand die Möglichkeit, dass er sich irgendwann einmal in psychiatrischer Behandlung befunden hatte. Vielleicht konnten sie auf diesem Weg etwas über ihn herausfinden.

Er wählte Barbaras Nummer und erklärte ihr in aller Kürze sein Anliegen. »Wir müssen alle Kliniken und Psychiater in Lübeck und Umgebung anrufen. Sprich sie gezielt auf Edward und Georg an, dazu werden sie sich wohl hoffentlich auch ohne richterlichen Beschluss äußern. Am besten heute noch. Sag den anderen Bescheid, sie sollen uns helfen.«

»Was ist mit Bruhn?«, fragte Barbara nach.

»Ich schätze, er wird schon bald wieder draußen sein«, antwortete Andresen knapp. »Wir können ihn nicht mehr lange festhalten.«

***

Die Telefonaktion brachte nicht den erhofften Erfolg. Sie hatten mehr als ein Dutzend Fachärzte und Kliniken in und um Lübeck abtelefoniert, ohne dass sie auch nur eine einzige Information erhalten hatten, die auf Edward und Georg hinwies. Dissoziation sei eine Erkrankung, die nicht allzu oft vorkomme, hatten sie von mehreren Ärzten erfahren. In der Regel würden die Krankheitssymptome der dissoziativen Identitätsstörung mit anderen Psychosen, wie etwa der Schizophrenie, verwechselt. So wie es auch Sörensen geschildert hatte, dachte Andresen frustriert.

Um halb acht saß er noch immer hinter seinem Schreibtisch. Nach den Telefonaten mit den Ärzten hatte er das Polizeiarchiv aufgesucht, um die Akten nach Vorfällen mit psychischer Erkrankung als Hintergrund durchzuforsten. Bereits nach wenigen Minuten hatte er gemerkt, dass sein Vorhaben hoffnungslos war. Er konnte unmöglich sämtliche Ordner der letzten Jahre durchkämmen.

Er war an seinen Arbeitsplatz zurückgekehrt und hatte damit begonnen, das Computersystem mit Suchbegriffen zu füttern. Zwar waren längst noch nicht alle Registereinträge digital archiviert worden, doch erschien es ihm momentan die einzige Möglichkeit, etwas über einen an Dissoziation leidenden Straftäter herauszufinden, falls er denn bereits in einem anderen Zusammenhang auffällig geworden war.

Seit mehr als einer halben Stunde scrollte er sich nun schon durch das polizeiinterne System. Er war erstaunt, wie viele Gewalt- und Einbruchsdelikte tatsächlich unter Einfluss von Psychopharmaka begangen wurden, obwohl er selbst erst im letzten Jahr im Fall des Medikamentenschmuggels schmerzliche Erfahrung damit gemacht hatte.

Die geringe Hoffnung, unter den Stichworten »dissoziative Identitätsstörung« und »multiple Persönlichkeitsstörung« etwas zu finden, hatte er schnell begraben müssen. Ähnlich verhielt es sich mit den Namen Edward und Georg. Ohne Erfolg. Die Treffer, die angezeigt wurden, hatten nichts mit psychischen Erkrankungen zu tun.

Er versuchte es nach und nach mit weiteren Begriffen. Andresen spürte die Anspannung, die durch seinen Körper zog. Vielleicht führte ihn seine beharrliche Suche endlich auf die Spur des Täters.

Allein zum Thema »Schizophrenie« spuckte das System einhundertundeinen Eintrag seit 1998 aus. Aber keinen, der auf die Existenz von Edward und Georg hindeutete. Andresens Frustration stieg erneut an. War er vielleicht doch auf dem völlig falschen Trip?

Noch einmal von vorn. Diesmal gab er »Psychose« als Schlagwort ein. Vielleicht war ein Vorfall, wenn schon nicht als Dissoziation, dann vielleicht als psychotische Wahnvorstellung erkannt worden. Dreihundertzweiunddreißig Einträge. Andresen stöhnte ob der hohen Zahl kurz auf und scrollte sich nach und nach durch die Einträge. Plötzlich hielt er inne. Sein Blick blieb an einer kurzen Mitteilung aus dem Jahr 2001 hängen. Etwas hatte ihn stutzig gemacht, aber er hatte den winzigen Auslöser bereits wieder aus den Augen verloren. Er las den Eintrag ein zweites Mal.

8. August 2001, Lübeck, Schubertstraße
Am Nachmittag bedrohte der 31-jährige Wolfgang G. Kopka seine Nachbarin Inge Wohlers mit einem Messer. Die bedrohte Frau gab an, Kopka habe Stimmen gehört, die ihm befohlen hätten, sie zu töten. Beamte des 3. Polizeireviers nahmen den Mann widerstandslos fest und brachten ihn zur Dienststelle. Das Messer wurde sichergestellt. Ein hinzugezogener Amtsarzt wird über eine Überführung des Mannes in die Fachklinik in Neustadt/Holstein entscheiden.

Andresens Gedanken rasten. Wolfgang Kopka, irgendwie kam ihm der Name bekannt vor. Aber woher bloß? Er ließ die letzten Tage noch einmal vor seinem inneren Auge ablaufen. Er musste etwas übersehen haben.

Plötzlich stockte er. Dann spürte er den Herzschlag in seiner Brust schlagen. Ihm war eingefallen, woher er den Namen kannte. Wolfgang Kopka war der Mann aus dem Rechenzentrum, mit dem sie gesprochen hatten. Er las den Text noch einmal, kam allerdings nur bis zum zweiten Satz. »Mein Gott«, murmelte er leise. »Georg.« Wolfgang G. Kopka. Wolfgang Georg, da war der Name, nach dem sie die ganze Zeit über gesucht hatten. War Kopka es auch gewesen, den er gestern Abend vor Wiebkes Haus getroffen hatte?

Er überlegte einen Moment lang, ob er aufspringen und die Fahndungsmaschinerie in Gang setzen sollte, entschied sich aber noch einmal um und gab Kopkas Namen als Suchbegriff in das System ein. Neben dem Eintrag aus dem Jahr 2001 erschienen weitere Meldungen. Sie waren allesamt älter, mehr als zwanzig Jahre waren seither vergangen. Andresen klickte eine der Meldungen an und begann zu lesen.

26. März 1983, Lübeck, Gneisenaustraße
Gerhard Kopka, 44, tötete am Abend seine Ehefrau Maria Kopka, 42. Anschließend erschoss er sich selbst vor den Augen seines Sohnes. Der unter Schock stehende dreizehnjährige Wolfgang wird derzeit von Seelsorgern betreut. Der Körper der Frau weist Spuren massiver körperlicher

und sexueller Gewaltanwendung auf. Das Motiv des Mannes ist noch unklar. Mordkommission und Staatsanwaltschaft sind sofort eingeschaltet worden.

Andresen hatte genug gelesen. Obwohl es weitere Artikel über die Tragödie gab, hatte sich ein Bild in seinem Kopf verfestigt. Er stürzte aus seinem Büro und lief über den Flur der Mordkommission. Die Büros waren allesamt leer. Niemand seiner Kollegen war mehr da.

Es war kurz nach halb neun, als Andresen in seinen Wagen stieg und mit quietschenden Reifen die Tiefgarage des Polizeipräsidiums verließ.

28

Andresen griff nach seinem Handy. Nervös tippte er auf den viel zu kleinen Tasten des Telefons herum. Das Freizeichen ertönte.

Er hörte, dass sich am anderen Ende der Leitung etwas tat. Eine grummelige Stimme drang durch das Telefon. Unverkennbar sein Kollege Kregel.

»Ben, entschuldige, dass ich dich um diese Uhrzeit anrufe, aber es ist wirklich dringend. Du kannst dich doch bestimmt an den Mann aus dem Rechenzentrum erinnern, mit dem wir gesprochen haben. Wolfgang Kopka ist sein Name.«

»Ja, aber was ...?«

»Okay, ich erkläre es dir. Hör gut zu, was ich dir jetzt sage. Kopka ist unser Mann, wir müssen ihn finden. Er ist der Mörder von Sina Reimer und Meike Kalm. Er ist auch für das Verschwinden von Wiebke Hennings verantwortlich. Die E-Mail stammt ebenfalls von ihm.«

»Erst Kiffmeyer, jetzt Kopka. Kann es sein, dass du einfach nicht wahrhaben willst, dass ich auf Bruhn und Krause gestoßen bin? Warum akzeptierst du nicht, dass wir den Mörder längst gefasst haben?«

»Du irrst dich, aber ich habe gerade weder Zeit noch Lust, mit dir darüber zu diskutieren. Ich bin auf dem Weg zu ihm.« Andresen gab Kregel rasch die Adresse durch. »Komm bitte sofort. Und versuch, Barbara zu erreichen. Ich gebe Sibius Bescheid, wir brauchen ein Einsatzkommando.«

Ohne sich zu verabschieden, legte Andresen auf und wählte sofort die Nummer von Sibius. Ungeduldig wartete er, bis der Leiter der Mordkommission abnahm. Sibius war sofort hellwach, fast so, als wäre es selbstverständlich, so spät am Abend ein Spezialeinsatzkommando zu organisieren, um das Haus eines zweifachen Mörders zu stürmen.

Andresen widerstrebte es, die Aktion auf diese Weise durchzuführen, aber es war notwendig, Sibius zu informieren. In der

Vergangenheit hatte er zu oft auf eigene Faust ermittelt und sich dafür einigen Ärger eingehandelt. Es bedurfte diesmal nicht allzu viel, Sibius von seinem Verdacht zu überzeugen. Rasch sicherte er Andresen zu, den richterlichen Beschluss zur Stürmung des Hauses so schnell wie möglich zu besorgen.

Andresen sah erneut auf seine Uhr. Es war jetzt fünf Minuten nach halb zehn. Einen kurzen Moment verharrte er und dachte über seine nächsten Schritte nach. Ihm war klar, dass die Situation eskalieren konnte, egal ob er nun allein zu Kopka fuhr oder auf das Einsatzkommando wartete. Er durfte keine Zeit verlieren. Jede Minute, die verstrich und in der er untätig war, konnte die entscheidende Minute zu viel sein, wenn es darum ging, Wiebke zu retten. Dass Kopka zu allem fähig war, hatte er bereits mehrfach bewiesen. Hoffentlich war es nicht bereits zu spät.

***

Kregels Auto parkte in einer Seitenstraße. Andresen hatte es durch Zufall entdeckt, als er einmal um den Block gefahren war, um die Lage zu überprüfen. Er selbst stellte seinen Volvo am Straßenrand ab und achtete darauf, dass er von Kopkas Haus aus nicht zu sehen war. Ein schwarzer Schatten trat hinter einem der alten Bäume am Straßenrand hervor und ging zielstrebig auf Andresen zu. Es war Kregel.

»Wann kommt denn das SEK? Oder wollen wir die Bude zu zweit stürmen?«, fragte er.

»Keine Angst. Sibius weiß Bescheid, ich gehe davon aus, dass jeden Augenblick Verstärkung kommt. Warst du schon in der Nähe des Hauses?«

Kregel schüttelte den Kopf.

»Okay, dann lass uns mal …« Andresen brach den Satz ab. Ein roter Toyota fuhr an ihnen vorbei und parkte in der Auffahrt von Kopkas Haus.

»Ist er das?«, flüsterte Kregel.

Andresen wartete mit seiner Antwort, bis die Fahrertür des Wagens aufgestoßen wurde. Dann erkannte er ihn. Er sah, wie Kopka um sein Auto herumging und den Kofferraum öffnete.

Schwerfällig hob er zwei Gegenstände heraus und warf die Kofferraumklappe wieder zu.

»Kannst du erkennen, was er da in den Händen hält?«

»Es sieht aus wie Kanister«, murmelte Andresen nachdenklich. »Lass uns näher rangehen, damit wir mehr erkennen können.«

Sie standen jetzt im Schutze einiger Bäume unmittelbar vor dem Grundstück. Der Vorgarten war nicht sonderlich groß. Im Dunkel der allmählich hereinbrechenden Nacht erkannte Andresen, dass er ungepflegt war und nur mit ein paar wenigen Koniferen und Sträuchern bepflanzt war. In der Mitte führte ein schmaler Weg aus Waschbetonplatten in Richtung Haustür des Flachdachgebäudes, das in den achtziger Jahren erbaut worden sein musste.

»Und jetzt?«, flüsterte Kregel.

Andresen reckte seinen Kopf und versuchte einen Blick in das Haus zu werfen. Irgendwo brannte ein schwaches Licht. »Wenn ich es richtig erkenne, läuft er wie ein angeschossener Hase durch die Zimmer.«

»Du glaubst tatsächlich, dass Kopka der Mörder ist und etwas mit dem Verschwinden dieser Journalistin zu tun hat?«

Andresen sah Kregel scharf an, antwortete aber nicht.

Kregel blickte drein, als wenn ihm die wahre Gefahr durch Kopka erst in diesem Moment bewusst geworden wäre.

»Wir haben drei Möglichkeiten«, sagte Andresen schließlich. »Entweder wir warten auf Verstärkung und sprechen uns mit Frank ab. Oder wir versuchen, allein ins Haus einzudringen und Kopka zu überraschen.«

»Was ist die dritte Option?«

»Es gibt eine weitere Möglichkeit, wie wir uns Kopka nähern können, die mir eben gerade eingefallen ist. Vielleicht ist es völliger Schwachsinn, andererseits … Was ist, wenn wir einfach bei ihm klingeln?«

Kregel sah ihn verstört an.

»Und dann? Ihm sagen, dass wir ihn festnehmen möchten, falls es ihm gerade passt? Und uns entschuldigen, dass wir so spätabends vorbeikommen, da unser Terminplan leider nichts anderes zulässt?«

Andresen hielt mit einem Mal inne. Ein lautes, metallenes Geräusch drang aus dem Haus. Er musste unbedingt wissen, was Kopka dort drinnen tat. Ihm fielen die Kanister ein, die Kopka ins Haus geschleppt hatte. War es möglich, dass er das Haus, in dem sich möglicherweise auch noch Wiebke aufhielt, anzünden wollte?

Aus den Augenwinkeln sah er, dass sich Kregel einige Meter von ihm entfernt hatte, um mit Sibius zu telefonieren. Das Gespräch dauerte nur wenige Sekunden, dann kam er zurück.

»Er ist in zehn Minuten hier. Die Jungs vom SEK brauchen noch etwas länger.«

»So lange können wir nicht mehr warten«, fluchte Andresen aufgeregt.

»Was hast du vor?«, fragte Kregel vorsichtig.

»Ich bin für die dritte Option. Wir können ohnehin nicht unbemerkt in das Haus einsteigen. Wenn wir einfach klingeln, haben wir in jedem Fall das Überraschungsmoment auf unserer Seite. Vertrau mir, sobald irgendetwas auch nur ansatzweise außer Kontrolle gerät, ziehen wir uns zurück und warten, bis Sibius und das SEK hier sind.« Andresen sah Kregel jetzt in die Augen. »Kopka hat mich vor ein paar Stunden noch gesehen, der weiß sofort, was los ist. Ich glaube, es ist besser, wenn du gehst.«

»Moment mal«, entgegnete Kregel. »Was soll ich ihm denn sagen, weswegen wir hier sind? Sollten wir ihm nicht die Wahrheit sagen? Der wird doch nicht so bescheuert sein und uns irgendeine ausgedachte Geschichte abnehmen. Im Übrigen kennt er mich schließlich auch.«

»Ja, du hast recht. Es ist wohl besser, wenn du ihm erklärst, dass wir im Zuge der Mordermittlung dringend mit ihm sprechen müssen.«

Ein schriller Schrei aus dem Haus unterbrach Andresen abrupt.

»Jetzt dreht er vollends durch«, murmelte Kregel.

Andresen suchte hinter den ausladenden Büschen des Vorgartens Deckung und achtete darauf, die Eingangstür im Blick zu haben, Kregel stand etwas abseits und fuhr sich angespannt durch die Haare. Andresen bemerkte seine Nervosität.

»Versuch, ihn in ein Gespräch zu verwickeln. Sag ihm, dass wir wegen der E-Mail mit ihm sprechen wollen. Denk dir irgendetwas aus. Wir benötigen Zeit und, wenn es irgendwie geht, auch sein Vertrauen.«

»Ich habe nicht einmal einen Sender im Ohr. Das ist doch der absolute Wahnsinn, was wir hier machen.«

Andresen sagte nichts. Er wusste, dass Kregel recht hatte.

Kregel drängte sich an Andresen vorbei und betrat den schmalen Weg, der zum Haus führte.

Kregel unterhielt sich jetzt bereits länger als zwei Minuten mit Kopka. Andresen versuchte, Wortfetzen mitzubekommen oder zumindest einen Blick auf die beiden zu werfen. Ohne Erfolg; sie sprachen zu leise, und die Tatsache, dass aus dem Haus kaum Licht drang, bewirkte, dass er lediglich Schemen, jedoch keine Details wahrnehmen konnte.

Kopka hatte offenbar noch keinen Verdacht geschöpft. Andresen konnte jetzt erkennen, dass Kregel nickte und einen Schritt zurücktrat.

Kopka verschwand im Haus und schloss die Tür hinter sich.

Leise rief Andresen Kregel zu sich.

»Weshalb hast du ihn reingehen lassen?«, fragte er, nachdem sich Kregel wieder neben ihn gehockt hatte.

»Er hat mir gesagt, er müsste nur kurz seinen Computer ausschalten, dann würde er mit aufs Präsidium kommen, um uns zu helfen.«

»Und den Mist hast du ihm abgenommen?«

»Meine Idee war das Ganze hier ja wohl nicht, oder?«, raunzte Kregel zurück.

»Okay, schon gut. Du wartest hier und passt auf, dass er nicht abhaut. Ich schleiche ums Haus und versuche es hintenherum. Wir müssen in jedem Fall verhindern, dass er flieht.«

***

Andresen befand sich bereits an der Rückseite des Hauses, als er ein leises Zischen wahrnahm. Im Haus war es stockdunkel, keine Spur von Kopka. Andresen fühlte Unruhe in sich aufsteigen. Was hatte Kopka vor? Die Sekunden verstrichen, ohne dass er den Grund des Geräusches orten konnte. Dann barsten die ersten Scheiben des Hauses.

Die Terrassentür wurde aufgestoßen. Kopka stürmte heraus und verpasste Andresen einen heftigen Schlag ins Gesicht und einen Tritt mit dem Knie in die Magengegend, sodass er der Länge nach in einem Blumenbeet landete. Aus den Augenwinkeln sah Andresen gerade noch, dass Kopka hinter den Büschen verschwand und um die Ecke des Hauses in Richtung Straße bog. Mühevoll richtete er sich auf und lief ebenfalls zurück zur Vorderseite.

Kopka hatte tatsächlich sein eigenes Haus in Flammen gesetzt. Binnen Sekunden griffen die Flammen im Haus um sich. Aus der Stille der Nacht wurde ein tosendes Inferno. Andresen musste mit ansehen, wie Kopka in sein Auto stieg, ohne dass Kregel, der vor dem Haus gewartet hatte, ihn aufhalten konnte. Mit quietschenden Reifen setzte Kopka seinen Toyota zurück auf die Straße und raste davon.

Auch Andresen rannte jetzt, so schnell er konnte, zurück auf die Straße. Er konnte seinen Volvo bereits sehen. Sein Herz stach, Speichel sammelte sich in seiner Mundhöhle. Einen Moment lang hatte er das Gefühl, als würde ihm schwarz vor Augen.

Direkt vor seinem Wagen stützte er sich mit beiden Armen auf den Oberschenkeln ab. Die Attacke von Kopka und der kurze Sprint hatten ihm zugesetzt. Andresen spuckte aus und richtete sich langsam wieder auf. Er setzte sich ins Auto und startete es mit zittrigen Händen. Noch immer pumpte das Blut in seinen Adern und verursachte einen stechenden Schmerz an seiner rechten Schläfe.

Als er hinter seinem Steuer saß und anfuhr, waren die Rücklichter des Toyotas längst nicht mehr zu sehen. Er gab Gas und fuhr die Schubertstraße bis zum Ende.

Es war Viertel nach zehn. Auf der Schönböckener Straße

war kein Auto zu erkennen. Kein rotes Rücklicht in der Dunkelheit. Nichts. Er musste sich entscheiden. Fuhr er nach links in Richtung Innenstadt oder nach rechts in Richtung Moisling und Buntekuh, den sozial schwächeren Gegenden Lübecks, in denen er sich nicht sonderlich gut auskannte

Ohne lange zu überlegen, bog er nach links ab. In dieser Richtung lag auch die Autobahnauffahrt.

Mit einem Mal sah Andresen jede Menge Lichter. Hatte Kregel bereits Bescheid gegeben? Löschzüge und Einsatzwagen rasten an ihm vorbei und hüllten die Nacht in ein wirres Lichtermeer. Wenn er Kopka tatsächlich auf den Fersen war, musste dieser direkt an den Fahrzeugen vorbeigefahren sein, ohne dass er aufgefallen war.

Sofort trat er noch stärker auf das Gaspedal und raste jetzt mit knapp hundert Sachen in Richtung Innenstadt. Auf Höhe der Fackenburger Allee musste er kurz abbremsen. Er versuchte, Kopkas Gedanken nachzuvollziehen. Wohin würde es ihn selbst treiben, wenn er gerade sein eigenes Haus in Brand gesteckt hätte?

Dann sah er den Wagen. Andresen blinzelte und riss die Augen auf. Mit quietschenden Reifen gab er Gas. Vor dem Kreisverkehr an der Lohmühle hatte er den Toyota erkannt.

Er drückte das Pedal bis zum Boden durch. Glücklicherweise war um diese Uhrzeit nicht mehr allzu viel auf Lübecks Straßen los. Ihm fiel Sibius ein. Er musste ihn anrufen und Verstärkung ordern. Andresen zog sein Telefon aus der Hemdtasche und ließ es im nächsten Moment ungeschickt zwischen die Vordersitze fallen, als er mit viel zu hoher Geschwindigkeit in den Kreisverkehr einbog. Immer noch verfolgte er mit halbem Auge die roten Rücklichter des Toyotas. Es gab keinen Zweifel. Kopka fuhr auf die Autobahn. Es war die Autobahn in Richtung Meer.

Andresen beschleunigte, bremste ab, nahm die Autobahnauffahrt und gab erneut Gas. Während am Horizont langsam die Nacht hereinbrach, machte sich eine böse Vorahnung in ihm breit.

29

Er stieß einen lauten Schrei aus, als er realisierte, wohin Kopka fuhr. Ein Schrei voller Wut auf sich selbst, dass er damals der flüchtigen Eingebung bei seinem Strandspaziergang nicht gefolgt war. Und gleichzeitig Verzweiflung darüber, dass Wiebke womöglich nicht mehr am Leben war.

Das perfekte Versteck. Und er hatte es durch Zufall bereits entdeckt. Nur hatte er nicht verstanden, was er gesehen hatte.

Er fuhr weiter durch die von Maisfeldern gesäumten Straßen und die schmalen Baumalleen. Hinter Travemünde, gleich nachdem Kopka von der Hauptstraße abgebogen war, hatte sich Andresen zurückfallen lassen und das Scheinwerferlicht ausgeschaltet. Jetzt, wo er wusste, wohin es Kopka zog, konnte er sein Vorgehen noch einmal überdenken und musste nicht riskieren, dass Kopka bemerkte, dass er ihm gefolgt war.

Andresen vermied es, auf den großen Schotterparkplatz zu fahren. Stattdessen parkte er seinen Wagen am Straßenrand und kramte rasch sein Handy unter dem Sitz hervor. Im Schatten einiger Sträucher lief er vor bis ans Ende der steinigen Fläche. Die letzten Meter bis zur Felskante robbte er über feuchten Untergrund. Die Abenddämmerung gab noch immer so viel Licht, dass er große Teile der Umgebung wahrnehmen konnte. Er glaubte, am Horizont auch den Übergang des Nachthimmels zum Meer erkennen zu können.

Die kleine Fischerhütte lag einsam und verlassen zu seiner Linken. Keine Spur von Kopka. Die nasse Kälte des Bodens fraß sich allmählich durch seine Kleidung und ließ ihn leicht schaudern.

Er zweifelte wieder daran, dass es richtig war, allein hierherzukommen. Rasch zog er sein Handy hervor und wählte Sibius' Nummer. Nach dem dritten Klingeln hob er ab.

Noch bevor Andresen etwas sagen konnte, hörte er bereits die hysterische Stimme seines Chefs. Er musste eine Kanonade aus Flüchen und unkoordinierten Anweisungen über sich ergehen lassen. Hastig bat Andresen um Verstärkung, ehe er Sibius wegdrückte.

Er war jetzt nur noch wenige Meter von der Fischerhütte entfernt. Noch immer konnte er nichts Auffälliges hinter den verdreckten Fensterscheiben erkennen, dennoch hatte er das Gefühl, soeben Stimmen vernommen zu haben. Er spürte, wie sein Herzschlag beschleunigte. Hatte er gerade auch Wiebkes Stimme gehört?

Andresen versuchte sich zu beruhigen. Erneut drangen Stimmen zu ihm. Er konnte keine einzelnen Worte verstehen, doch die Stimmen klangen wütend.

Die Tür war nur angelehnt. Eher durch Zufall hatte er sie berührt, als er um die Hütte geschlichen war. Die Stimmen, die aus dem oberen Stockwerk drangen, hörten sich jetzt eher wie tierische Laute an. Er schob die Tür leise auf und warf einen flüchtigen Blick ins Innere.

Nichts. Nicht einmal Konturen. Vielleicht mussten sich seine Augen erst an die Schwärze gewöhnen. Andresen schlüpfte durch den Türspalt und blieb stehen. Er blinzelte, bis sich seine Augen endlich auf die neue Umgebung eingestellt hatten. Noch im selben Moment wurde die Hütte von einem lauten Poltern erschüttert. Andresen zuckte zusammen. Er hörte wieder die merkwürdigen Geräusche. Was ging dort oben bloß vor sich? Was zum Teufel stellte Kopka mit Wiebke an?

Sein Fuß stieß gegen etwas Hartes. Der Schirmständer, gegen den er in der Dunkelheit gestoßen war, fiel um und schepperte über den unebenen Holzboden. Andresen sprang zur Seite und tastete nach einem Versteck hinter der Treppe. Er hoffte, dass der Krach nicht im oberen Stockwerk zu hören gewesen war.

Sekunden verstrichen, ohne dass etwas geschah. Es waren jetzt weder Geräusche von oben zu hören, noch hatte er das Gefühl, als sei Kopka bereits auf dem Weg nach unten. Andresen wurde immer nervöser. Er entschied sich dafür, sein Versteck aufzugeben, um einen Blick die Treppe hinauf zu riskieren, soweit dies bei der Dunkelheit überhaupt möglich war.

Offenbar war die Luft rein. Vorsichtig stieg er die Stufen hinauf. Einen kurzen Augenblick zog es Andresen in Erwägung, umzudrehen und auf Verstärkung zu warten. Dann fasste er in seinen Hosenbund und griff nach seiner Dienstwaffe.

Die alte Holztreppe knarrte unaufhörlich. Es war das einzige Geräusch, das er momentan im Haus wahrnahm. Kein Kopka, keine Wiebke. Er war jetzt im oberen Stockwerk angekommen und versuchte, sich in der Dunkelheit zurechtzufinden. Ein schmaler Gang führte in das einzige Zimmer des Dachgeschosses, durch dessen offene Tür ein schwacher Lichtschein drang.

Andresen schlängelte sich an der Wand der Hütte entlang in der Hoffnung, nicht gesehen zu werden und gleichzeitig vielleicht einen Blick in den Raum werfen zu können. Er presste sich an ein kühles Fenster und sah, dass es draußen noch immer nicht vollständig dunkel war. Ein leises Geräusch drang zu ihm herüber. Es klang wie ein Wispern, unterbrochen von leisem Atmen.

Andresen überlegte nicht lange und wagte es, einen Schritt aus der Ecke zwischen Tür und Außenwand hervorzutreten. Vorsichtig blickte er um den Türpfosten. Er sah sie sofort. Der Schreck durchfuhr ihn wie ein zuckender Blitz. Wiebke lag auf dem Bett, an Füßen und Händen gefesselt, geknebelt mit Klebeband. Sie bewegte sich verzweifelt hin und her, ohne von ihm Kenntnis zu nehmen. Einen Moment lang dachte er daran, einfach zu ihr zu rennen und sie loszubinden.

Andresen kam nicht mehr dazu, seinen Gedanken zu Ende zu führen. Kopka riss ihn um und schlug und trat auf ihn ein. Er blieb liegen, während Kopka die Treppe hinunterrannte. Andresen gelang es, auf die Beine zu kommen und hinter ihm herzulaufen.

Andresens Blick scannte die Umgebung. Allzu weit konnte Kopka noch nicht gekommen sein. Sein Kopf dröhnte von dem Sturz und den heftigen Schlägen, die Kopka ihm verpasst hatte.

Er musste an Wiebke denken. Was hatte dieser Dreckskerl bloß mit ihr gemacht?

Trotz der Dunkelheit fixierte sein Blick einen Punkt kurz vor der Felskante. Dahinten stand Kopka. Was um alles in der Welt tat er dort bloß? Andresens Beine fühlten sich so schwer an, dass er glaubte, nicht von der Stelle zu kommen. Doch in Wirklichkeit lief er bereits. Alles um ihn herum verschwamm. Die Rapsfelder, deren strahlendes Gelb in der Dämmerung nicht mehr zu sehen war, die Klippe zum Meer und selbst Kopka, der ihm näher zu kommen schien.

Nicht nur, dass er nach Luft japste, die Aussicht, dass er nur noch wenige Meter von diesem Wahnsinnigen entfernt war, erzeugte erneut Panik in ihm. Kopka stand wie angewurzelt vor der Felskante. Andresen stürzte sich auf ihn. Einen Moment lang verlor er die Orientierung, doch dann merkte er, dass Kopka sich nicht wehrte. Er wirkte wie paralysiert, während Andresen auf ihm saß und ihn am Kragen packte.

Erst jetzt riskierte Andresen einen Blick zur Seite. Es war keinen Meter mehr, bis die Küste ins Bodenlose fiel. Er glaubte sich zwar erinnern zu können, dass sie an dieser Stelle nicht ganz so steil hinabfiel, war sich jedoch nicht mehr sicher.

Sein Blick glitt zurück zu Kopka. Er sah die Veränderung in dessen Gesicht sofort. Die Augen. Der Mund. Alles sah auf einmal anders aus. Als hätte Kopka in den wenigen Sekunden, in denen er seinen Blick von ihm gewandt hatte, eine Metamorphose durchgemacht.

Andresen wusste augenblicklich, was das zu bedeuten hatte. Die Gefahr, in der er sich befand, würde von Sekunde zu Sekunde größer werden. Den Kräften, die Kopka mobilisieren konnte, würde er machtlos gegenüberstehen. Längst war Kopka nicht mehr der, dem er vor einigen Stunden begegnet war, der anschließend sein Haus in Brand gesetzt hatte und hierher geflohen war.

Das alles war aus Kalkül entstanden. Keine unberechenbare Aktion, die außer Kontrolle geraten war. Aber es war nicht Edward, der hierfür verantwortlich gewesen war. Das realisierte Andresen in diesem Moment. Edward war jemand anders. Jemand, der gerade unter ihm zum Leben erwachte. Jemand, der das Wort Kalkül nicht kannte.

Im nächsten Augenblick traf ihn etwas an der Stirn. Es war ein derart heftiger Schlag, dass er benommen zur Seite rutschte und von Kopka abließ. Er schmeckte das Blut, das ihm von der aufgeplatzten Stirn ins Gesicht lief. Andresen rollte in Richtung Klippe und war nur noch wenige Zentimeter vom lehmigen Abgrund entfernt.

Kopka rappelte sich mit stierem Blick hoch und holte mit seinem Arm aus. Die Faust traf Andresen so heftig in den Magen, dass er ein weiteres Stück zur Seite geschleudert wurde. Seine Beine und ein Teil des Rumpfes hingen bereits in der Luft, seine Hände krallten sich ins Gras und in die trockene Erde.

Kopka stand jetzt mit vollem Gewicht auf seinen Händen. Trotzdem verspürte Andresen kaum Schmerz. Das Adrenalin, das sein Körper in diesem Moment ausschüttete, wirkte wie eine Droge.

Endlich fanden seine Füße Halt in der erdigen Steilwand. Er hatte das Gefühl, als wäre der Winkel weit weniger steil, als er erwartet hatte. Er richtete seinen Blick nach oben und versuchte sein Gegenüber zu fixieren. Kopka sah derart irre aus, dass Andresens Kräfte für einen Moment nachließen. Er rutschte einige Handbreit tiefer. Seine Füße pendelten augenblicklich wieder in der Luft, dafür lag sein gekrümmter Oberkörper fester auf. Immer noch rann ihm das Blut von seiner aufgeplatzten Stirn in die Augen. Wie um alles in der Welt sollte er sich jemals aus dieser Lage befreien?

Erst jetzt fiel Andresen auf, welch unförmigen Körper Kopka besaß. Rumpf und Beine bildeten eine durchgehende Linie, es gab keinerlei Konturen, lediglich überschüssiges Fleisch, das sich nach vorne über seinen Hosenbund schob. Andresen begriff, welch unvorstellbare Kraft dieser Mann entwickeln konnte, und schauderte innerlich.

»Hören Sie«, sagte er erschöpft. »Sie werden damit nicht durchkommen. Es ist vorbei.« Seine Worte klangen so leblos, wie er sich fühlte.

Kopka antwortete nicht. Sein Blick ging über Andresen hinweg und schien sich an einem imaginären Punkt am Horizont festzukrallen.

Plötzlich fielen Andresen die Worte von Professor Birnbaum ein. Die Morde seien das Werk eines Parasiten gewesen, der seine Opfer so lange leiden ließ, bis diese elend zugrunde gingen. Und jetzt drohte ihm das gleiche Schicksal.

Andresen war es gelungen, ein gutes Stück an der Erdwand emporzurobben. Er spürte, dass seine Beine wieder stabil auf dem Boden lagen. Er blinzelte und zog sich weiter nach oben. Jetzt lag er wieder vollständig auf der ebenen Rasenfläche. Er hatte es tatsächlich geschafft. Wo war Kopka? Er konnte ihn nicht mehr sehen, wenn es auch schwerfiel, in der Dämmerung überhaupt noch etwas zu erkennen. Das Blut, das ihm aus der Wunde an seiner Stirn in die Augen gelaufen war, tat sein Übriges.

Den Fuß, der sich seinem Rücken näherte, bemerkte er nicht. Im nächsten Augenblick jagte der Schmerz durch seine Wirbelsäule. Jetzt konnte er sich gar nicht mehr bewegen, Kopka stand mit seinem vollen Gewicht auf ihm und drückte ihn immer stärker in das feuchte Gras.

Etwas, das ihm bereits seit der Begegnung vor Wiebkes Haus im Kopf herumgeisterte, kam ihm wieder in den Sinn. Etwas, das eigenartig war und nicht zu der Situation passte. Jetzt wusste er, was es war. Kopka hatte bislang noch kein einziges Wort gesprochen.

Andresen registrierte, dass das Gewicht auf seinem Rücken ein wenig nachließ. Vorsichtig drehte er den Kopf zur Seite und richtete sich Stück für Stück auf. In seiner Stirn pochte es. Wie aus dem Nichts traf ihn in diesem Moment ein heftiger Tritt in die Magengegend. Wieder wurde er in Richtung Abgrund geschleudert, doch diesmal wurde er zurückgehalten. Kopka packte ihn am Kragen der Jacke und zog ihn hoch. Andresen sah ihm jetzt unmittelbar in seine leeren Augen.

Kopka, der weitaus unsportlicher wirkte als er selbst, hielt ihn mit nur wenigen Griffen und gezielten Schlägen unter Kontrolle.

»Hier spricht Kommissar Kregel. Hören Sie mir gut zu! Lassen Sie ihn los! Die Polizei hat das Gelände umstellt. Ein Fluchtversuch ist zwecklos.«

Im ersten Moment erschrak Andresen einfach nur. Dann sah er, dass Kregel etwa zwanzig Meter entfernt stand und auf Kopka einredete. Er hielt eine Waffe in der Hand.

Andresen hielt inne. Kopka hatte von ihm abgelassen und war einige Schritte zurückgewichen. Seine Augen hatten sich verändert. Die Leere war einem leichten Flackern gewichen.

Andresens Blick wechselte zwischen Kopka und Kregel hin und her. Das Erscheinen seines Kollegen hatte die ohnehin schon zugespitzte Situation noch einmal dramatisch verschärft. Hilfesuchend sah er sich um. Er konnte keine weiteren Polizeibeamten erkennen. Bluffte Kregel oder versteckten sie sich tatsächlich irgendwo zwischen Feldern und Bäumen?

Kopka stand jetzt mehr als zwei Körperlängen von ihm entfernt und nestelte an seinem hinteren Hosenbund. Der Mann, den sie suchten, der für die brutalen Morde an zwei jungen Frauen verantwortlich war, stand direkt vor ihnen, doch sie waren unfähig zu handeln.

Die Waffe, die auf ihn gerichtet war, nahm Andresen anfangs gar nicht wahr. Kopkas emotionsloses Gesicht zeigte erstmals so etwas wie eine Regung. Langsam verzog es sich zu einem Lachen. Andresen sah, dass sich Zähne zwischen blau angelaufenen Lippen hervorschoben. Die Waffe zitterte jetzt in Kopkas Händen. Kregel brüllte irgendetwas Unverständliches und fuchtelte ebenfalls mit seiner Pistole herum.

Plötzlich erkannte Andresen einen der Scharfschützen, von denen Kregel gesprochen hatte. Da, noch einer. Und noch einer. Sie standen tatsächlich überall. Warum schossen sie denn nicht?

Kopka lachte lautlos. Er stand jetzt unmittelbar an der Klippe, seine Waffe auf einen unsichtbaren Punkt zwischen Andresen und Kregel gerichtet. Dann drehte er sich blitzschnell um. Mit dem Blick auf die Ostsee gewandt, richtete er die Waffe gegen seine Schläfe und drückte ab.

Blut spritzte auf Andresens Kleidung, als Kopka vornüberfiel. Andresen hatte keine Chance, wegzuschauen. Er wusste sofort, dass die Bilder nie mehr aus seinem Kopf verschwinden würden. Als er den Aufschlag vernahm, war Andresen klar, wo Kopka gelandet war. Er trat zwei Schritte vor und warf einen Blick in den Abgrund. Kopkas Körper war auf einem abgefaulten Baumstumpf aufgeschlagen. Andresen war froh darüber, dass er im Dämmerlicht kaum Details erkennen konnte. Als er sich langsam wegdrehte, sah er, dass von allen Seiten Polizisten auf ihn zurannten.

Die aufgeregten Stimmen der Kollegen hörte er nur noch wie ein dumpfes, monotones Gemurmel.

Er ging immer weiter. Und weiter. Sein Ziel war klar. Endlich und hoffentlich nicht zu spät wollte er sich um Wiebke kümmern.

Epilog

Als es klopfte, ging Wiebke zur Tür. Sie humpelte noch immer stark, aber es machte ihr in diesem Moment nicht das Geringste aus. Etwas mehr als zwei Monate waren seit jenen Tagen im Juli vergangen, als sich ihr Leben von heute auf morgen verändert hatte. Fortan trug sie eine Erinnerung in sich, die sie nicht einmal ihrem ärgsten Feind gewünscht hätte. Aber sie hatte ihr Schicksal akzeptiert und den Kampf gegen die bösen Geister angenommen. Genau wie damals, als sie ihn, dieses Monster, einfach nur ausgelacht hatte. Es hatte ihr das Leben gerettet.

Sie zögerte einen Moment. Vielleicht nicht ihr Leben, aber zumindest ihre Seele, da war sie sich sicher. Er hatte sie nicht brechen können, weil sie stärker gewesen war als er. Der körperliche Schmerz war vergänglich. Die Ärzte hatten ihr gesagt, sie sei jung genug, dass ihre gebrochenen Knochen und gerissenen Bänder in den Beinen wieder vollständig verheilten. Das, was ihr am meisten zu schaffen machte, war die Erinnerung. Sie wusste, dass sie sich niemals ganz verdrängen ließe. Sie würde immer wiederkommen und mit ihr die Angst. Am Tage und in der Nacht.

Wiebke kam lachend zurück in die Küche. Sie hatte sich bei Julia eingehakt, die ebenfalls gut gelaunt schien. Andresen stand an der Arbeitsplatte und tat sich schwer damit, Möhren in feine Julienne-Streifen zu schneiden. Vielleicht lag es auch nicht an seiner mangelnden Kochkunst, dass die Streifen nicht so recht gelingen wollten. Seine Gedanken waren mit derart vielen Dingen beschäftigt, dass er sich einfach nicht auf die Vorbereitungen für das angekündigte Vier-Gänge-Menü konzentrieren konnte.

Vor allem die Freundschaft zwischen Wiebke und Julia machte ihm zu schaffen. Die beiden hatten sich kurz nach Kopkas Selbstmord kennengelernt und sofort so etwas wie eine Seelenverwandtschaft untereinander festgestellt. Immerhin hatte der

Fall bei beiden seine Spuren hinterlassen. Und beide Mal war Andresen selbst nicht ganz unschuldig gewesen.

Aber das war es nicht, was ihn beunruhigte. Wiebke machte ihm keine Vorwürfe. Im Gegenteil. Sie wollte in den nächsten Tagen fest bei ihm einziehen. In den letzten Wochen hatte sie ohnehin kaum mehr eine Nacht in ihrem eigenen kleinen Ganghaus verbracht. Aber genau da lag das Problem, das ihn beschäftigte. Er hatte sich emotional bereits so sehr auf Wiebke eingelassen, dass er Angst hatte, erneut verletzt zu werden. Die Geschichte mit Meret und Helena Menke hing ihm einfach noch zu stark nach, als dass er sich frei von Sorgen und Eifersucht machen konnte.

»Ich war heute bei der Familie«, sagte Julia plötzlich in Richtung Andresen.

Er drehte sich zu ihr und sah sie fragend an.

»Den Eltern von Sabine Blank, du erinnerst dich?«

Natürlich erinnerte er sich. Die Frage war vielmehr, ob er sich überhaupt erinnern wollte. Schließlich war das, was sie über Wolfgang Kopka im Nachhinein erfahren hatten, beinahe noch grausamer gewesen als seine bestialischen Morde an Sina Reimer und Meike Kalm.

Die Flammen hatten den Keller von Kopkas Haus verschont. Später hatte sich Andresen ein ums andere Mal gewünscht, sie hätten alles vernichtet.

Kopka war akribisch gewesen. Sie hatten mehrere Ordner mit regionalen und überregionalen Zeitungsartikeln über die Tragödie, die sein Vater angerichtet hatte, gefunden. Damals war Kopka noch ein Kind gewesen, das zu seinem Schutz nach der Tat bestmöglich abgeschirmt wurde. Er musste also später recherchiert haben, darauf deutete auch hin, dass es sich bei den Zeitungsartikeln um Kopien und Ausdrucke handelte.

Ein weiterer Ordner enthielt Pressemitteilungen über den Tod eines jungen Mädchens von gerade einmal dreizehn Jahren. Sabine Blank. Sie war Opfer eines Gewaltverbrechens geworden. Vom Täter fehlte jede Spur, schrieb die Lübecker Rundschau damals, vor mehr als zwanzig Jahren. Der oberste Artikel im Ordner enthielt einen Bericht, der zwei Jahre nach der Tat verfasst worden war. 1986. Ein Sprecher der Kriminalpolizei schilderte die schwierige Suche nach dem Mörder des jungen Mädchens und verwies darauf, dass sie ihn womöglich niemals fänden, wenn sich nicht bald neue Hinweise ergäben. In den folgenden zwanzig Jahren war dies nicht der Fall gewesen. Es mussten erst zwei weitere Frauen sterben.

Auch die Morde an Sina Reimer und Meike Kalm hatte Kopka dokumentiert. Fein säuberlich abgeheftet. Die Originalartikel hinter Klarsichtfolien. Andresen kannte sie und verzichtete darauf, sie ein weiteres Mal zu lesen.

Den wichtigsten Fund hatten sie jedoch in einer Schublade eines antiken Schreibtisches gemacht, der im Keller des Hauses gestanden hatte.

Das Gefühl, das Andresen heimgesucht hatte, als er das kleine Notizbüchlein zugeklappt hatte, konnte er kaum mit Worten beschreiben. Machtlosigkeit hatte sich sekundenschnell in ihm ausgebreitet. Sie schlug jedoch bereits nach kurzer Zeit in etwas anderes um. Etwas, das er bis zum heutigen Tag mit sich herumtrug.

Unbeschreiblicher Zorn. Auf Kopkas Vater, der aus Kopka erst das gemacht hatte, was sie mittlerweile nach und nach herausgefunden hatten. Auf seine Mutter, die so lange geschwiegen hatte, bis sie nichts mehr sagen konnte. Auf die Behörden, die womöglich mehr für den traumatisierten jungen Wolfgang Kopka hätten tun müssen. Ihn schützen vor den Gefahren, die eine solche Tragödie nach sich zog.

Und schließlich auch auf Kopka selbst, der sich seiner Erkrankung bewusst gewesen war und es trotzdem zugelassen hatte, dass Edward die Kontrolle über ihn gewann. Hätte er sich frühzeitig in eine Therapie begeben, vielleicht hätten die Morde an Sina Reimer und Meike Kalm verhindert werden können.

In regelmäßigen Abständen hatte Kopka sein Tagebuch geführt. Der erste Eintrag war auf den 4. Februar 1981 datiert. Da war Kopka gerade einmal elf Jahre alt gewesen. Er beschrieb in seiner kindlichen Sprache die Situation in seinem Elternhaus, die von Gewalt und Unterdrückung geprägt war. Gleichzeitig aber auch die Verzweiflung seiner Mutter, die immer wieder darauf bestanden hatte, dass alles doch nur ihre Schuld sei.

Die Gewaltexzesse seines Vaters waren im Laufe der Zeit immer heftiger eskaliert, bis schließlich das Unfassbare geschehen war und der Vater die Familie zerstört hatte. Kopka hatte es auf schockierende Weise und gleichzeitig seltsam nüchtern dokumentiert.

Die Schreie seiner Mutter. Das plötzliche Ersticken ihrer Stimme. Dann das Ausbleiben des Wimmerns, das sonst immer eingesetzt hatte. Kopka hatte alles mitbekommen und sofort gewusst, dass etwas nicht in Ordnung gewesen war. Die leeren Augen seines Vaters, der aus dem Schlafzimmer gewankt kam und die Schubladen der alten Kommode im Wohnzimmer aufgerissen hatte. Der anschließende ohrenbetäubende Schuss. Und schließlich das Blut, das überall herumgespritzt war. Kopka war hinter dem Sofa, seinem Versteck, hervorgekrochen und hatte seinen Vater in einer Blutlache liegen sehen. Es hatte einige Minuten gedauert, bis er verstanden hatte, was er sah. Seine Eltern waren von ihm gegangen und hatten ihn allein gelassen.

An dieser Stelle gab es einen Bruch in den Aufzeichnungen. Mehrere Monate hatte es keinerlei Einträge gegeben. Es war die Zeit gewesen, in der Kopka ins Heim gekommen war und sich in intensiver therapeutischer Behandlung befunden hatte.

Der nächste Eintrag folgte Ende 1983. Es waren wirre Sätze, die davon handelten, dass er unbändigen Hass auf die anderen Kinder im Heim und in der Schule verspürte.

Eines Tages schlage ich ihnen den Schädel ein, diesen miesen kleinen Schweinen. Warum denken die alle nur, sie wären etwas Besseres? Papa könnte mich bestimmt verstehen.

Den Eintrag vom 15. Juli 1984 würde Andresen niemals vergessen. Es waren die Worte eines vierzehnjährigen Kindes gewesen. Andresen wusste aber auch, dass es nicht Wolfgang Kopka gewesen war, der sie empfunden und niedergeschrieben hatte. Sein zweites Ich, Edward, war in Erscheinung getreten.

Heute habe ich es getan. Diese bescheuerte Kuh, ich konnte sie nicht leiden. Immer musste sie so ätzend zu mir sein. Sie hat das bekommen, was sie verdient. Es hat mir sogar Spaß gemacht. Ich weiß jetzt, dass ich stärker bin als alle diese widerlichen Menschen um mich herum.

Andresen war fassungslos gewesen, wie ein Vierzehnjähriger zu einer derartigen Tat fähig sein konnte.

Ich bin gestorben, hatte er geschrieben. *Wolfgang Kopka existiert nicht mehr.* An seine Stelle war Georg getreten. Er sollte sein Leben weiterführen und sich mit dem »Es«, wie er die Stimmen nannte, auseinandersetzen.

Einige der folgenden Aufzeichnungen befassten sich damit, dass Kopka die Tat zu rechtfertigen versuchte, gleichzeitig aber auch Angst hatte, dass er aufflog. Es schien fast so, als lieferten sich seine beiden Persönlichkeiten einen Wettstreit.

Über all die Jahre hatten Georg und Edward das kleine Büchlein gefüllt. Die Gedanken waren verworren gewesen. Ein ums andere Mal waren sie Andresen verschlossen geblieben. Auch den einmaligen öffentlichen Ausbruch im Jahr 2001, der Kopka letztendlich zum Verhängnis geworden war, hatte er dokumentiert.

In den vergangenen Monaten war der Einfluss von Edward auf Kopkas Leben offenbar immer größer geworden.

Er hat sich mir vorgestellt. Edward ist sein Name. Ich habe die Angst, dass das Pendel immer stärker umschwenkt.

Und schließlich hatte er auch die Morde an Sina Reimer und Meike Kalm beschrieben. Es waren nicht viele Einträge gewesen. Dass seine Wahl ausgerechnet auf die beiden jungen Frauen gefallen war, musste Zufall gewesen sein. Es gab keinerlei Hinweise auf ein gezieltes Vorgehen. Andresen und die Kollegen hatten gemutmaßt, dass er über seinen Job als Mitarbeiter des Rechenzentrums an der Universität zu ihnen in Kontakt getreten war. Mit seinem Sturz von der Klippe hatte Kopka die

Möglichkeit der Aufklärung dieses Teils seiner Taten mit in den Tod genommen.

Eines stand jedoch fest: Nachdem Kopka den Entschluss gefasst hatte, die Frauen umzubringen und in ihre Wohnungen einzudringen, hatte er sie zuvor systematisch ausspioniert. Andresens Kollegen von der Spurensicherung hatten herausgefunden, dass Kopka in die privaten E-Mail-Systeme der beiden eingedrungen war. Genau wie bei Bruhn. Kopka hatte sich seinen Job und seine Funktion zunutze gemacht, um seinen Plan in die Tat umzusetzen.

Aber war es wirklich Kopka gewesen, der hier geplant und gehandelt hatte? Nein, Andresen war sich sicher. Die Person Wolfgang Kopka hatte es schon lange nicht mehr gegeben, so wie er es selbst beschrieben hatte. Und auch die Persönlichkeit von Georg hatte den Kampf gegen den Dämon in ihm, den er Edward genannt hatte, verloren. Rein strafrechtlich betrachtet, wäre er womöglich schuldunfähig gewesen.

»Lass uns ein anderes Mal darüber reden. Mir ist heute nicht danach«, unterbrach Wiebke Andresens Gedanken.

Er warf ihr ein Lächeln zu, froh darüber, nicht länger über Kopka nachdenken oder gar reden zu müssen.

»Du hast recht«, stimmte auch Julia zu. »Kopka hat ohnehin erreicht, was er wollte, indem wir uns immer noch mit ihm beschäftigen.«

Andresen verzichtete darauf, ihren Worten etwas hinzuzufügen. Er spürte jedoch, dass ihr noch etwas anderes auf dem Herzen lag.

»Am Montag ist die Anhörung in der Kiffmeyer-Geschichte. Das betrifft dich ja auch. Ich habe mich dazu entschieden, nicht gegen ihn auszusagen.«

Andresen fiel ein Stück Möhre aus der Hand. Er starrte Julia entgeistert an.

»Er hat sich bei mir entschuldigt und sein Verhalten erklärt. Ich möchte nicht, dass er verurteilt wird. Schließlich haben wir ihn auch zu Unrecht verdächtigt.«

»Aber er hat dich …«

»Birger, bitte. Es ist meine Entscheidung. Und ich würde mich freuen, wenn du mich mit deiner Aussage unterstützt. Ich bin der festen Überzeugung, dass diesem Mann aus seiner Sucht geholfen werden kann. Was bringt es, wenn er wegen dieser unglücklichen Sache hinter Gitter geht?«

Andresen musste an Julias Bruder denken, der gerade erst eine erfolgreiche Drogentherapie hinter sich gebracht hatte.

»Unglückliche Sache? Das kann doch nicht dein Ernst sein, Julia! Weißt du eigentlich, was für ein Glück du hattest, dass dir nicht mehr passiert ist?«

»Glaub mir, es ist besser so«, antwortete Julia beschwichtigend.

Ein Geräusch aus einem der angrenzenden Zimmer unterbrach das Gespräch. Es dauerte einige Sekunden, ehe sie verstanden, was der Grund dafür war.

»Emilie?«

Wiebke nickte und strahlte über das ganze Gesicht. »Sie bleibt das gesamte Wochenende über hier. Jörg hat endlich ein Einsehen gehabt, dass Emilie ihre Mutter braucht.«

Julia fiel ihr um den Hals und drückte sie, so fest sie konnte, an sich. Andresen verspürte einen kurzen Moment des Glücks. Mit einem Lächeln im Gesicht wandte er sich wieder den Möhren und Paprikaschoten zu. Aus dem Hintergrund hörte er die kleine Emilie vor sich hin plappern. Irgendetwas in diesem Augenblick gab ihm die Hoffnung, dass endlich alles gut werden würde.

Danksagung

Erst einmal möchte ich denjenigen danken, ohne die mein Schreiben ein sinnloses Unterfangen wäre: Mein Dank gilt IHNEN.

Mein besonderer Dank geht an das Team des Emons Verlags in Köln, das mir die Möglichkeit gegeben hat, mein Buch in einem kleinen, aber überaus feinen und professionellen Verlag zu veröffentlichen.

Birger – dir danke ich ewig dafür, dass wir damals im »Alten Zolln« zusammensaßen und einen sehr lustigen Abend hatten. Am nächsten Tag schrieb ich die erste Seite und erschuf Kommissar Andresen.

Auch meinen anderen Freunden und meiner Familie möchte ich danken. Zum einen dafür, dass sie mich immer wieder ermuntert haben weiterzuschreiben, und zum anderen für die langen Abende in Lübecks Kneipen, im Verlauf derer einige Ideen und Charaktere (damit meine ich aber nicht euch) in meinen Kopf entstanden sind.

Für medizinische Fragen, insbesondere zum Thema der Rechtsmedizin, danke ich dir, Maria. Ich hoffe, dass ich dein Fachwissen als Ärztin auch in Zukunft anzapfen kann.

Dem Weingut Weegmüller aus Neustadt gilt ebenfalls ein großes Dankeschön. An so manchem Abend, wenn mich der Schreibvirus befällt, ist Ihr hervorragender Riesling oder mein Liebster, die Scheurebe, ein treuer Begleiter. Sie machen wirklich tolle Weine!

Zum Schluss jedoch mein allergrößter Dank. Ohne dich, Alex, wäre das alles gar nicht möglich gewesen. Ob Korrektur, Marketingarbeit oder einfach nur Verständnis, du hast mir immer geholfen. Nicht nur dafür liebe ich dich!

Jobst Schlennstedt, Lübeck

Marcus Rafelsberger
DAS PRINZIP TERZ
Broschur, 256 Seiten
ISBN 978-3-89705-351-9

»Das Schurkenstück der Saison. Rafelsberger, der sich hinter James Ellroy nicht verstecken muss, schreibt originell, böse und präzise.« GQ

»Marcus Rafelsberger konstruiert ein irres Geschehen, das keine Zeit für langes Atemholen lässt. Im besten Sinne gute Unterhaltung.« Saarbrücker Zeitung

Dieter Hellfeuer
HARDCORE
Broschur, 224 Seiten
ISBN 978-3-89705-352-6

»Geistreich, witzig, spannend.«
Radio Zusa

»In ›Hardcore‹ spielt der Autor seine ganze Ortskenntnis aus. Lesestoff für alle, die Krimis lieben und die Interesse an Hamburg haben.«
Pinneberger Tagblatt

HINTERM DEICH KRIMI

Hannes Nygaard
TOD AN DER FÖRDE
Broschur, 256 Seiten
ISBN 978-3-89705-468-4

»Dass die Spannung bis zum letzten Augenblick bewahrt wird, garantieren nicht zuletzt die Sachkenntnis des Autors und die verblüffenden Wendungen der intelligenten Handlung.«
Friesenanzeiger

»Ein weiterer scharfsinniger Thriller von Hannes Nygaard.«
Förde Kurier

Hannes Nygaard
TODESHAUS AM DEICH
Broschur, 240 Seiten
ISBN 978-3-89705-485-1

»Ein ruhiger Krimi, wenn man so möchte, der aber mit seinen plastischen Charakteren und seiner authentischen Atmosphäre überaus sympathisch ist.« www.büchertreff.de

»Dieser Roman, mit viel liebevollem Lokalkolorit ausgestattet, überzeugt mit seinem fesselnden Plot und der gut erzählten Geschichte.« Wir Insulaner – Das Föhrer Blatt

www.emons-verlag.de

HINTERM DEICH KRIMI

Hannes Nygaard
KÜSTENFILZ
Broschur, 272 Seiten
ISBN 978-3-89705-509-4

»Mit ›Küstenfilz‹ hat Nygaard der Schleiregion ein Denkmal in Buchform gesetzt.«
Schleswiger Nachrichten

»Nygaard, der so stimmungsvoll zwischen Nord- und Ostsee ermitteln lässt, variiert geschickt das Personal seiner Romane.«
Westfälische Nachrichten

Hannes Nygaard
TODESKÜSTE
Broschur, 288 Seiten
ISBN 978-3-89705-560-5

»Skurrile Typen, eine raue, aber dennoch pittoreske Landschaft und dazu ein kniffliger Fall.« NDR

»Nygaard hat als Autor einen Weg gefunden, seine Figuren derart plastisch zu gestalten, dass man meint, ihnen in der Nachbarschaft begegnen zu können. Er versteht es glänzend, die dunklen Ecken unseres so hübschen Landes auszuleuchten.« Dithmarscher Landeszeitung

www.emons-verlag.de